W0360707

William Trevor

Seitensprung

Erzählungen

Aus dem Englischen von
Brigitte Jakobeit

| Hoffmann und Campe |

Die Originalausgabe erschien 2004 unter dem Titel
»A Bit on the Side« im Verlag Viking/Penguin Books, London.
Die Erzählungen in diesem Band wurden ursprünglich
in den Zeitschriften *New Yorker*, *New Statesman*,
Tatler und *Spectator* veröffentlicht.

1. Auflage 2005
Copyright © 2004 by William Trevor
Copyright für die deutschsprachige Ausgabe
© 2005 by Hoffmann und Campe Verlag, Hamburg
www.hoca.de
Schutzumschlaggestaltung: Anne Strasser
Foto: Muneyuki Nishimura/photonica
Satz: Dörlemann Satz, Lemförde
Druck und Bindung: Clausen & Bosse, Leck
Printed in Germany
ISBN (10) 3-455-07779-X
ISBN (13) 978-3-455-07779-7

HOFFMANN
UND CAMPE

Ein Unternehmen der
GANSKE VERLAGSGRUPPE

Inhalt

In einem Totenhaus 7
Traditionen 25
Justinas Priester 44
Ein Abend zu zweit 63
Graillis' Erbschaft 86
Einsamkeit 102
Heiligenfiguren 129
Rose weinte 152
Das große Geld 167
Auf den Straßen 190
Die Musik des Tanzlehrers 209
Seitensprung 223

In einem Totenhaus

Seine Augen waren geschlossen, dann öffnete er sie und sagte, er wolle nach dem Pferdestall sehen.

Emilys Miene zeigte keine Reaktion. In ihrem Gesicht, dem man nicht ansah, dass sie jünger war als er, spiegelte sich nur Leere und Erschöpfung. »Vom Fenster aus?«, fragte sie.

Nein, er werde hinuntergehen, entgegnete er. »Bringst du mir den Mantel? Und stell die Stiefel an die Tür.«

Sie wandte sich vom Bett ab. Wenn sie ihm nicht half, würde er es allein tun; sie kannte ihn seit achtundzwanzig Jahren, war dreiundzwanzig davon mit ihm verheiratet. Ob sie ihm den Mantel brachte oder nicht, an seinem Entschluss würde das ebenso wenig ändern wie irgendwelche Einwände ihrerseits.

»Es könnte dein Tod sein«, sagte sie.

»Frische Luft tut einem Mann gut.«

Unten stellte sie ihm die Stiefel an der Hintertür bereit. Dann brachte sie ihm Mütze und Schal mit dem Mantel nach oben. Zwischen dem linken Ärmel und der Schulter waren ein, zwei Stiche nötig, stellte sie fest. Es war ihr bisher nicht aufgefallen, aber sie wusste, er würde nicht warten, wenn sie es jetzt richtete.

»Was willst du denn dort?«, fragte sie, und er erwiderte: Nichts weiter. Nur ein bisschen aufräumen.

Acht Tage später starb er, und Dr. Ann versicherte ihr, dass er im Stall aufgeräumt hatte und dabei nur mit einem Mantel über dem Schlafanzug bekleidet war, hätte seinen Tod nicht beschleunigt. Eine Stunde nachdem sich die Ärztin verabschiedet hatte, kamen die Geraghtys, die nicht wussten, dass er tot war.

Es war jetzt halb acht am Abend. Um die gleiche Zeit am nächsten Morgen erwartete sie Keane, den Bestattungsunternehmer. Das erklärte sie den Geraghtys mit sorgsam gewählten Worten, denn sie sollten nicht denken, dass Emily sie aus einem anderen Grund abwimmeln wollte. Obwohl sie natürlich wusste, dass ihr Mann, wäre er noch am Leben, die Geraghtys nie und nimmer an seinem Bett geduldet hätte. Wie gut, dass sie zu spät gekommen waren.

Die Geraghtys waren zwei Frauen mittleren Alters, Schwestern, auch die Misses Geraghty genannt, und hatten es sich zur Aufgabe gemacht, den Sterbenden Beistand zu leisten. Emily hatte von ihnen gehört, kannte sie jedoch nicht, nicht einmal vom Sehen; sie mussten sich vorstellen, als sie ihnen die Tür öffnete. Ihr wäre nie in den Sinn gekommen, dass die Geraghtys ihr gutes Werk in dem Krankenzimmer verrichten wollten, um das sich ihr eigenes Leben in den vergangenen sieben Monaten gedreht hatte. Sie waren Frauen der Legion of Mary, berühmt für ihre Nächstenliebe, unermüdlich in ihrer Unterstützung der Hilfsorganisation St. Vincent de Paul und der Verbreitung der Schriften von Pater Xavier O'Shea, einem Priester aus der Gegend, der in jungen Jahren um 1880 bei seiner missionarischen Tätigkeit im Fernen Osten an Malaria erkrankt war.

»Wir haben erst am Dienstag von Ihrem Kummer erfahren«, sagte die Dünnere und Kleinere der beiden entschuldigend. »Manchmal kommt es eben doch vor, dass uns etwas entgeht.«

Die andere Frau, kräftiger und älter, erlaubte sich Schmuck und Make-up und achtete mehr auf ihre Kleidung. Doch es war ihre schlichte Schwester mit den strengen Gesichtszügen, die das Heft in die Hand nahm.

»Wir haben bei MacClincy davon gehört«, sagte sie.

»Tut mir Leid, dass Sie umsonst gekommen sind.«

»Es ist nie umsonst.« Eine Pause schloss sich an, als wäre sie an dieser Stelle notwendig. »Sie haben unser Mitgefühl«, wurde dann hinzugefügt, offenbar als Erklärung, warum ihr Kommen nicht umsonst war.

Die Unterhaltung fand die ganze Zeit an der Haustür statt. Langsam wurde es dunkel, aber hinter der weiß getünchten Mauer des kleinen Vorgartens konnte Emily noch ein Auto erkennen, das an der Straße geparkt stand. Es war kalt, der Wind hatte auf Osten gedreht. Sie meinten es gut, diese Frauen, auch wenn ihr Unternehmen völlig umsonst war: ihre Fahrt von Carra hierher, um einen Mann zu besuchen, dem sie nicht willkommen gewesen wären, und auch noch zu spät zu kommen, einen Mann, dessen Tod ihnen eine peinliche Situation erspart hatte.

»Möchten Sie vielleicht einen Tee?«, bot Emily an.

Sie dachte, die beiden würden ablehnen und sich auf den Heimweg machen, weil sie die Witwe in einem solchen Augenblick nicht stören wollten. Doch die große, breitschultrige Frau blickte kurz zu ihrer Schwester und zögerte.

»Wenn Sie allein sind«, sagte die Kleinere, »leisten wir Ihnen gern noch Gesellschaft. Wenn es Ihnen hilft.«

Der Tote war nicht gläubig gewesen. Jeder hätte ihnen das sagen können, überlegte Emily beim Teekochen. Er hätte unterstellt, dass sich diese Frauen sicherlich nicht ohne Hintergedanken zu Kranken ans Bett setzten, und sie fragte sich, ob das wohl stimmte. Hofften sie bei ihren barmherzigen Einsätzen auf die ersten Anzeichen eines Glaubens, der sich oft wie aus dem Nichts einstellte, wenn der Tod an die Tür klopfte? Oder fuhren sie nach ihren Hausbesuchen gleich wieder in ein Pfarrhaus und sahen ihre Pflicht als erledigt an? Sie hatte nie dergleichen über die Geraghtys gehört und wollte so etwas auch nicht glauben. Sie meinten es gut, redete sie sich wieder zu.

Wenn die beiden gingen, würde sie nicht mehr nach oben gehen und den Toten betrachten. Sie würde ihn morgen früh Keane überlassen. In der kurzen Zeit, die seit seinem Tod verstrichen war, hatten sie einen Tag für die Beerdigung festgesetzt, Donnerstag nächster Woche; morgen früh wollte sie ein paar Leute benachrichtigen und im *Advertiser* eine Anzeige aufgeben. Kinder hatten sie keine, nach dem Donnerstag war alles vorbei, und es blieben nur noch die Schulden. Sie bestrich Früchtebrot mit Butter und rührte den Tee in der Kanne um, dann trug sie das Tablett ins Zimmer.

Die Geraghtys hatten ihre Mäntel nicht ausgezogen, saßen aber, mit ein bisschen Abstand zwischen sich, still wie zwei Statuen da.

»Es ist kalt«, sagte Emily. »Ich mache Feuer.«

»Ach nein. Wirklich nicht, nur keine Umstände.« Beide protestierten, aber sie ignorierte es, und das Reisig, das den ganzen Sommer im Kamin gelagert hatte, flammte sogleich auf. Sie schenkte ihnen Tee ein und fragte, ob sie Zucker wollten, dann bot sie ihnen das Früchtebrot an. Sie sagten jetzt Emily zu ihr, als sei sie eine gute Bekannte, und nannten ihre eigenen Namen: Kathleen, die ältere Schwester, und Norah.

»Ich hätte nicht gedacht«, setzte Kathleen an, aber Norah fiel ihr ins Wort.

»Wir wissen es natürlich«, sagte sie. »Sie sind Protestantin, aber das hat noch nie eine Rolle gespielt.«

Auch Reverend Wolfe, dem Methodistenpfarrer, hätten sie Beistand geleistet, sagte Kathleen. Ihm vorgelesen und alles gebracht, was er wünschte. Und sie waren da, als er verstarb.

»Das hat noch nie eine Rolle gespielt«, wiederholte Norah, dann nahm eine nach der andern ein Stück Früchtebrot. Beide bemerkten, dass es ganz ausgezeichnet schmecke.

»Es ist nicht leicht«, sagte Kathleen, als das Gespräch stockte. »Vor allem die ersten paar Stunden. Wir bleiben dann oft noch eine Weile.«

»Es war sehr freundlich, dass Sie an ihn gedacht haben.«

»Gemütlich ist das jetzt mit dem Feuer, Emily«, sagte Kathleen.

Die Geraghtys erkundigten sich nach den Pferden, weil sie von ihnen gehört hatten, und Emily erklärte, die gebe es längst nicht mehr. Sie werde den Hof jetzt wohl verkaufen, sagte sie.

»Ihnen ist es hier sicher zu abgelegen, Emily«, meinte Kathleen. Ihr Lippenstift hatte auf dem Rand der Teetasse eine Spur hinterlassen, und Norah wies sie mit einer Geste darauf hin. Kathleen wischte sie weg. »Wir beide sind eben Stadtmenschen«, sagte sie.

Emily empfand das Haus, in dem sie seit fast dreißig Jahren wohnte, nicht als abgelegen. Fünf Minuten mit dem

Auto, und man war mitten in Carra. Nach Mangan's Bridge, in der anderen Richtung, brauchte man nicht mal eine Minute.

»Man gewöhnt sich an einen Ort«, sagte Emily.

Die Geraghtys erklärten ihr, in welchem Haus sie wohnten, am Ortsrand von Carra, an der Straße nach Athy. Emily kannte es, ein hübsches, von Kletterpflanzen bedecktes Haus mit einem schmiedeeisernen Zaun davor, nicht groß, aber von Wohlstand zeugend. Sie hatte gedacht, es gehöre Corrigan, dem Landvermesser.

»Ich weiß nicht, wieso ich das dachte.«

»Wir haben es von Mr. Corrigan gekauft«, sagte Norah, »als wir vor drei Jahren nach Carra gezogen sind.« Und ihre Schwester ergänzte, davor hätten sie in Athy gewohnt.

»Carra war genau das, was wir gesucht haben«, sagte Norah.

Die Geraghtys bemühten sich, sie mit ihrem Geplauder aufzuheitern. Carra hätte sich in den letzten Jahren gut entwickelt, sagten sie, und es ginge weiter bergauf. Man merke das einem Ort gleich an, andere dagegen kämen auch in hundert Jahren auf keinen grünen Zweig.

»Vielleicht ziehen Sie jetzt auch bald nach Carra«, sagte Kathleen.

»Ich weiß noch nicht, was ich mache.«

Sie schenkte Tee nach und ließ das Früchtebrot ein weiteres Mal herumgehen. Dr. Ann hatte ihr Tabletten dagelassen, aber sie beabsichtigte nicht, welche zu nehmen. So erschöpft sie auch war, sie wollte nicht schlafen.

»Vor einer Woche war er draußen«, sagte sie. »Er ist aufgestanden und nur mit einem Mantel über dem Schlafanzug in den Stall gegangen. Ich dachte, das hätte alles beschleunigt, aber es war anscheinend nicht so.«

Die Geraghtys sagten nichts dazu, sie nickten nur alle beide. Sieben Monate habe er im Sterben gelegen, sagte Emily, und in der ganzen Zeit nicht einmal Zeitung gelesen. Am Ende kriegte er nur noch Maismehl runter.

»Wir haben Ihren Mann ja nicht gekannt«, sagte Norah, »genauso wenig wie Sie. Aber ich glaube, wir sind ihm einmal auf der Straße begegnet.«

Sie spürte ein Gefühl der Beklommenheit in sich aufsteigen, eine vertraute Furcht, die sie unwillkürlich trieb, eine Hand mit der anderen zu umklammern und die Finger fest zu schließen. Die Leute begegneten ihm oft, wenn er eines seiner Pferde trainierte. Manchmal drosselten Autos das Tempo für ihn, doch das kümmerte ihn wenig, nicht mal die Reitgerte hob er zum Dank. Einen Moment lang vergaß sie, dass er tot war.

»Er war viel unterwegs«, sagte sie.

»Ach, es ist schon lange her.«

»Das letzte Pferd hat er vor einem Jahr verkauft. Er wollte nicht, dass sie zurückbleiben.«

»Ist es richtig, dass er mit ihnen Rennen gelaufen ist?«, fragte Kathleen.

»Geländerennen. Hin und wieder in Punchestown.«

»Ach, wie schön.«

»Leider ohne großen Erfolg.«

»Sicher, in diesem Geschäft geht es immer auf und ab.«

Im Haus hatte sich jedes Mal Enttäuschung breit gemacht, wenn wieder ein Pferd beim Rennen zurücklag, wenn die monatelange Vorbereitung umsonst war. Viel Grund zu Optimismus hatte es nie gegeben, trotzdem waren die Erwartungen immer hoch gesteckt, als würde alles, was dem nicht entsprach, nur Pech bringen. Als Emily heiratete, trainierte er mit ein paar Einjährigen auf der Curragh-Rennbahn. Es laufe bestens, hatte er gesagt, obwohl es nicht stimmte.

»Sie hatten nie Kinder, Emily?«, fragte Kathleen.

»Nein.«

»Ich glaube, das hat uns schon jemand erzählt.«

Das Haus war ihr von einer Tante mütterlicherseits vermacht worden. Dreiundvierzig Morgen Land, mit Schafhaltung; auch die Möbel gehörten zum Erbe. »Als Kind bin ich oft hier gewesen. Bei meiner Tante, Miss Edgill hieß sie. Haben Sie von ihr gehört?«

Sie schüttelten den Kopf. Das müsse lange vor ihrer Zeit gewesen sein, sagte Kathleen und sah sich um. Ein schönes Haus, sagte sie.

»Außer mir gab es keinen, dem sie es hätte vermachen können.« Emily sagte nicht, dass weder das Anwesen noch das Land in ihren Besitz übergegangen wären, wenn ihre Tante geahnt hätte, wen sie heiraten würde.

»Aber Sie wollen es aufgeben?«, erkundigte sich Kathleen, nach Kräften bemüht, das Gespräch in Gang zu halten. »Haben Sie nicht gesagt, so wie die Dinge stehen, wollen Sie es aufgeben?«

»Ich weiß es nicht.«

»In so einer Situation braucht jeder ein bisschen Zeit.«

»Wir sind oft mit frisch verwitweten Frauen zusammen«, murmelte Norah.

»Fast auf den Tag genau dreiundzwanzig Jahre waren wir verheiratet.«

»Gott hat ihn zu sich genommen, weil Er es so wollte, Emily.«

Die Geraghtys bekundeten weiter ihre Anteilnahme, eine knüpfte an das an, was die andere sagte, auch der Unterschied in Tonfall und Haltung blieb gewahrt. Und wieder – und mit jeder Tröstung, die ihr aufgedrängt wurde, immer häufiger – empfand Emily es als glückliche Fügung, dass den beiden der Versuch, ihrem Mann Gesellschaft zu leisten, erspart geblieben war. Er hätte sie zurückgerufen, sobald sie ihn mit den Geraghtys allein gelassen hätte, und gefragt, wer die beiden seien, obwohl er es genau wusste; er hätte ihr befohlen, sie wegzuschicken. Nie hatte er ein Blatt vor den Mund genommen – wenn jemand über eines der Felder ging, folgte ein Schwall derber Beschimpfungen, jedes Wort gebrüllt, manchmal war es beängstigend. Es lief immer gleich ab: Er hob die Stimme, benutzte unflätige Ausdrücke; er war nie handgreiflich geworden, nicht ein einziges Mal. Dabei hätte sie es sich oft gewünscht, denn sie war überzeugt, Gewaltausbrüche wären leichter zu ertragen gewesen als die Macht seiner zornigen Worte. Für sie war es Macht, was ihr da immer entgegenschlug, schwelend und dann losgelassen, um sein Scheitern zu verleugnen.

»Pferde. Punchestown. Die Welt der Rennbahnen«, sagte Kathleen. »Ein interessantes Leben haben Sie geführt, Emily.«

Sie hatte den Eindruck, dass Norah den Kopf schütteln wollte, dass die beiden Schwestern zum ersten Mal nicht so recht einer Meinung waren. Das überraschte sie nicht; was sie jedoch erstaunlich fand, war die Bemerkung, die eben gefallen war.

»Ein ungewöhnliches Leben, wollte meine Schwester sagen.« Norah nickte zur Bestätigung ihrer Korrektur, ihr Tonfall milderte den Widerspruch zusätzlich ab.

»Es gibt viele Frauen, die nicht weit herumkommen«, sagte Kathleen.

Emily schenkte Tee nach und legte Torfbriketts auf das

Feuer. Sie hatte vergessen, die Vorhänge zuzuziehen, und holte es jetzt nach. Das Zimmer war nur schwach beleuchtet, er hatte immer auf Glühbirnen mit geringer Wattzahl bestanden. Doch das matte Licht machte den Raum gemütlich, und es kam ihr unrecht vor, dass es irgendwo gemütlich sein sollte, während er erst ein paar Stunden tot war. Sie überlegte, was sie wohl tun würde, wenn die nächste Glühbirne hier oder sonst irgendwo im Haus kaputtging. Ob sie dann eine stärkere einsetzen würde, oder gehörte das schwache Licht mittlerweile zu ihrem Leben? Und diese Nervosität, gehörte die jetzt auch zu ihr? Eigentlich glaubte sie es nicht, aber in dem Punkt konnte sie sich natürlich auch täuschen.

»Ich bin nicht viel herumgekommen«, sagte sie, weil ein Schweigen sich breit machte. Beide Besucherinnen rührten Zucker in ihren Tee. Nachdem die Löffel wieder auf den Untertassen lagen, sagte Norah:

»Manche Leute legen auch gar keinen Wert darauf.«

»Er war ein schwieriger Mensch. Das hat man Ihnen sicher erzählt.«

Dem widersprachen sie nicht. Sie sagten nichts, bis Emily fortfuhr:

»Er hat sein Vertrauen in die Pferde gesetzt. Von Kindesbeinen an wollte er nur Rennen gewinnen, damit wollte er sich einen Namen machen. Aber er hat es nie weit gebracht.«

»Armer Mann«, murmelte Kathleen. »Armer Mann.«

»Ja.«

Sie hätte sich nicht beklagen sollen und wollte es eigentlich auch nicht; Emily versuchte ihnen das zu sagen, aber die Worte kamen einfach nicht. Sie wandte den Blick von den Frauen, die bei ihr zu Besuch waren, und starrte auf die

Möbel eines Zimmers, das sie nur allzu gut kannte. Als sie die Vorhänge abgenommen hatte, um sie zu waschen, war er wütend geworden; jeder könnte hereinglotzen, hatte er gesagt, und sie verstand nicht, was er damit meinte. Auf der Straße kam fast nie jemand vorbei.

»Er hat mich wegen des Hauses geheiratet«, sagte sie, auch das kam ihr über die Lippen, ohne dass sie es verhindern konnte. Die Frauen waren Fremde, und sie sprach schlecht über den Toten. Sie schüttelte den Kopf, als wollte sie das eben Gesagte zurücknehmen, aber das schien ihr unehrlich und noch schlimmer, als schlecht über ihn zu sprechen.

Die beiden Frauen hoben gleichzeitig die Tassen an den Mund und tranken einen Schluck Tee.

»Er hat mich wegen der vierzig Morgen geheiratet«, sagte Emily, wieder getrieben, etwas zu sagen, was sie gar nicht sagen wollte. »Ich war ein protestantisches Mädchen, das keiner beachtet hat, bis er auf mich setzte, und ich fand alles romantisch, wie er selbst ja auch – die Rennprogramme und Siegerschleifen, die Farben der Jockeys, die vielen Zuschauer. So sind wir zusammengekommen.«

»Lassen Sie's gut sein, meine Liebe«, sagte Kathleen. »Nicht doch.«

»Ich war dumm, und für Dummheit muss man büßen. Ich war gierig auf die Ehe, und für Gier muss man büßen. Nach allem, was wir letztes Jahr zurückgezahlt haben, blieb uns noch ein halber Morgen. Auf das Haus hat er eine Hypothek aufgenommen. In der Zeit, als er im Sterben lag, war ich kurz davor, ihn zu fragen: ›Was soll ich denn jetzt machen?‹ Aber ich ließ es sein, und er sprach es auch nie an. Nur Gott weiß, was seine letzten Gedanken waren.«

Die Geraghtys sagten, sie sei aufgewühlt und durcheinander. Eine nach der andern versicherten sie ihr, das ginge jeder Witwe so, etwas anderes könne man nicht erwarten. Norah sagte es zweimal. Kathleen meinte, Emily könne sich in ihrem Kummer ruhig an sie wenden.

»In diesem Haus herrscht kein Kummer.«

»Lassen Sie's gut sein«, sagte Kathleen, und ihr großes Gesicht wurde vor Verzweiflung ganz faltig. »Nicht doch.«

»Ihm war es immer egal, wie die Wahrheit herauskam, ob er sie aussprach oder nicht. Er hat nicht gesagt, dass ich nichts tauge, aber man sah es an seinem Blick. Einmal habe ich den Stallhof gefegt, und er fragte, wozu das gut sein soll. Er schob den Teller beiseite, ohne das Essen anzurühren. Eine Zeit lang hatten wir zwei Collies, die uns Gesellschaft leisteten. Als sie starben, sagte er, dass er nie wieder einen Hund haben will. Der Tierarzt machte einen großen Bogen um uns. Der Mann, der zum Ablesen des Zählers kam, war verärgert wegen der Beleidigungen, die er sich anhören musste, weil er mit seinem Transporter in den Hof gefahren war.«

»Jeder hat seine guten und schlechten Seiten, Emily«, sagte Norah im Flüsterton und wiederholte es noch einmal, immer noch flüsternd.

»Bleiben Sie sitzen, Emily«, sagte Kathleen, »ich mache uns noch eine Kanne Tee.«

Sie stand auf, hielt die Teekanne schon in der Hand. Sie war es gewöhnt, in fremden Küchen Tee zu machen. Sie würde sich schon zurechtfinden, sagte sie.

Emily protestierte, aber eigentlich war es ihr gleichgültig. In den vielen Jahren ihrer Ehe hatte in dieser Küche keine andere Frau Tee gemacht, und sie stellte sich vor, er käme vom Hof herein und fände dort eine andere vor. Als sie damals anfing, die Spülküche zu streichen, machte es ihr Angst, wie er plötzlich in der Tür stand, ohne ein Wort zu sagen. Und als sie die Zuckertüte fallen ließ und der Zucker verschüttet überall am Boden lag, sah er zu, wie sie ihn mitsamt den Torfbröseln auf die Kehrschaufel fegte. Er schnauzte sie an, was sie sich eigentlich dabei dachte, Zucker wegzuwerfen, den man noch für den Tee verwenden konnte. Bis zum heutigen Tag war die Spülküche nur zur Hälfte gestrichen.

»Er hat in seiner eigenen fremden Welt gelebt«, sagte Emily zu der Schwester, die bei ihr geblieben war. »Selbst im Alter war er noch überzeugt, ein Pferd könnte ihm neuen Schwung geben. Auch als das einzige, das ihm noch geblieben war, krank wurde und zu nichts mehr taugte. Als sie alle weg waren, schrubbte er die leeren Boxen und füllte sie mit frischem Stroh. Er hatte sich in den Kopf gesetzt, noch einmal von vorn anzufangen, mit einem Pferd, das günstig zu haben war. Er sagte es zwar nie, aber das war sein Plan.«

Das Haus war nicht sauber. Seit Jahren schon nicht mehr. Sie hatte es aufgegeben – das Haus, sich selbst, das nicht funktionierende Radio, ihr Fahrrad mit den platten Reifen. Ihren Besucherinnen war sicher nicht entgangen, dass die Sommerfliegen nicht aufgefegt waren und überall Staub lag.

»Drei Löffel und noch einen extra«, sagte Kathleen und stellte die Teekanne auf den Kamin. »Ist das richtig so, Emily? Lassen wir ihn eine Minute ziehen?«

Ein paar Scheiben Früchtebrot habe sie noch aufgeschnitten, auf dem Schneidebrett hatte sie es liegen sehen, mit dem Brotmesser daneben, zusammen mit der Butter. Sie hoffe, das sei nicht unverschämt von ihr, sie hoffe,

Emily empfinde es nicht als Einmischung, sagte sie, doch auf alles erhielt sie keine Antwort.

»Er saß da und hat mich angestarrt«, sagte Emily. »Sein Blick ist mir durch die ganze Küche gefolgt. Einmal war ein Käfer auf dem Tisch, und er hat sich nicht gerührt. Der Käfer ist ins Mehl gekrabbelt, und er hat ihn nicht rausgeholt.«

»Ist es nicht erstaunlich, Emily«, sagte Norah, »dass Sie nicht fortgegangen sind, so wie die Dinge standen? Womit ich nicht sagen will, Sie hätten es tun sollen.«

Emily war sich bewusst, dass die Frage im Raum stand. Sie blieb die Antwort schuldig; sie wusste nicht, warum sie nicht gegangen war. Rückblickend gesehen, verstand sie es auch nicht. Aber sie erinnerte sich an die Argumente, die ihr eingefallen waren, als sie erwogen hatte, ihn zu verlassen; sie hatte sich gefragt, wohin sie gehen könnte, und sich eingeredet, es sei nicht richtig, ein Haus aufzugeben, das man ihr in gutem Glauben und aus Zuneigung vermacht hatte. Und dann war da natürlich die Sorge, wie er zurechtkommen würde.

»Nehmen Sie noch eine Tasse, Emily?«

Sie schüttelte den Kopf. Der Wind war stärker geworden. Sie hörte ihn oben an den Türen rütteln. In dem Zimmer hatte sie das Licht brennen lassen.

»Ich sollte Sie nicht länger aufhalten«, sagte sie.

Doch die Geraghtys hatten es sich wieder gemütlich gemacht, mit dem frischen Tee zur Stärkung. Sie hielte sie in keiner Weise auf, sagte Kathleen. Im schummrigen Licht der Vierzig-Watt-Birne zeigte der Wecker auf dem Kaminsims zwanzig nach elf an, obgleich es in Wirklichkeit schon eine halbe Stunde später war.

»Ich bin nur einfach müde«, sagte Emily. »An so einem

Tag, da wollte ich eigentlich nicht stundenlang über Dinge reden, die vorbei sind.«

Kathleen sagte, es sei der Schock. Der Schock über einen Todesfall verändere alles, sagte sie; ganz gleich, wie sicher man mit dem Tod rechnete, wenn er kam, war es immer ein Schock.

»Ich möchte nicht, dass Sie denken, ich hätte meinen Mann nicht geliebt.«

Die Schwestern wirkten überrascht; Kathleen kniete vor dem Kamin und legte Torfbriketts nach, Norah goss Milch in ihren Tee. Ob diese beiden unverheirateten Frauen das überhaupt verstehen konnten?, dachte Emily. Konnten sie verstehen, dass sie den Toten, auch wenn sie weder Kummer noch Trauer empfand, trotzdem noch ein bisschen geliebt hatte? Es war von Anfang an ihr Fehler gewesen, ihre Dummheit; niemand hatte sie zu etwas gezwungen.

Die Witwe und die Schwestern unterhielten sich weiter, Geplauder und Beileidsbekundungen, Trost und Bestärkung. Die Vergangenheit wurde heraufbeschworen, je mehr erzählt wurde: die Hochzeit, seine polierten Schuhe und das glänzende Haar, die Feier danach auf der Curragh-Rennbahn, in der Jockey Hall, weil er den Betreiber dort kannte. Leute wurden aufgezählt, deren Namen die Geraghtys kannten, andere hatten vor ihrer Zeit hier gelebt; Ereignisse wurden erwähnt – das Jahr, in dem er in Cheltenham mitgeritten war, als die alte Grauschimmelstute, die sich beim Geländerennen in Glanbyre das Bein brach, erschossen werden musste. Die Geraghtys erzählten von ihrer Kindheit in Galway, der »City of the Tribes«, und dass man den Ort kaum noch erkennen würde, so schick und quirlig, wie er jetzt war. Sie erzählten, wie sie später in der Nähe von Enniscorthy gewohnt hatten und Kathleen damals von dem Wunsch beseelt war, ein frommes Leben zu führen, dann jedoch wieder davon Abstand genommen hatte, und wie sie allmählich erkannt hatte, dass dieser Irrtum eine Prüfung gewesen war. Mit solchen Geschichten trugen die Geraghtys zur Unterhaltung bei. Im Laufe der Nacht wurde Emily klar, dass sie so handelten, weil es bei einem traurigen Anlass wichtig war, die Trauer in andere Bahnen zu lenken. Sie entschuldigte sich dafür, schlecht über den Toten gesprochen zu haben, und gab sich wieder die Schuld. Als die Geraghtys schließlich aufbrachen, war es halb vier.

»Danke«, sagte Emily und hielt ihnen die Haustür auf. Der Wind, der anfangs eine leichte Brise und dann stärker geworden war, hatte sich ganz gelegt. Die Luft war frisch und rein. Sie würde zurechtkommen, sagte sie.

Die Innenbeleuchtung des Wagens flackerte, als die Frauen die Türen öffneten. Die Rücklichter glühten rot auf, dann sprang der Motor an, und eine kleine Rauchwolke kam aus dem Auspuff, bevor der Wagen langsam davonfuhr und schneller wurde.

Oben im Zimmer zog Emily das Laken über die faltigen, starr werdenden Gesichtszüge und betete. Sie kniete am Bett und bat um Erlösung für ihren Mann, der sie so lange schlecht behandelt hatte. Durch ihre Angst war die Liebe, von der sie gesprochen hatte, zu einer leeren Hülse verkümmert, doch dass es diesen letzten Rest noch gab, leugnete sie jetzt ebenso wenig wie vorher im Beisein ihrer Besucherinnen. Sie konnte nicht weinen, und sie konnte nicht trauern; zu wenig war geblieben, zu viel zerstört. Wussten das die Frauen, als sie in der Dunkelheit davonfuhren? Würden sie es den Leuten erklären, wenn die Leute sie fragten?

Unten spülte sie das Teegeschirr ab. Sie würde nicht schlafen und auch nicht ins Bett gehen. Die Stunden würden verstreichen, und dann würde der Mann vom Bestattungsunternehmen kommen.

Das Scheinwerferlicht fiel auf niedrige Steinmauern, auf die Seitenstreifen mit dem wuchernden Jakobskraut, auf eingezäunte Felder mit schlafenden Schafen zwischen Stechginsterbüschen. Kathleen saß am Steuer wie immer, Norah hatte nie fahren gelernt. Noch nie hatte sich ein Besuch so seltsam gestaltet, so anders, als die Schwestern es aus ihrer Erfahrung kannten. Sie unterhielten sich darüber und schwiegen dann eine Zeit lang, bis Kathleen abschließend bemerkte, was sie den ganzen Abend gehört hätten, sei umso schlimmer gewesen, weil oben in dem Zimmer ein Toter lag.

Norah saß vornübergebeugt im dunklen Wagen und runzelte nachdenklich die Stirn. Sie antwortete nicht sofort, doch nach längerem Schweigen sagte sie:

»Ich würde sagen, heute waren wir in einem Totenhaus.«

Im Haus war wieder die Stille eingekehrt, die von den Besucherinnen gestört worden war. Kein Geist erhob sich aus den körperlichen Überresten des Mannes, der nun endlich in Frieden ruhte. Doch als die Morgendämmerung die Umrisse der Vorhänge erhellte, spürte die Frau, die am Torffeuer saß und es in Gang hielt, eine Regung in ihrem Innern. Die Müdigkeit setzte ihr weniger zu, etwas wie Ruhe überkam sie. In dem vernachlässigten Zimmer bereute sie nichts von dem, was sie den wohlmeinenden Schwestern gesagt hatte; und es war auch nicht wichtig, ob die beiden das eine oder andere nicht ganz verstanden hatten. Emily blieb noch eine Weile sitzen, dann zog sie die Vorhänge auf und ließ den Tag herein. Es war ihr eigener Geist, den die Nacht geweckt hatte, das Bild ihrer selbst, wie sie einst gewesen war.

Traditionen

Sie kamen einer nach dem andern herein, so wie immer. Hambrose, dann Forrogale, Accrington, Olivier, Macluse, Newcombe und Napier. Jeder sah die toten Dohlen auf der gestampften Erde liegen: sieben Stück, für jeden eine.

»Leggett«, sagte Macluse, die Übrigen schwiegen. Nur Napier hatte Leggett auch im Verdacht. Die anderen waren verwirrt, außer Olivier. Jemand hatte den Vögeln den Hals umgedreht und einem den Kopf abgerissen. Wie sie da im Staub lagen, sah das Gefieder schon matt aus, der wache Blick ihrer Augen war getrübt. »Leute gibt's, das glaubt man nicht«, sagte Newcombe trocken, seine Stimme bar von Protest oder Emotion. Olivier wusste gleich, es war das Mädchen.

Eine Glocke läutete und rief sie zur Andacht. Jeden Morgen blieben ihnen nur diese wenigen Minuten, gerade Zeit genug, um zur Scheune zu laufen und nachzusehen, ob mit den Vögeln alles in Ordnung war. Meistens setzte das Läuten ein, wenn die sieben schon auf dem Rückweg waren. Nicht lange davor hatten sie ihre Morgenzigarette geraucht.

»Mein *Gott*!«, stieß Macluse aus, während sie dahineilten. Auch Forrogale und Accrington waren jetzt der Meinung, dass es Leggett war. Die anderen sagten nichts dazu.

Sie brachten ihren Vögeln das Sprechen bei, wie schon Generationen von Jungen vor ihnen. Sie lockten die Dohlen an, wenn sie noch ganz jung waren, stutzten ihnen dann die Flügel und zähmten sie. Man hätte sie vielleicht auch anderswo unterbringen können, aber die leere, geräumige Scheune eignete sich am besten; Hühnerdraht war über eine fensterartige Öffnung gespannt und unten an die Türen genagelt. Sie wurde zu keinem anderen Zweck genutzt, war verlassen und vergessen, bis wieder offiziell daran erinnert wurde, dass das Betreten des ganzen Geländes untersagt war – ein Verbot, das ebenso regelmäßig wieder in Vergessenheit geriet. So lief es seit Generationen. Aber ein solches Gemetzel hatte es noch nie gegeben.

Die Dohlen redeten nicht deutlich, wenn man sie unterrichtete. Sie unterhielten sich weder miteinander, noch gaben sie einen einzigen Laut von sich, den man als Wort bezeichnen konnte. Die Geräusche, die nach stundenlangem Unterricht aus ihren Schnäbeln kamen, waren diffus und mussten vom Zuhörer interpretiert werden. Bessere Resultate ließen sich erzielen, so hieß es, wenn man ihnen die Zunge spaltete, wie es früher praktiziert worden war, nun aber schon seit vielen Jahren nicht mehr. Man fand, das sei doch nicht so das Richtige.

Fast auf die Minute genau erreichten die sieben Jungen die Kirche, liefen an der Reihe der Lehrer vorbei, die an den Kreuzgängen auf ihren Einmarsch warteten, und setzten sich nebeneinander auf ihre Plätze. Dass an diesem Morgen etwas nicht stimmte, sahen ihre Mitschüler sofort; die Neugier wuchs, während Gebete gemurmelt und Choräle geschmettert wurden. Der Kaplan mit dem ernsten Gesicht führte durch die Andacht und sprach kurz über die Versuchungen in der Wüste, denn es war die Zeit dafür im Kirchenjahr. Seine ernste Art war eine allgemein bekannte Eigenschaft, die keineswegs auf das Ereignis der vorigen

Nacht zurückzuführen war, von dem er ja nichts wusste. »Denn es steht geschrieben«, zitierte der Kaplan, »er hat seinen Engeln befohlen, dass sie dich behüten auf allen deinen Wegen.« Mit diesen Worten schloss er den Gottesdienst ordnungsgemäß ab. Während Schüler und Lehrer, alle in formellen Talaren, nacheinander wieder an die frische Luft trotteten, erklang ein Orgelsolo von Händel.

In der folgenden allgemeinen Auflösung kamen, mit zunehmender Lautstärke, die Gespräche in Gang. Die Jungen strebten den weit verstreut liegenden Klassenzimmern entgegen, die Lehrer schlugen nur eine Richtung ein, um aus ihrem Aufenthaltsraum die aktuell benötigten Bücher zu holen. Hambrose und Accrington blieben zusammen, ebenso Macluse und Napier und Newcombe, die alle drei einer klügeren Gruppe angehörten. Forrogale hatte eine Klavierstunde. Olivier war zum Direktor bestellt worden. Alle sieben hatten sie noch die Schandtat vor Augen, und weder Bitterkeit noch Zorn waren gewichen.

Forrogale vertrieb sich die Wartezeit mit Klavierspielen, denn er hatte seit seiner letzten Stunde bei Mr. Hancock nicht viel geübt. Im Haus des Direktors wurde das blaue Licht über der Wohnzimmertür gelöscht, als der Schulschlachter und Mann für alles, Dynes, aus dem Zimmer kam. Er zwinkerte Olivier unheilvoll zu, um anzudeuten, dass er mehr über die Vorladung wusste, als es der Wahrheit entsprach. Doch das Zwinkern blieb unbeantwortet, da es einer von Dynes' üblichen Tricks war. Olivier klopfte leise an die Tür und wurde zum Eintreten aufgefordert.

»Ich bin enttäuscht«, erklärte der Direktor unvermittelt und führte Olivier vom Kamin, an dem er sich gewärmt hatte, in ein kleines angrenzendes Zimmer, wo Bücher und Papiere und beschlagnahmte Sachen unordentlich herumlagen. Der kräftig gebaute Mann ließ sich schwerfällig hinter seinem Schreibtisch nieder, während Olivier stehen blieb. »Enttäuscht, festzustellen«, fuhr er fort, »dass du in keinem der drei naturwissenschaftlichen Fächer den Anforderungen entsprochen hast. Dabei sieht es so aus, als hättest du diesen Zweig aus freien Stücken gewählt.« Er brach ab, um einen Blick auf ein Blatt Papier zu werfen, das er zu sich herangezogen hatte. »Liegen deine Interessen in dieser Richtung?«

»Ich war neugierig und wollte mehr über Naturwissenschaften wissen, Sir.«

»Setz dich, Olivier.«

»Danke, Sir.«

»Neugierig, sagst du?«

»Ja, Sir.«

»Dann sag mir, warum du in dieser Richtung neugierig bist. Du weißt ja, ich habe eine Verpflichtung – und ein schlechtes Gewissen, wenn ich begriffsstutzige und ungebildete Schüler wissentlich in die unschuldige Welt entlasse. Die Gebühren an dieser Schule sind hoch, Olivier. Sie sind hoch, weil die Erwartungen hoch sind. Dein Hausaufseher hat dir das auch gesagt. Du bist heute Morgen hier, damit dir bewusst wird, wie ernst es uns damit ist. Als du dich für den naturwissenschaftlichen Zweig entschieden hast, bist du also keiner inneren Berufung gefolgt?«

»Nein, Sir.«

»Du hast eine Neugierde befriedigt. Du hast dich befriedigt: Das kann gefährlich sein.«

Warum musste der Mann bloß immer so schwülstig und gestelzt daherreden? fragte sich Olivier. Wenn der schlichte Wunsch, mehr lernen zu wollen, weil man so wenig wusste,

Selbstbefriedigung war, dann war es eben Selbstbefriedigung. Was war daran gefährlich?, überlegte er, fragte aber nicht. Seine unzureichenden Leistungen im Labor hatten ihn nicht überrascht und überraschten ihn auch jetzt nicht.

Olivier sagte, es täte ihm Leid, und der Direktor redete, wie bei jeder sich bietenden Gelegenheit, von der Schule und ihrem Glauben an Traditionen. Was er da rühmte, hatte wenig, wenn überhaupt etwas, mit Oliviers Versagen zu tun. Dass das so war, war an sich schon eine Tradition, denn jedes Abweichen von den erwünschten Verhaltensnormen wurde auf das leichtsinnige Missachten altbewährter Grundsätze und Moralvorstellungen zurückgeführt. Auch die Vorgänger dieses Direktors hatten zu ihrer Zeit großen Wert auf die Vergangenheit gelegt, auf die Erfolge der Jungen, wenn sie erwachsen wurden, auf das, was sie der Schule schuldeten. Und Oliviers Vorgänger wiederum hatten ebenso skeptisch und verächtlich zugehört.

»Wollen wir so verbleiben«, schlug der jetzige Direktor vor, »dass du mir heute Morgen versprichst, dich dahinter zu klemmen? Dass wir die Angelegenheit in, sagen wir, fünf Wochen erneut besprechen?«

»Ich könnte die Naturwissenschaften auch aufgeben, Sir.«

»Aufgeben? Das Wort will ich überhaupt nicht hören.«

»Ich habe einen Fehler gemacht, Sir.«

»Mach ihn nicht noch schlimmer, Olivier. Versagen an sich ist schon eine Strafe. Vielleicht lässt du dir das einmal durch den Kopf gehen.«

Mit diesem Vorschlag wurde Olivier entlassen. In der großen steingepflasterten Halle hinter dem Arbeitszimmer und dem Wohnzimmer vergaß er sofort alles, was man ihm eben gesagt hatte, und widmete sich wieder dem Thema der toten Vögel. Er kam zu dem gleichen Schluss wie schon vorher: Der Schuldige war kein Schüler. Heute Nachmittag nach dem Training würden sie sich Leggett schnappen und ihn verhören. Olivier, der sich auf dem Weg zum Klassenzimmer Zeit ließ, nahm diese ungerechte Rache in Kauf, wusste aber, er würde seinen Verdacht trotzdem nicht preisgeben. Er empfand es als Genugtuung, zu schweigen, etwas zurückzuhalten, zu wissen, was andere nicht wussten.

Den Mittwoch hatte sie immer bis zum Abendbrot für sich. Das war seit jeher so, und jede Veränderung wäre ihr zuwider gewesen. Inzwischen sah sie diesen Tag mitten in der Woche als ihren persönlichen Sonntag – wenn der Wecker nicht klingelte, wenn sie die Glocken der Kirche und Grundschule, die in der Ferne läuteten, ignorieren durfte. Selbst ihr Unterbewusstsein wusste, was zu tun war: den halben Vormittag verschlafen. Es war ein zerrissener Schlaf, unruhig durch endlose Träume, die um diese Zeit besonders lebhaft waren, doch das störte sie nie. Nichts war lustvoller als ein Mittwochmorgen, als sich zwischen Dösen und Aufwachen den unordentlichen Speisesaal nach dem Frühstück vorzustellen, und die Stille, die plötzlich einkehrte, wenn der Unterricht begann, das in die Speisekammern getragene Besteck, wo es sauber poliert und dann wieder zurückgebracht wurde, die großen, zum Mittagessen gedeckten Eichentische. Auch samstagabends hatte sie frei, aber das war anders, nichts wirklich Besonderes, und oft sprang sie für eine der anderen ein, ohne dafür eine Entschädigung zu wollen.

An diesem Morgen stand sie um halb elf auf, ihre übliche Mittwochszeit. Sie las eine farbige Beilage, bis das Wasser im Kessel kochte. Dann öffnete sie die Hintertür, stand im Nachthemd da und verscheuchte eine lästige Katze. Stacpoole war immer am Mittwochmorgen zu ihr gekommen, er war der Einzige gewesen, und auch der Einzige, dem es in all den Jahren gelungen war, sich dann eine Freistunde zu organisieren, von elf bis Viertel vor zwölf. Sie erinnerte sich noch, wie Stacpoole lange danach in die Schule zurückgekehrt war, mit einer Frau, die angeblich seine Ehefrau war, und sie auf dieses und jenes aufmerksam gemacht hatte. Sie erinnerte sich noch, dass sie sich gefragt hatte, ob sie wohl auch dazugehörte.

Sie blieb noch eine Weile stehen und genoss die sanfte, frische Luft. Dann lockte sie der Duft von Toast zurück in ihre Küche.

Im Steinbruch machten sie Kaffee und tranken ihn aus Marmeladengläsern. Sie tranken ihn sehr süß, aber ohne Milch, denn Milch wurde zu schnell sauer. Dann lagen sie auf dem Rücken in der Sonne und rauchten.

Unterdessen schlich Leggett zu seinem Haus zurück und schützte so lange ein Hinkebein vor, wie er glaubte, dass man ihn sehen konnte. Er bildete sich ein, eine gebrochene Rippe zu haben, aber Forrogale, angeblich medizinisch bewandert, hatte sie mit den Fingern befühlt und es bestritten. »Ganz bestimmt nicht«, hatte Forrogale gesagt, aber Leggett war sich da nicht so sicher. Sie hatten ihn sich vorgeknöpft, weil er hinterhältig war: Das hatten sie gesagt und Leggett wusste, dass es stimmte. Trotzdem war er unschuldig. Niemals hätte er eine ihrer grässlichen Dohlen angefasst, geschweige denn einen Kopf mit einem Schnabel, der nach einem schnappen konnte, in die Hand genommen.

»Der war's nicht«, sagte Accrington nach einem langen

Schweigen, und die anderen stimmten der Reihe nach zu. Was natürlich nicht hieß, dass Leggett die Abreibung nicht durchaus verdient hatte.

»Wer dann?«, fragte Napier. Olivier sagte nichts von dem Mädchen.

»Vielleicht war es Dynes«, sagte Macluse.

Alle dachten darüber nach, nur Olivier nicht. Dynes stand nicht zur Debatte; sie konnten ihn weder zusammenschlagen noch in irgendeiner Weise belästigen; nicht mal ansprechen konnten sie ihn auf die Sache, denn wenngleich er wusste, dass Dohlen gehalten wurden, würde er höchstwahrscheinlich auf die Beschuldigung reagieren, indem er preisgab, was er bis vor kurzem für sich behalten hatte. Er war ziemlich empfindlich.

»Ich bezweifle sehr, dass es Dynes war«, sagte Accrington. »Die Sache trägt nicht seine Handschrift.«

Vor ein paar Jahren wollte sich ein Junge erhängen, aber sein Versuch scheiterte. Hinterher wurde festgestellt, dass er gar nicht sterben wollte, denn die vorbereitete Schlinge konnte sich nicht zuziehen, weil er einen Fuß in eine Vertiefung an dem von ihm ausgewählten Baum drückte und somit sein Gewicht abfing. Der Junge durfte allerdings nicht an der Schule bleiben, sondern wurde als nicht ganz normal nach Hause geschickt. Über diesen Fall redeten sie jetzt, denn der Mörder ihrer Vögel war gewiss ähnlich gestrickt. Die Namen der labilen Schüler wurden gehandelt, neue Verdächtige und ihr Verhalten in letzter Zeit diskutiert. Olivier blieb still. Unter den Jungen war er der kleinste, aber nicht der jüngste; er trug eine dunkle Ponyfrisur über einem blässlichen Gesicht. Sein Äußeres hob ihn unter seinen Freunden hervor, ihm war eine Zartheit zu Eigen, die ihnen fehlte. Die Nachlässigkeit, mit der die anderen beschaffen waren, wurde offensichtlich, wenn man Olivier als Beispiel für etwas besser Gelungenes ansah. Dass sie in der Pubertät steckten, zeigte sich an zu kurzen Jackenärmeln, widerspenstigen Haaren und heiseren Stimmen, an unreiner Haut unter erstem Bartwuchs. Dennoch fiel niemandem weiter auf, dass Olivier diesem Vorspiel zur Männlichkeit entkommen war, oder der schlaksigen Unbeholfenheit, die seine Freunde akzeptierten, ohne zu bedauern, was sie zurückließen.

Der letzte Kaffee wurde ausgetrunken, und die Zigarettenkippen landeten in der Feuerglut, bevor die verkohlten Stockreste in alle Winde verstreut wurden. In einer Gruppe kehrten die Jungen zur Schule zurück, dann zur Scheune, dem früheren Zuhause ihrer Dohlen. Hambrose, der durch seine Arbeit auf der Schulfarm mit den dortigen Abläufen gut vertraut war, machte einen Umweg, um einen Spaten zu holen, dann empfahl er eine günstige Stelle zum Ausheben eines Gemeinschaftsgrabs. Ein Vogel nach dem anderen wurde hineingeworfen. Macluse schaufelte den Lehmboden zurück, dann begann das Einfangen von Ersatzvögeln.

Lange vor Oliviers Zeit an der Schule war es zu Vorfällen gekommen, die seither durch mündliche Überlieferung Berühmtheit erlangt hatten: das Läuten der Kirchenglocke mitten in der Nacht; das Verschwinden eines Renoir-Druckes – »Lesende« – von seinem Platz zwischen den Fenstern in einem der Präfektenzimmer; das Entwenden eines Feuerzeugs und einer Pfeife aus der Tasche von Dobie-Gordons Mantel; der rätselhafte Zusammenbruch der Zentralheizung. All diese Vorfälle spielten sich im Abstand von vielen Jahren ab und hatten nur gemeinsam, dass nie ein Schuldiger zur Rechenschaft gezogen werden konnte. Ebenso schien es unmöglich, dass dieselbe Person auch nur für zwei – geschweige denn für alle – Ereignisse infrage kommen konnte, das schloss der begrenzte Aufenthalt eines jeden Jungen an der Schule aus. Vor sieben Jahren – auch das lange vor Oliviers Zeit – hatte es Ärger im Fahrradschuppen gegeben; jemand ließ wahllos die Luft aus den Reifen. Danach passierte nichts mehr, bis zu den getöteten Dohlen.

Es war reine Intuition, die Oliviers Verdacht auf das Mädchen lenkte, nicht nur für die jüngste Gräueltat, sondern auch für die früher begangenen. Und obwohl er überzeugt war, dass er Recht hatte, so sicher war sein Instinkt, so deutlich spürte er die Absicht hinter diesen Anschlägen, konnte er sich nicht vorstellen, warum eine der Speisesaalhilfen um ein Uhr nachts Feueralarm in der Schule auslösen wollte oder was sie wohl mit Dobie-Gordons Pfeife anfangen konnte. Hier war Rache mit im Spiel, so seine anfängliche Vermutung, die er dann aber wieder verworfen hatte, weil er sie für zu plump und offensichtlich hielt. Zu diesem Schluss kam er auch am Tag von Leggetts Bestrafung, als er beim Abendessen versuchte, das Mädchen zu beobachten, wenn sie nicht hersah. Er verstand sich gut darauf, in die Privatsphäre anderer einzudringen, ohne dass die beobachtete Person etwas davon merkte; er war stolz darauf, obwohl er zwei- oder gar dreimal wegsehen musste, weil sein musternder Blick plötzlich erwidert wurde. Bella war ihr richtiger Name, aber im Speisesaal und außerhalb sagten alle nur »das Mädchen«.

Die Speisesaalhilfen konnten auf einem Arm fünf Teller gleichzeitig tragen, dicht an dicht, die Ränder mussten sich berühren, damit sie im Gleichgewicht blieben; auf jedem lag Bratwurst im Teigmantel oder Toast mit Bohnen und Rührei. Heute gab es Bratwurst im Teigmantel, zwei Würstchen in jeweils einer dunkelbraunen, knusprigen Teighülle. Am zweiten Tisch von St. Andrew's konnte man seine Wurst an Chom weiterreichen, der aß sie für die anderen. Sonst herrschten im Speisesaal geläufigere Bräuche, und verschmähte Bratwürste im Teigmantel wurden später entsorgt.

Olivier saß heute Abend an Tisch drei von St. David's zur Rechten des Aufsichtsschülers, eine Position, die sich alle zwölf Tage wiederholte, denn mit Ausnahme des Aufsichtsschülers rückte jeder Junge täglich einen Platz weiter. Der Aufsichtsschüler redete nur, wenn er um Salz oder Pfeffer oder Marmelade bat; es war sein Privileg, unnahbar zu sein. Die warmen Teller wurden in jeder Jungenreihe weitergereicht, der des Aufsichtsschülers wurde in letzter Minute gebracht und mit Senf serviert.

Das Mädchen, für das sich Olivier interessierte, bediente nicht an seinem Tisch. Er beobachtete sie ganz hinten im Speisesaal, bei den Tischen von St. Patrick's, wo Accrington und Newcombe und Hambrose saßen. Unter den Jungen, die Dohlen zähmten, wohnte nur Olivier in St. David's. Forrogale und Macluse und Napier wohnten in St. George's, dem Haus, das für seine guten Sportler bekannt war.

Der Lärm im Speisesaal war beträchtlich, doch zu Olivier drangen nur die Gesprächsfetzen von seinem Tisch, der Rest verlor sich im allgemeinen Getöse. In der Samstagabend-Diskussion sollte es diese Woche um die Frage gehen, ob es Geister gab oder nicht. Darüber wurde schon jetzt gesprochen; außerdem stand ein Thema aus den überregionalen Nachrichten zur Debatte – die Verurteilung eines Arztes, der einige seiner Patientinnen umgebracht hatte –, und es wurde für oder gegen die Todesstrafe plädiert. Olivier trank seinen Tee aus und reichte seine Tasse samt Untertasse ans Tischende weiter, wo zwei Jungen für eine riesige Metallkanne mit Tee verantwortlich waren. Dann beobachtete er wieder das Mädchen. Sie wartete darauf, mit dem Abräumen von Tellern und Besteck anzufangen, und stand jetzt mit den anderen Hilfen in einer Reihe vor dem Lehrertisch, der während dieser Mahlzeit unbesetzt war.

Sie war nur dem Namen nach ein Mädchen, die Bezeichnung haftete ihr noch von früher an, als sie unter den Speisesaalhilfen bei weitem die jüngste war. Die Bezeichnung ehrte den Ruhm, den sie einst genossen hatte, als ihre frische Schönheit immer wieder leidenschaftliche Gefühle im Speisesaal entfachte. All dies spielte bei den rätselhaften Vorfällen mit hinein, dachte Olivier, nur wusste er nicht, wie. Und dass es ihr nichts ausmachte, wenn man sie beobachtete, gehörte auch dazu.

»Olivier«, unterbrach der Aufsichtsschüler die Leere, die seinen Überlegungen gefolgt war. »Die Marmelade.«

Olivier entschuldigte sich und griff nach der Schale mit der Apfelmarmelade. Inzwischen war sie eine Frau in den späten mittleren Jahren, groß, die grauen Haare hinter einem Häubchen zurückgebunden, ihr Gesicht zeigte immer noch Spuren der Schönheit, wie andere Jungen sie gekannt hatten. Olivier verstand genau – und hatte schon bald verstanden, nachdem er sich für sie interessierte –, was sie von den anderen Serviererinnen unterschied. Es lag nicht nur an den Geschichten, die ihr aus der Vergangenheit nachhingen, und auch nicht an den Spuren ihrer früheren Schönheit, die bewiesen, dass sie nicht übertrieben waren, oder daran, dass sie lieber schwieg, wenn die anderen Serviererinnen in sorgsam zurückhaltendes Speisesaalgeflüster verfielen. Da war noch etwas, was nur ihr gehörte. Wieder fing ihr Blick den seinen, sie war zu weit weg, als dass Olivier sicher sein konnte, ob es Absicht war, aber irgendwie war er doch sicher.

Das graue Wurstfleisch im Teigmantel muffelte ein bisschen; nicht dass es schlecht war, das nicht, es roch durchaus nach Wurst und Fleisch, aber bei der Zubereitung hatte die Masse ihr natürliches Aroma verloren. Als sie das erste Mal in seine Richtung sah, hatte er sie nicht erkannt und wäre an ihr vorbeigegangen, weil sie keinen Kittel trug. Seitdem war sie ihm oft auf der hinteren Zufahrt aufgefallen, allein an ihrem freien Nachmittag oder wenn sie mit der Arbeit fertig war, nicht in einer Gruppe wie die meisten anderen. Sie lächelte nie, nicht die Spur von einem Lächeln, und er auch nicht.

Lärmend standen die Jungen auf, die Bänke wurden von den Tischen zurückgeschoben, Schuhe schlurften auf den polierten Dielenbrettern. »… *per Christum dominum nostrum*«, stimmte der älteste Aufsichtsschüler an, und dann gab es die abendlichen Bekanntmachungen, der Aufsichtslehrer eilte davon, die Aufsichtsschüler gingen, als die Bekanntmachungen beendet waren, einer schloss sich dem Nächsten an, und unterbrochene Gespräche wurden wieder aufgenommen, während sich der Speiseraum leerte und nur noch die Mädchen blieben.

Die Vögel würde es nicht mehr treffen. Immer gab es einen Wechsel, und einmal hatte Olivier versucht, die nächste Tat zu erraten, war aber jämmerlich gescheitert. Wenn es passierte, wäre er nicht mehr an der Schule, und er stellte sich vor, wie er zu einem Ehemaligen-Treffen zurückkehren und eine beifällige Bemerkung aufschnappen würde. Er stellte sich vor, dass er nicht genau wissen würde, was passiert war, und deshalb am Ende direkt nachfragen musste. Einen Augenblick lang hätte er seinen Freunden gern versichert, dass den neuen Vögeln nichts zustoßen und dass sich der Anschlag nicht wiederholen würde. Aber er sah davon ab. Es war wieder Zeit für eine Zigarette, und die sieben zogen zu der Steinhütte, die sie eigens für diesen Zweck gebaut hatten, außer Sichtweite in der Ecke von einem Feld.

Am Abend sprach der Direktor höchstpersönlich die Komplet, was nur bei seltenen Anlässen vorkam. Er erzählte eine selbst erfundene Parabel: dass ein Mann, der jeden Tag seines Lebens einem bestimmten Verhaltensmuster folgte, dieses Muster durch die stete Wiederholung reicher machte. Er erzählte, wie dieser Mann einmal im Traum von seinem gewählten Weg abwich und daraufhin hart von Gott gerichtet und mit Misserfolg bestraft wurde, wohingegen sein Leben bisher von Erfolg gekrönt war.

Olivier hörte aus den Worten eine schwache Anspielung heraus und fragte sich, ob sie vielleicht auf sein eigenes Abweichen und späteres Versagen auf dem Gebiet der Naturwissenschaften zurückzuführen war. Am Ende seiner Rede versäumte es der Direktor nicht, auf den Wert der Tradition zu verweisen, und sprach ihr und der Schule, in der sie herrschte, eine Macht zu, die gewiss den Beifall des Gottes fand, der strafte, wenn ihm etwas missfiel. Die Philosophie des Direktors veränderte sich nur im allegorischen Gewand seines Diskurses. Es war ein sich schließender Kreis, der dort endete, wo er begonnen hatte: bei der Schule und ihren altmodischen, aber bewährten Bräuchen, die Jungen zu Männern machten.

Später, beim Überfliegen einer Ode von Horaz mithilfe eines Übersetzungsschlüssels, wurde Olivier abgelenkt, weil er an das überwältigende Vertrauen des Direktors in die festen Erziehungsriten der Schule und an die Freveltaten des Mädchens vom Speisesaal dachte. Waren ihre Sünden ein Ausdruck der Rebellion und als solche beabsichtigt, oder waren sie einfach nur zufällig geschehen? Was ging ihr durch den Kopf, wenn sie wieder Unruhe stiftete oder anderen das Leben schwer machte? Und wie kam es, dass die Überzeugungen des Direktors und die hinterhältigen Rückfälle einer Frau plötzlich irgendwie zusammenhingen wie benachbarte Puzzleteile? *Angustam amice pauperiem pati, robustus acri militia puer condiscat*, hatte Horaz geschrieben, und Olivier versuchte Latein und Englisch in Einklang zu bringen, so gut er konnte, da sein Schlüssel keine wortwörtliche Übersetzung bot.

Natürlich wusste der Direktor nicht – ebenso wenig wie die Schulleiter vor ihm –, dass das Speisesaalmädchen in ihrer Jugend auch ein Teil der Tradition gewesen war und den mittlerweile zu Männern herangewachsenen Jungen einen Dienst erwiesen hatte, der in die inoffiziellen Annalen eingegangen war. Auch das gehörte dazu, überlegte Olivier, bevor er weiter herumtüftelte, welches Wort zu welchem passte.

Am Ende eines jeden Tages gingen die Speisesaalhilfen und die Hausmädchen und die für verschiedene Aufgaben zuständigen Mädchen nach Hause. Manche fuhren in den Autos mit, die einige besaßen, andere auf Fahrrädern, manche gingen zu Fuß zum Dorf. Zu denen, die zu Fuß gingen, gehörte auch das Mädchen, das mittlerweile eine Frau war. Sie rauchte auf der mit Laub übersäten hinteren

Zufahrt, ein Stück hinter zwei ihrer Kolleginnen, von denen eine den Weg mit einer Taschenlampe erhellte. Die Haut des Jungen, den sie so bewunderte, war immer noch glatt wie Porzellan, aber nicht so weiß und auch ohne das zarte Rosa, das man oft mit einem Porzellanteint verband. Sie liebte die leichte Blässe und die dunklen Augen, die daraus hervorsahen, liebte den Pony, der so schön den Stirnkonturen folgte.

Sein Bild drängte sich beim Weitergehen in ihr Bewusstsein, seine Stimme wurde die Stimme von Jungen, die vor langer Zeit zärtlich ihren Namen ausgesprochen hatten. Er wusste Bescheid, sie hatte es geahnt, denn er war so einer. Sie hatte schon immer gemerkt, wenn einer so war.

Das erste Abendläuten ertönte mit seinem rhythmischen Klang. Die jüngeren Schüler sammelten ihre Bücher ein, und dann verhallten ihre Schritte auf den Gängen, kein Wort wurde gesprochen, weil jeglicher Lärm verboten war, wenn die Klassen der Ober- und Mittelstufe ihre Vorbereitung für den Unterricht fortsetzten. Olivier las *Cakes and Ale*, der orangefarbene Rücken außer Sichtweite versteckt hinter *Raleigh and the British Empire* und einem Handbuch für Laborexperimente. *Meinst du, es war Chapman?*, wurde er beim Lesen von einem Briefchen unterbrochen, das man die Pultreihe entlang an ihn weitergereicht hatte. *Vielleicht*, schmierte er hin und gab den Papierschnipsel wieder an Newcombe zurück. Manchmal musste man lügen. Wenn man immer widersprach, sobald sie einen Verdächtigen nannten, würden sie misstrauisch werden.

Jemand musste ihr auf die Schliche kommen: Sie hatte einen Vorfall nach dem anderen inszeniert, damit ihr jemand auf die Schliche kam. So sicher er sich in allem anderen war, so sicher war er sich auch, dass diese letzte Vermutung nicht unrealistisch war. Mehr wusste er nicht, damit musste er sich wohl zufrieden geben. Vor seinem geistigen Auge sah er sie wieder wie schon ein- oder zweimal, als er um diese Zeit draußen gewesen war: in ihrem marineblauen Mantel, den Gürtel locker gebunden, ein Kopftuch mit Pferden drauf.

»Tschüs, Bella«, riefen die beiden vor ihr, eine nach der anderen, dann bogen sie in die Parsley Lane ein. »Tschüs.«

Sie verabscheute das banale Wort, es war so inhaltslos, wurde jetzt ständig benutzt. »Gute Nacht«, rief sie zurück.

Stimmen und ein gelegentliches Lachen begleiteten die hüpfende Taschenlampe in der Parsley Lane. Sie ging einen anderen Weg und hörte nur den Ruf einer Eule. Sie kam zum Railwayman, wo wieder geredet und gelacht wurde, und dann der laut aufgedrehte Fernseher in Mrs. Hodges' Wohnzimmer.

Sie stellte sich vor, ihre Mutter würde noch leben und läge jetzt im Bett. Und er wäre stumm zwischen den Eiben auf dem Friedhof und würde nichts sagen, wenn sie vorbeiging. Wenn sie dann den Tee nach oben gebracht und eine Weile dagesessen hätte, bis die alten Augenlider langsam zufielen, würde sie den Holzriegel zurückschieben, den Vorhang ein Stück nach rechts ziehen und ihn ganz kurz so lassen. Er würde ohne anzuklopfen hereinkommen.

Jemand, der aus dem Railwayman kam, rief ihr gute Nacht hinterher, und sie erwiderte den Gruß. Jeden hätte sie haben können, auch heute noch, wenn sie nicht alles täuschte. Mein Gott, dachte sie, erstickt wäre ich an so einem Leben, mit jedem von ihnen!

Die Abkürzung durch den Friedhof machte ihr nichts

mehr aus. Schon zu oft war sie an den Grabsteinreihen vorbeigegangen, an der großen Familiengruft der Greshams, zerstört und an einer Stelle offen, an den kaputten, vergessenen Kränzen, die im Mondschein gespenstisch wirkten. Der Geruch, den sie einst mit den Toten verbunden hatte, war altes vermoderndes Laub.

Das kleine Haus, in dem sie ihr ganzes Leben verbracht hatte, war das letzte im Dorf. In ihrer Kindheit hatte ihr Vater es jeden Morgen verlassen, um im Steinbruch zur Arbeit zu gehen; er war oben gestorben, genau wie ihre Mutter. Ein Junge war an dem Tag gekommen, als ihre Mutter starb, und sie hatte ihn wegschicken müssen; er war Aufsichtsschüler von St. Andrew's gewesen, Tateman hieß er. *La même chose*, das hatte er ihr beigebracht, und bei *chacun à son goût* ließ er sie die Lippen spitzen, wegen der Aussprache. Lange danach stellte sie sich vor, wie sie mit ihm durch ganz Frankreich und Deutschland reiste und *la même chose* sagte, wenn man ihr Nachtisch anbot und sie den gleichen wollte wie er. Helle Haare hatte er gehabt, ganz anders als der jetzige, dessen Namen sie nicht kannte.

Sie schloss die Tür auf und zog die Vorhänge im Zimmer zu, auch den schweren vor der Tür, der die kalte Luft von draußen abhalten sollte. Zwei elektrische Heizröhren wärmten ihr die Knöchel, als sie sich mit Tee und Keksen hinsetzte. Die Heimlichkeit an der Sache, das hatten die Jungen immer genossen, in gewisser Weise ebenso sehr wie das andere. Und auch sie hatte es genossen – nicht ganz so sehr, aber fast.

Als im Schlafsaal Ruhe herrschte, dachte Olivier wieder an das Mädchen. Er überlegte, wie sich, als sie noch jung war, ihre Miene verändert hatte, wenn ihre Stimmung wechselte. Er stellte sie sich gelassen vor, denn manchmal sah sie ein bisschen so aus, wenn sie im Speisesaal dastand und auf das Ende des Tischgebets wartete, während die anderen ungeduldig waren. Er phantasierte weiter und sah sie in einem anderen Mantel, ohne Kopftuch, mit zerzausten Haaren. Er sah ihren gestärkten Kittel ausgebreitet auf einem Bügelbrett liegen, ein Finger wurde befeuchtet, um die Hitze des Bügeleisens zu prüfen. Er sah ihre Füße mit den Strümpfen, das Lachen in ihren Augen, und dann ihre Nacktheit.

Justinas Priester

Nur Justina Casey gab ihm noch einen Sinn, überlegte Pater Clohessy und schüttelte den Kopf über den immer wiederkehrenden Gedanken, aber wie sich das Mädchen verhielt, war völlig widersinnig. Der altbekannte Widerspruch regte sich leise in ihm, wie immer, wenn Justina Casey, frei von Sünde wie eh und je, ihre Beichte ablegte. Pater Clohessy kam sich unzulänglich, ja geradezu dumm vor, weil er etwas nicht verstand, was er als Priester eigentlich verstehen sollte.

Er verließ den Beichtstuhl, den auch sie gerade verlassen hatte, und sah sich nach ihr um: Ganz hinten, nicht weit vom Weihwasserbecken, ließ sie ihren Rosenkranz durch die Finger gleiten. »Pater, ich bin schlecht«, hatte sie behauptet, und noch während er ihr die Buße auferlegte, wurde ihm wieder bewusst, dass sie gar nicht ahnte, was Schlechtigkeit war. Aber ohne den Rosenkranz und ohne die Ave-Maria, die er ihr aufgetragen hatte, wäre sie unglücklich weggegangen. Aus freien Stücken polierte sie alle paar Tage die Altarvasen aus Messing und das Altarkreuz. Auch samstagabends war sie da, nachdem sie einen Eimer mit kochend heißem Wasser durch die Straßen getragen hatte, und holte den Mopp vom Haken im Sakristeischrank. An Freitagen kratzte sie das Kerzenwachs weg, das sich während der Woche angesammelt hatte, und ordnete zufrieden die alten Missionsheftchen.

Pater Clohessy, der mit vierundfünfzig Jahren langsam dick wurde und seine roten Haare kurz geschnitten um eine sommersprossige Glatze trug, beobachtete, wie Justina Casey die Fingerspitzen ins Weihwasser tauchte und sich bekreuzigte, ehe sie die Kirche verließ. Ihre Schritte waren leise auf den Kacheln, als verlange das ihre Frömmigkeit, als sei sie weniger wichtig als der heilige Boden, auf dem sie wandelte, weniger als die brennenden Kerzen und die Jungfrau aus Gips, weniger sogar als die ungelesenen Missionsheftchen. Er erinnerte sich an ihre heilige Erstkommunion, wie sie unter den anderen Kindern ein bisschen auffiel, ein paar mickrige Maiglöckchen fest an die Brust gepresst. Hinterher hatte sie ihn gefragt, ob sie sich um das Kirchenmessing kümmern dürfe.

Lautlos schloss sich die Tür hinter ihr, und Pater Clohessy empfand eine gewisse Leere, als hätte man ihm etwas genommen.

Justina trödelte herum und betrachtete die Auslagen in den Schaufenstern. Da waren die Dosen mit Süßigkeiten bei Hehir's, dahinter eine Reihe von Glasgefäßen, halb voll mit Mischungen aus Gummibärchen und runden Bonbons, gefüllten Früchten und Sahnekaramell. Die Textilien bei Merrick's, wo die Dekoration erst eine Woche alt war, Fleisch bei Cranly's, glasiertes Steingut und Töpfe bei Natton's. Bei MacGlashan's hatte sich eine feine Staubschicht auf die Lebensmittel gelegt, auf die Teepackungen von Barry's und die Werbetafeln für Bisto-Saucenmix und Huhn-und-Schinken-Brotaufstrich. Vor Mrs. Scallys Laden welkte der Kohl, das grüne Kraut der Karotten war von Gelb durchsetzt.

»Wie geht's, Justina?«, erkundigte sich Mrs. Scally vom Eingang aus, die Arme über den Bändern der geblümten

Kittelschürze verschränkt. Immer hat sie die Arme verschränkt, dachte Justina und blieb stehen, um zu hören, was Mrs. Scally noch zu sagen hatte. Eine Schulter an den Türpfosten gelehnt, einen einzigen Lockenwickler im Haar, Sandalen an den Füßen und die Arme verschränkt: Das war Mrs. Scally, wie sie leibte und lebte, wenn sie nicht gerade Kartoffeln abwog oder eine Steckrübe einwickelte. »Gut«, sagte Justina. »Mir geht's gut, Mrs. Scally.«

»Ich hab Äpfel reinbekommen. Sagst du oben Bescheid, dass es Äpfel gibt?«

»Ja.«

»Und ein paar Pfirsichdosen sind eingedellt. Die geb ich günstiger ab.«

»Das haben Sie mir schon gesagt, Mrs. Scally.«

»Hast du's ihnen ausgerichtet?«

»Aber natürlich.«

Justina ging weiter. Sie hatte Maeve das mit den Pfirsichen erzählt, und ihre Schwester hatte nichts darauf gesagt. Aber Mr. Gilfoyle hatte auch zugehört und gelacht. Als Micksie dazukam, sagte er, wenn die Delle in der Dose roste, müsse man aufpassen. Micksie war Maeves Mann, Mr. Gilfoyle war sein Vater. Sie wohnten in der Diamond Street, wo Maeve den kleinen Haushalt regierte und meist nicht verhehlen konnte, wie sehr ihr das familiäre Gefüge missfiel. Maeve, eine tüchtige und resolute Frau, hoch gewachsen, dunkelhaarig und kinderlos, wurde das Gefühl nicht los, dass sie in der Falle saß: Als ihre Mutter starb, war sie die Einzige gewesen, die sich um Justina kümmern konnte, denn ihre Mutter war verwitwet, solange die Schwestern zurückdenken konnten. Und dann saß Maeve wieder in der Falle, als ihr Schwiegervater, von den Gebrechen des hohen Alters geplagt, im Haus aufgenommen werden musste; und wieder, weil sie nicht vor ihrer Hochzeit erkannt hatte, dass Micksie ein Kneipengänger war. »Und ob ich Kinder habe«, sagte sie oft, wenn sie wegen ihrer Kinderlosigkeit bedauert wurde.

Bei Today Tonight kaufte sich Justina ein Eis. Die Abendzeitungen waren eben mit dem Bus aus Dublin gekommen. *Nein hat gewonnen*, lautete die Schlagzeile, und sie fragte sich, was das wohl bedeuten mochte. Leute, die sie kannte, nahmen Sachen aus den Regalen, Mineralwasser in Flaschen und Dosen, Tiefkühlgerichte aus der Gefriertruhe in der Mitte, Zeitschriften von den Gestellen. Sie schlenderte umher, leckte an ihrem Eis, knabberte am Tütenrand. Einen Gang hoch und den nächsten runter, vorbei an Schuhcreme und Desinfektionsmitteln und Feueranzündern, an reduzierten Tütensuppen, alles lag griffbereit da, falls man vergessen hatte, es im Superquinn zu besorgen.

»Bist ein braves Mädchen«, bemerkte eine der beiden Nonnen, die nach einer Kerrygold-Butter griff und sie in ihren Drahtkorb fallen ließ. Die andere Nonne, älter und strenger, sagte gar nichts.

»Also, das bin ich wirklich nicht«, sagte Justina. Beiden Nonnen hielt sie ihr Eis hin, aber keine wollte daran lecken. »Ich bin überhaupt nicht brav«, sagte Justina.

»Wo hast du gesteckt?«, fragte Maeve in der Küche.

»Mrs. Scally hat wieder von den Pfirsichen angefangen. Schwester Agnes und Schwester Lull waren im Today Tonight.«

»Was hast du dort zu suchen?«

»Nichts.«

Einen Moment lang blieb Justina stumm, dann erzählte sie von dem Eis, und Maeve wusste, ihre Schwester erwähnte es, weil sie plötzlich befürchtete, es zu verheimlichen könnte eine Lüge sein.

»Mein Gott, was bist du bloß für eine!«, schrie Maeve, außer sich vor Wut, unfähig, sich zu beherrschen. »Hier gibt es wahrlich genug zu tun, aber du musst dich in der Stadt herumtreiben.«

»Aber ich muss doch zur Beichte.«

»Ach, Herrgott noch mal.«

»Was ist denn, Maeve?«

Maeve schüttelte den Kopf. Sie spürte eine Müdigkeit in ihren Augen, am liebsten hätte sie sie geschlossen, und dann spürte sie die Müdigkeit durch ihren Körper strömen. Sie wandte sich wieder dem zu, was sie gemacht hatte, bevor Justina hereinkam, und schnitt gekochte Kartoffeln in Scheiben.

»Deck den Tisch«, sagte sie. »Zieh deinen Anorak aus und deck den Tisch.«

»Breda hat mir einen Brief geschrieben«, sagte Justina.

Sie hatte die Hintertür geschlossen, war aber nicht weiter in die Küche hereingekommen. Das machte sie oft, genau wie sie oft am Spülbecken stand und nicht weiterspülte, als ob sie alles um sich herum vergessen hätte. Seit Ewigkeiten, solange Maeve zurückdenken konnte, ging ihr diese Schwäche ihrer Schwester auf die Nerven, ebenso die Nachrichten, die Justina immer von den Ladenbesitzern mitbrachte, dass dieses oder jenes eingetroffen sei oder es neue Sonderangebote gebe, ebenso die Anrufe, die sie von einem fast sechs Meilen von der Stadt entfernten Bauern erhielt, dass Justina seine Jungstiere wieder mit Grasbüscheln füttere. Nicht dass er etwas dagegen hätte, aber die Stiere könnten nervös werden und sie vielleicht bedrängen.

»Liest du mir Bredas Brief vor, Maeve?«
»Von der hältst du dich gefälligst fern, verstanden?«
»Ja, Breda ist doch sowieso fort.«
»Und sie soll auch bleiben, wo sie ist.«
»Soll ich den Tisch decken, Maeve?«
»Hab ich das nicht eben gesagt?«
»Dann deck ich ihn jetzt.«

Pater Clohessy ging in die entgegengesetzte Richtung davon, die Justina eingeschlagen hatte. Das Gefühl von Verlust, das ihn ergriffen hatte, als sie aus der Kirche ging, war einem allgemeineren Bewusstsein von Entbehrung gewichen, das ihn dieser Tage nur noch selten losließ. Der Glanz seiner Kirche war verschwunden und sein Priestertum unausgefüllt darin zurückgeblieben, die Berufung, die ihn einst getragen hatte, war nicht mehr so zwingend wie früher. Er sah, wie seine Gemeinde schrumpfte, und wehrte sich gegen das Gefühl, dass man ihn im Stich ließ. Die neuen Moralvorstellungen der Zeit trugen die Unordnung bis in die Kirche hinein; er kämpfte dagegen an und betete, der Herr möge ihm den Weg weisen, aber er wurde nicht erhört.

Eine vertraute Schwermut, die er nach außen nicht zeigte, begleitete Pater Clohessy auf dem kurzen Weg zur Kalksteinstatue des Rebellenführers, die auf dem Platz im Stadtzentrum stand. Dass er es notwendig fand, seine Sorgen um die Misere seiner Kirche für sich zu behalten, machte ihm die Bürde nicht gerade leichter, ebenso wenig wie die Tatsache, dass Pater Finaghy vorübergehend nicht da war. Pater Finaghy, der sich nach einem Autounfall in Therapie befand, war aufgeschlossen und gesellig, ein Priester, der seinen Glauben auch mit auf den Golfplatz nahm, ohne dass es jemanden störte. »Aber wir tun ja unser Bestes«, pflegte Pater Finaghy gern zu sagen. Pater Clohessy vermisste seine Gesellschaft; manchmal empfand er sie fast als Schutz.

»Haben Sie etwas Kleingeld, Pater?«, bettelte eine junge Frau in einem Hauseingang, neben ihr schlief ein Baby in einem Umschlagtuch. »Nur ein paar Pennys?«

Sie sagte, sie werde für ihn beten, und er dankte ihr und suchte die Münzen, auf die sie hoffte. Er kannte sie, sie war fast immer da. Er hätte sie fragen können, wann er sie in der Messe sehen würde, verzichtete aber darauf.

Aus Mulvanys Elektro- und Fernsehgeschäft schallte Musik über den kleinen Platz, dann folgte das nuschelige Gejammer von Bob Dylan. Mulvany hatte sich eine eigene Tradition geschaffen und feierte die Geburtstage beliebter Unterhaltungskünstler, indem er ein Stück von ihnen spielte: Heute wurde Bob Dylan sechzig. Obwohl bei diesen Gelegenheiten nur ein Titel aufgelegt wurde, und auch nur einmal an dem entsprechenden Tag, empfand es Pater Clohessy als störend in einer ruhigen Stadt und war deswegen einmal an Mulvany herangetreten. Aber Mulvany hatte behauptet, bei den älteren Bürgern würden nostalgische Gefühle geweckt, wenn sie aus heiterem Himmel Sänger wie Perry Como oder Dolly Parton hörten, und die Jüngeren würden sich freuen, wenn die Neuerscheinungen auf dem Musikmarkt Anerkennung fänden. Dass der Widerspruch eines Priesters so kurzerhand verworfen wurde, war der Lauf der Dinge, ein Ausdruck, den Pater Finaghy oft benutzte, wenn er den abnehmenden Einfluss der Kirche ohne Protest hinnahm. *The times they were a-changing* – die Zeiten änderten sich wirklich; Bob Dylan erinnerte noch einmal daran, ehe die Lautsprecher bei Mulvany verstummten.

»Ist das nicht ein herrlicher Tag, Pater?«, sagte eine Frau zu ihm, und er gab ihr Recht, worauf sie hinzufügte, danken wir Gott dafür. Er fragte sich, ob sie wohl ahnte, ob irgendwer aus der Gemeinde ahnte, dass er beim Predigen wütend war, weil er nicht wusste, was er ihnen sagen sollte, dass er seinen Kummer möglichst zu verbergen suchte und sich von Wort zu Wort tastete. »Wie geht's Pater Finaghy?«, fragte ihn die Frau. »Haben Sie von ihm gehört, Pater?«

Ja, Pater Finaghys Genesung mache Fortschritte, heute Morgen habe er es erfahren.

»Das liegt bestimmt daran, weil viele für ihn beten«, sagte die Frau, und er gab ihr wieder Recht, bevor er seinen Weg durch die Stadt fortsetzte, dorthin, wo er und Pater Finaghy wohnten.

Sein Tee stand schon bereit für ihn. Comeraghview, nach den Bergen in der Ferne benannt, war ein graues allein stehendes Haus mit einem Taubenbaum im Vorgarten, den ein grauer schmiedeeiserner Zaun von der Hauptstraße schützte. Er und Pater Finaghy waren übereingekommen, dass man das richtige Pfarrhaus sinnvoller nutzen könnte, und mit der Erlaubnis des Bischofs und seinem Segen hatten sie es schließlich der Stadt überlassen, damit es zu dem Jugendzentrum wurde, das schon lange gefehlt hatte.

»Da ist Schinken und Salat für Sie«, sagte Pater Clohessys Hauswirtin und stellte das Essen vor ihn hin.

»Aber natürlich«, sagte Mr. Gilfoyle, als Justina ihn bat, ihr Breda Maguires Brief vorzulesen. »Hast du ihn dabei?«

Justina hatte ihn dabei, und Mr. Gilfoyle schlug vor, dass sie nach hinten in den Garten gingen, wo sie ungestört waren. Seine Schwiegertochter explodierte dieser Tage schon, wenn man Breda Maguire bloß erwähnte, was wäre dann erst, wenn sie sich auch noch deren Geschichten aus Dublin anhören musste. Es hatte Zeiten gegeben, da wäre Maeve froh gewesen, wenn ihr jemand Justina abgenommen hätte, aber seit die beiden Mädchen erwachsen waren und Breda Maguire auf die schiefe Bahn geraten war, hatte sich das natürlich geändert.

»Ich wohne in einem tollen Schuppen!«, las er in dem kleinen blumenlosen Hintergarten, der zum Lagerplatz für ausrangierte Waschbecken und Kloschüsseln und durchlöcherte Schwimmerhähne geworden war, die sein Sohn, ein Klempner, bei der Arbeit ausgetauscht hatte. Nesseln wuchsen zwischen gusseisernen Heizkörpern und einer Badewanne, Löwenzahn und Ampfer wucherten. Mr. Gilfoyle hatte eine Ecke freigeräumt und einen Stuhl aus der Küche hingestellt; an sonnigen Morgen las er dort die Zeitung.

Er war ein Mann mit Schnurrbart, grauhaarig, früher kräftig und eher beleibt, inzwischen etwas weniger, denn die Zeit hatte Spuren von fortgeschrittenem Alter bei ihm hinterlassen. Sein ausgeprägter krummer Rücken, eine arthritische Schulter, Probleme mit Gallensteinen und eine Beugekontraktur der Finger hatten ihn zu einem anderen Menschen gemacht. Auch er war früher Klempner gewesen.

»So ein Haus hast du noch nicht gesehen«, las er vor und malte sich aus, was beschrieben wurde: ein Ort, an dem Theaterleute wohnten, Kaffee immer nur zum Mitnehmen, alle standen spät auf. Mr. Gilfoyle konnte kaum glauben, dass Breda Maguire dort Unterschlupf gefunden hatte, aber möglich war es natürlich schon.

Justina, die auf dem Rand der Badewanne saß, hatte diese Schwierigkeiten nicht. Ohne jeden Zweifel glaubte sie alles, was in dem Brief stand. Sie sah ihre Freundin in dem grünblauen Kimono, der beschrieben wurde. *»Als* *wäre ein Drache um mich gewickelt«*, hatte Mr. Gilfoyle vorgelesen und erklärt, ein Kimono sei etwas Japanisches. Ihm war, als würde ein Gallenstein irgendwo in seinem Inneren die Lage wechseln, ein stechender Schmerz, nichts Außergewöhnliches in seinem Alter, hatte ihm der Arzt gesagt, den er regelmäßig aufsuchte.

»Das Davy Byrne's könnte man glatt übersehen, wenn es nicht bis zur Tür brechend voll wäre. Mit Leuten von den Rennen, so in der Richtung.« Breda Maguire war auf der Straße gelandet, sinnierte Mr. Gilfoyle. Sie hatte Geld, das merkte man gleich, daran war nichts erfunden. Das Haus, in dem sie angeblich wohnte, lag in Richtung Island Bridge, und auch darin schwang Wahrheit mit, das war in der Nähe der Kais. Bei den Kais, da findet man sie, hatte ihm ein Maurer gesagt, vielleicht vor fünfzig Jahren, es war also gut möglich, dass man immer noch dorthin ging, wenn man ein Straßenmädchen suchte. *»Ich habe einen Freund, der mich ausführt«*, las er. *»Billy.«*

»Hör dir das bloß an!«, flüsterte Justina. Der Name eines Hotels fiel, wo getanzt wurde, Geschäfte, Kinos. Ein Armreif war gekauft worden, und Justina sah ihre Freundin und Billy an einem Ladentisch mit Glasplatte wie dem in Hennessys Uhrengeschäft, vor ihnen ausgebreitet Halsketten und Armbänder. Sie sah die beiden in einem Café, und eine Kellnerin servierte Gebratenes; bei Egan's hatte sie Leute schon das Gleiche essen sehen – Eier mit Speck und Würstchen. Billy ähnelte dem Piloten in dem Film, den sie und Breda nur einen Tag vor deren Abreise im Fernsehen gesehen hatten. *»Wie läuft's denn so bei dir?«*, fuhr Mr. Gilfoyles Stimme fort.

Justina hätte ihr auf diese Frage unmöglich antworten können, weil sie wegen ihrer Lernschwäche keine Briefe schreiben konnte. Aber das hatte Breda natürlich nicht vergessen. *»Vielleicht rufe ich dich in den nächsten Tagen mal an«*, las Mr. Gilfoyle zu Ende. Der Schmerz hatte sich verlagert und war nach hinten zum Rücken gewandert, vielleicht also doch ein Gallenstein.

»Ist Billy nicht toll, dass er ihr Sachen schenkt?«, sagte Justina.

»Ja, Justina.«

»Ist Billy nicht ein toller Name?«

»Ja.«

Mit einer Vielzahl von Sünden dahinter, dachte Mr. Gilfoyle, ein Ersatzname für Namen, die Breda nie erfuhr; die Geschenke waren nur ein Ausgleich für das Geld, das in Hauseingängen am Hafen den Besitzer gewechselt hatte.

»Ich träume bestimmt von Breda und Billy«, sagte Justina und rutschte vom Rand der Badewanne herunter.

Pater Clohessy hörte zu, als Justina beichtete, dass Maeve ihr böse war, weil Breda angerufen hatte. Sie beichtete, dass sie in die Küche gegangen war, um zu erzählen, was Breda gesagt hatte, aber Maeve wollte es nicht hören; und im nächsten Moment ließ sie eine Tasse fallen, die sie gerade abtrocknete. Dann fing Maeve an zu weinen, die Tränen liefen ihr über die Wangen, über den Hals in den Kragen. Als ob es nicht schon schlimm genug wäre mit einem alten Schwiegervater im Haus, der sein Bett nicht machen konnte und ewig über seine Gebrechen lamentierte. Als ob es nicht schon genug wäre mit einem Mann wie Micksie, der ständig in den Kneipen hing, dazu noch ein Mädchen mit Lernschwäche, der Garten hinten eine Müllhalde. In ganz Irland gab es keine Frau, die mehr durchmachen musste, und dann meldete sich zu allem Übel ein Flittchen wie Breda Maguire wieder, nachdem alle gedacht hatten, man würde sie nie mehr wiedersehen.

Das alles erwähnte Justina in ihrer Beichte. Sie sei schlecht, sagte sie. Eben noch lachte sie mit Breda am Telefon, und im nächsten Moment weinte Maeve in der Küche. Breda sagte, sie solle einfach nach Dublin kommen, dann könnten sie sich herrlich amüsieren. Das Geld solle sie sich irgendwie besorgen, sagte Breda. Von Mr. Gilfoyle, so viel sie kriegen konnte. Mit dem Bus um halb zwei solle sie fahren, den habe sie auch genommen. Es würde doch keinem schaden, wenn sie für zwei Tage käme. »Ich zeig dir das volle Programm«, sagte Breda.

Pater Clohessy hatte die Finger ineinander verschränkt, das war seine übliche Haltung im Beichtstuhl, den Kopf leicht zur Seite geneigt, damit er mit einem Ohr die Offenbarungen hörte, die durch das Sprechgitter drangen. Unter seinen Beichtkindern war Justina die Einzige, die er manchmal unterbrach, wie auch jetzt.

»Ach nein, Justina, nein«, sagte er.

»Soll ich ein Ave-Maria für Maeve beten, Pater?«

»Geh lieber nicht nach Dublin, Justina. Du willst deine Schwester doch nicht noch mehr aufregen.«

»Aber Breda ist doch dort.«

»Ich weiß, ich weiß.«

Sie waren nicht älter als fünf oder sechs, erinnerte er sich, als sie zusammen in der Diamond Street spielten, Justina mit ihren schwarzen Haaren und einer lockigen Ponyfrisur, die ihr Gesicht umrahmte, Breda dünn wie ein Wiesel. In der Klosterschule war sie der Albtraum der Nonnen gewesen, durchtrieben und berechnend, immer neunmalklug und voll unausgesprochenem Trotz. Als sie älter war, schmierte sie sich Lippenstift auf den Mund; am

Ende trug sie ein T-Shirt mit einem unanständigen Aufdruck.

»Wäre es denn schlimm, mit dem Bus hinzufahren, Pater?«

»Ich denke schon. Hast du noch etwas zu beichten, Justina?«

»Nur, dass Maeve geweint hat.«

»Zünde eine Kerze an, wenn du den Beichtstuhl verlässt. Putz den Boden am Samstag und das Messing.«

Wieder fiel ihm ein, wie sie nach ihrer Erstkommunion allein vor der Kirche neben dem Marienschrein gestanden hatte, das Gesicht zur Sonne gewandt, die Maiglöckchen fest an die Brust gedrückt. Bevor sie den Beichtstuhl verließ, murmelte er ein Gebet für sie, weil er wusste, das mochte sie am liebsten. Es machte ihm Angst, dass sie ihre Freundin besuchen und seine mahnenden Worte vergessen könnte, dass sie sich irgendwie das Busgeld besorgen und losfahren könnte, ohne es jemandem zu sagen.

Zwei Tage später, als Justina den Kirchenboden wischte, schaute Pater Clohessy bei ihrer Schwester in der Diamond Street vorbei.

»Kommen Sie rein, Pater, kommen Sie rein«, sagte Mr. Gilfoyle.

Er führte ihn in ein Zimmer, wo gerade ein Fußballspiel im Fernseher lief, Aston Villa gegen Arsenal. Sein Sohn habe es sich angesehen, sagte Mr. Gilfoyle, aber dann sei ein Anruf gekommen, auf dem Grundstück von McCarron lief ein Tank über. Mr. Gilfoyle schaltete das Fußballspiel ab. Maeve sei fort, um Speck zu holen, werde aber jeden Moment zurück sein, sagte er.

Sie unterhielten sich über ein Waschbecken, das Mr. Gilfoyle vor Jahren in der Kirche installiert hatte, in der Sakristei. Pater Clohessy sagte, es sei immer noch gut in Schuss und werde ständig benutzt.

»Ein Belfaster Waschbecken«, sagte Mr. Gilfoyle. »Wir nannten das Ding ein Belfaster Waschbecken. Was Besseres findet man nicht.«

»Nein.«

»Setzen Sie sich, Pater. Ich muss mich auch setzen. Die alten Beine wollen nicht mehr so recht.«

Aus der Küche kam ein Geräusch. Mr. Gilfoyle rief seiner Schwiegertochter zu, dass Pater Clohessy hier sei, und als Maeve hereinkam, noch immer im Mantel und mit Kopftuch, sagte Pater Clohessy:

»Ich wollte kurz über Justina sprechen.«

»Wird sie Ihnen lästig?«

»Aber nein, ganz und gar nicht.«

»Sie wohnt ja schon fast in der Kirche.«

»Justina ist immer gern gesehen, Maeve. Wirklich. Aber sie hat Breda Maguire erwähnt. Ich mache mir Sorgen, dass Justina womöglich versucht, nach Dublin zu kommen.«

Einen Augenblick herrschte Schweigen. Dem Priester entging nicht, dass Mr. Gilfoyle etwas sagen wollte und es sich anders überlegte, und auch nicht Maeves ungläubiger Blick. Er sah, wie sie sich zurückhielt: Schon ein- oder zweimal, als er sich um ihre Schwester besorgt zeigte, hatte sie schroff, ja geradezu grob reagiert. Er schwieg, die Stille dauerte an.

»Das würde sie nie tun«, sagte Maeve schließlich.

Obwohl es ihr gelang, ihren Ärger erfolgreich zu unterdrücken, war die leise Hoffnung in ihrem Tonfall nicht zu überhören. Man sah es auch am Aufflackern ihrer Augen, und sie schüttelte den Kopf, als wollte sie es nicht wahrhaben.

»Wie sollte sie denn, Pater?«

»Der Bus fährt jeden Tag.«

»Sie bräuchte Geld. Und sie gibt sofort jeden Penny aus, den sie in die Finger bekommt.«

»Ich wollte es Ihnen nur sagen. Damit Sie ein Auge auf sie haben können.«

Maeve reagierte nicht darauf. Mr. Gilfoyle sagte, Justina werde niemals in diesen Bus steigen. Er werde selbst zu dem Platz gehen, wo der Bus hielt, und nach ihr Ausschau halten.

»Noch schlimmer wäre, wenn sie sich von jemand mitnehmen ließe.«

Als Pater Clohessy das sagte, schloss Maeve müde die Augen. Sie seufzte und wandte sich ab, kämpfte gegen ihren Zorn an, und Pater Clohessy empfand Mitleid mit ihr. Es war nicht leicht, sie tat ihr Bestes.

»Wir behalten sie im Auge«, sagte sie.

Als Pater Clohessy am Abend seine Kirche nach der späten Samstagsmesse schloss, fragte er sich, ob er langsam zur Verzweiflung neigte, der schlimmsten Sünde von allen im Kanon, die sich ein Priester zuschulden kommen lassen konnte. An den Straßenecken und auf dem Platz standen Männer und unterhielten sich, zündeten Zigaretten an, diskutierten die Chancen für Offaly beim Hurlingspiel am nächsten Tag. Frauen hakten sich unter und plauderten im Gehen. Kinder kamen mit Pommes von O'Donnell's. Seine Kirche mochte ihren Glanz verloren haben, seine Gemeinde kleiner werden, sein Einfluss kaum noch spürbar sein, doch wo früher Armut herrschte, war heute Geld, wo früher Bescheidenheit war, regierte heute Ehrgeiz. Diese Menschen waren befreit und standen anders da als die Generationen vor ihnen. Sie zogen an, was sie anziehen wollten, sie sagten, was sie sagen wollten, sie blieben oder gingen weg. War der Preis zu hoch, wenn die Frau, die er heute besucht hatte, ihre zurückgebliebene Schwester am liebsten los sein wollte? An einem Samstagabend, dem heutigen nicht ganz unähnlich, hatte er zum ersten Mal die Botschaft auf Breda Maguires T-Shirt gelesen, fette gelbe Buchstaben auf Schwarz, schlicht und direkt: *Fick mich.*

Auf den Straßen der Stadt, die er schon so lange kannte, redeten die Leute herzlich und voller Respekt mit ihm. Sie wünschten ihm eine gute Nacht, sie wünschten ihm alles Gute. Ihre Schuld war es nicht, wenn er nicht mehr wusste, was er ihnen in seinen Predigten sagen sollte. Eigentlich sollte er sich dafür entschuldigen, aber ihm war klar, das durfte er nicht. Am Platz, zwischen der alten Munster and Leinster Bank – mittlerweile eine AIB-Zweigstelle – und Mulvanys Fernsehgeschäft, ging er in die Emmet Bar. Pater Finaghy schaute jeden Samstagabend, nachdem sie die Kirche geschlossen hatten, auf einen Sprung dort vorbei, und manchmal kehrte auch er ein – um ein paar Gläser Beamish's Stout zu trinken und ein paar Zigaretten zu rauchen, während er sich mit zwei Männern unterhielt, mit denen er vor vierzig Jahren bei den Christlichen Brüdern in die Schule gegangen war. Beide hatten sich in dem neuen Wohlstand ganz gut eingerichtet, hatten Kinder gezeugt und ihnen eine Ausbildung ermöglicht, waren anständige Männer. Er mochte sie nach wie vor und beneidete sie manchmal sogar um ihr unkompliziertes Leben. Sie, nicht er, bestritten die Unterhaltung in der Emmet Bar, immer voll Rücksicht auf seinen geistlichen Stand. Beide hatten sie weder ein Wort darüber verloren, als vor einigen Jahren ein beliebter Bischof als Vater eines Kindes entlarvt wurde, noch als andere Fehltritte vonseiten anderer Geistlicher ans Tageslicht kamen.

»Noch mal das Gleiche, Larry«, rief der dickere der beiden, eine helle Krawatte saß locker in seinem Kragen, Sommersprossen verdunkelten die Stirn. Ungelenke Hände schoben die leeren Gläser über den Tresen. »Und eins für den Pater.«

»Ich glaube nicht, dass Offaly gewinnt«, bemerkte sein Freund, der ordentlicher aussah, drahtig, ein Vertreter für landwirtschaftliche Geräte. »Keine Chance.«

In der vollen Bar spielte leise Musik, als käme sie aus einem anderen Zimmer oder würde über einen fehlerhaften Apparat übertragen; es wurde schallend gelacht oder leise, kaum hörbar, gekichert.

»Danke«, sagte Pater Clohessy und nahm das für ihn gefüllte Glas.

Sie würden es unpassend finden, wenn er auf den langsamen Zerfall der Kirche zu sprechen käme. Es wäre ihnen peinlich; hätte er bloß nichts gesagt, würden seine Freunde denken. Manchmal musste man seine Gedanken für sich behalten.

Das Gefühl von Verlassenheit, das ihn oft an den Samstagabenden in der Emmet Bar beschlich, kam auch jetzt wieder. Jahrhunderte der Frömmigkeit hatten eine Lebenshaltung geschaffen, in der das Geheimnis der Trinität als gegeben hingenommen und das unbesiegbare Erbe der Kirche als Teil des Alltags angesehen wurde, wozu auch die Demut gehörte, während sich heute jeder alles herausnahm und Verwirrung herrschte statt Ordnung. Alles, wofür Priester und Bischöfe einst standen – die Kraft des Heiligen und die Erlösung ihrer Gemeinde –, wurde in Fernsehpossen lächerlich gemacht, missbilligt, als Absurdität präsentiert. Dass auch andere Priester in anderen Ortschaften, in Städten und in Landgemeinden, durch ihr Zölibat und das trauervolle Schwarz ihrer Kleidung isoliert waren, hatte ihn früher gestärkt, doch auch diese Quelle des Trostes war schon lange versiegt.

Natürlich würden die Offaly-Flaggen gehisst werden, wenn Ger Toibin wieder fit wäre, stimmten seine Freunde überein. Das Endergebnis wurde vorausgesagt, und er beteiligte sich daran, die Unterhaltung ging weiter. An der Straße nach Tinakilty, wo früher das alte Zementwerk war, sollten neue Häuser gebaut werden. Madden's Hotel würde wegen Modernisierungsarbeiten sechs Monate schließen. Es gab Gerüchte, dass ein Düngemittelbetrieb den Bauhof von Williamson übernahm.

»Wollen Sie schon gehen?«, fragte jemand Pater Clohessy eine halbe Stunde später, und dann, er werde doch bestimmt noch etwas trinken.

Er schüttelte den Kopf, rauchte seine zweite Zigarette zu Ende und drückte die Kippe aus. Ein paar Worte wurden noch gewechselt, dann zwängte er sich durch die Trinkenden, ein- oder zweimal wurde ihm die Hand geschüttelt, andere grüßten nur.

In den dämmrigen Straßen hing er weiter seinen Träumereien nach. Es stimmte zwar und gehörte zum Wesentlichen seiner Berufung, dass er sich der verloren gegangenen heiligen Welt bewusst bleiben sollte – dennoch konnte er nicht leugnen, dass die Berufung ihre Jünger völlig willkürlich traf. Pater Finaghy, der gesellig und unbeschwert war, stimmte samstagabends Lieder in der Emmet Bar an, ein bisschen beschwipst, aber das schadete keinem.

Während Pater Clohessy langsam weiterging, blieben diese altbekannten Gedanken in der Stadt zurück, die schon zur Hälfte im Dunkeln lag. Eine Zeit lang trat nichts an ihre Stelle, bis er sah, wie Justina Casey vorsichtig den Altarschmuck herunterhob, Poliertücher und Putzmittel ordentlich vor sich ausgebreitet. Wie sie ein braun gewordenes Blütenblatt von einer Lilie zupfte. Wie sie das Wachs abkratzte, das sich auf den Kerzenhaltern gesammelt hatte. Wie sie die Missionsheftchen neu ordnete.

So war es nun einmal; so war sein Leben, ob er es verstand oder nicht. Justina Casey würde in der Stadt bleiben, weil Mr. Gilfoyle dafür sorgen würde, dass sie nicht in den Bus nach Dublin stieg; Maeve würde sie im Auge behalten; nach einer Zeit würde Breda Maguire sie vergessen. Im beengten Raum des Beichtstuhls würden wieder unnötige Bekenntnisse gemacht und wieder Absolution gewährt. Dann würde ein seliges Lächeln in dem Gesicht aufscheinen, das in dem seinen Gott schaute.

Ein Abend zu zweit

In der Theaterbar unterhielten sie sich immer noch und ließen sich Zeit mit ihren Drinks, obwohl eine Ansage ermahnt hatte, dass die Vorstellung in zwei Minuten beginnen würde. Es waren mehr Menschen im Raum, als bequem hineinpassten, dicht gedrängt standen sie an der Theke und in den Ecken, und einige machten sich jetzt langsam auf den Weg durch die verschiedenen Eingänge zum Theatersaal.

»Die Vorstellung beginnt in einer Minute«, erinnerte die gebieterische Lautsprecherstimme, und mit einem Mal war die Bar fast leer.

Der Barmann war ein Original, finsteres Gesicht, Haut und Knochen, bebrillt; dünn wie ein alter Bindfaden, beschrieb er sich gern selbst. Das Barmädchen war um einiges jünger und erfreulich rund.

»Sieh mal, da sitzt noch eine«, sagte sie.

Eine Frau war nicht mit den anderen gegangen und machte auch keine Anstalten dazu. Sie saß in einer Ecke, an einem der wenigen Tische, die es in der Bar gab. Überall um sie herum standen leere Gläser – auf dem Bord, das sich um die Wände zog, auf den Stuhlsitzen. Ihr eigenes war noch drei viertel voll mit Gin Tonic.

»Vielleicht ist sie taub?«, überlegte der Barmann, und das Barmädchen erwiderte, es verstehe sich wohl von selbst, dass Schwerhörige nicht ins Theater gingen. Aber es könnte natürlich sein, dass jemand sein Hörgerät vorübergehend abgeschaltet und es dann vergessen hatte.

Die Frau, von der sie sprachen, war elegant gekleidet, in zwei Grüntönen; ein Mantel, der auf einer Seite aus Tweed und auf der anderen wasserdicht war, hing über dem zweiten Stuhl an ihrem Tisch. In ihrem Gesicht sah man die Spuren einstiger Schönheit, wenn auch vielleicht nicht mehr so selbstverständlich und absichtslos wie früher. Ein Anflug von Grau in ihren hellen Haaren verlieh ihr eine vornehme Note, die gut zu den übrigen, von der Zeit herbeigeführten Veränderungen passte.

»Entschuldigen Sie, Madam«, sagte der Barmann, »aber das Stück hat schon begonnen.«

Eine tolle Stadt, dieses London!, dachte Jeffrey und blickte zum dunklen Bronzegesicht von Sir Henry Havelock hoch, dessen soldatisches Haupt von ein paar Spritzern Taubenschiss aufgehellt wurde. Das letzte Zwielicht eines Apriltags schwand dahin und zeigte – zumindest für Jeffreys Augen – die Stadt von ihrer schönsten Seite, genau wie die Morgendämmerung. Am Trafalgar Square staute sich der Verkehr, nur im Schneckentempo kamen schwerfällige rote Busse und geduldige Taxen voran, durch die sich hin und wieder ein Radfahrer schlängelte. Passanten sammelten sich an den Ampeln, und in jeder kleinen Menschenmenge schienen sie etwas von sich zu verlieren, während sie gehorsam darauf warteten, beim Umspringen des Signals weiterzugehen. Tauben jagten über Gelände, das sie für sich beanspruchten, und wenn sie landeten, watschelten sie hinter Häppchen her oder schnappten nacheinander, ehe sie gemeinsam in den Himmel stoben und weiterstritten.

Jeffrey wandte sich von alldem ab, von Sir Henry Havelock und den Tauben und den vier großen Löwen, von den Flutlichtern, die eben eingeschaltet worden waren und die Fassade der National Gallery erhellten. »Ich kann sie nicht warten lassen«, murmelte er und brachte damit zwei vorübergehende Mädchen zum Kichern. Aber er ließ sie doch warten, denn als er zum Salisbury in der St. Martin's Lane kam, ging er hinein und bestellte einen Bell's, und dann rief er hinterher, er wolle lieber einen Doppelten.

Er brauchte den Whisky. Um ehrlich zu sein, er hätte sogar einen zweiten brauchen können, aber er verwarf den Gedanken und tadelte sich: Es würde keinem von beiden etwas bringen, wenn er beschwipst wäre. Wieder auf der Straße, suchte er in den Taschen seines Regenmantels nach der kleinen Plastikschachtel, die irgendwo klapperte, und als er sie in seinem Sakko fand, nahm er zwei von seinen Pfefferminz.

Evelyn wich leicht vor dem ältlichen, ungepflegten Gesicht des Barmanns zurück, vor den hohlen Wangen, den falschen Zähnen. Wieder sagte er, das Stück hätte schon begonnen.

»Danke«, sagte sie. »Eigentlich warte ich nur auf jemand.«

»Wir könnten Ihren Freund nachschicken, falls Sie schon vorgehen möchten. Wenn Sie Ihre Eintrittskarte haben. Manchmal lassen sie einen noch rein, bevor das Stück richtig losgeht.«

»Nein, eigentlich wollen wir uns hier nur treffen. Wir gehen nicht ins Theater.«

Hinter dem dicken Brillengestell las sie Verwunderung in den Augen des Mannes. Wie ungewöhnlich, las sie weiter, der Gedanke huschte durch seine Verwirrung. Damit gab er sich zufrieden, er war zu einem Schluss gekommen.

»Hoffentlich nehmen Sie es mir nicht übel, dass ich gefragt habe. Ich sagte bloß zu meiner Kollegin, warum sollen beide zu spät kommen, wenn jeder seine Karte hat?«

»Sehr nett von Ihnen.«

»Vielen Dank, Madam.«

In ihrer Nähe räumte er die Gläser von dem Bord, wischte es mit einem feuchten grauen Tuch ab und balancierte im Weitergehen geschickt die eingesammelten Gläser. »Die Dame wartet auf ihren Freund«, sagte er zu dem Barmädchen, das an einem Becken hinter der Theke spülte. »Sie wollen gar nicht in die Vorstellung.«

Evelyn spürte die Blicke hinter der Bar. Später würden sie Vermutungen anstellen, was verständlich war, wenn man Zeit totschlagen musste. Im Augenblick war sie nur eine Frau, die allein war.

»Könnte ich noch einen bekommen?«, rief sie, einem plötzlichen Impuls folgend. »Wenn Sie wieder Zeit haben.«

Jetzt stellte sie ihrerseits Vermutungen an und überlegte, wer wohl gleich hereinkommen würde. Mein Gott!, hatte sie schon oft gedacht, wenn ein unpassender Bewerber derlei Überlegungen schlagartig beendet hatte. »O nein«, hatte sie dann innerlich gemurmelt, den Blick abgewandt und vergeblich so getan, als würde sie niemanden erwarten. Immer waren sie zielstrebig gekommen – der Bankdirektor von Lloyd's, der Chormusik-Liebhaber, der pensionierte Schiffsoffizier, der sich am Ende als Kabinensteward entpuppte, ein verwitweter Professor, der sich entschuldigte und wegging, und einer, der Brettspiele erfand. Noch ehe sie den Mund aufmachten, schienen ihre Zielstrebigkeit und ihr Lächeln eine Vielzahl von Sünden zu verdecken.

Ihr ganzes Leben lang war sie zu früh zu Verabredungen gekommen, und als sie jetzt wieder wartete, fasste sie einen Entschluss: Wenn es diesmal nicht lief, wäre Schluss damit. Sie würde die Finger davon lassen; einerseits wäre es natürlich eine Enttäuschung, vielleicht aber auch eine Erleichterung.

Ihr Gin Tonic kam. Der Barmann hielt sich nicht lange an ihrem Tisch auf. Sie schüttelte den Kopf, als er sagte, er bringe ihr gleich das Wechselgeld.

»Das ist nett von Ihnen, Madam.«

Sie überging es mit einem Lächeln und lächelte immer noch, als ein Mann im offenen Eingang erschien. Unschlüssig sah er sich um, als wäre die Bar voll und er müsste unter mehreren Frauen wählen, seine Nervosität war unverkennbar. Als er näher trat, nickte er.

»Jeffrey«, sagte er. »Sind Sie Evie?«

»Also, eigentlich Evelyn.«

»Oh, tut mir Leid.«

Sein Regenmantel war stellenweise abgewetzt, aber nicht schmuddelig. Seine hohen Wangenknochen ragten vor, die Haut darüber war straff gespannt. Er sah nicht gut ernährt aus. Sein dunkles Haar, in dem sich kein bisschen Grau zeigte, war stumpf, und sie überlegte, ob er sich vielleicht gerade von einer Grippe erholte.

»Möchten Sie nachgeschenkt haben?«, bot er zuvorkommend an. »Oder vielleicht Nüsse? Chips?«

»Nein, vielen Dank.«

Er war wählerisch, das merkte man gleich. Ob sich hinter dieser nervösen Art eine gewisse Verletzlichkeit verbarg? Sie legte immer Wert auf Redegewandtheit, und in dieser Hinsicht war nichts an ihm auszusetzen. Und selbst wenn er sich nur von einer Erkältung erholte, wäre sein blasses Aussehen normal, das ließ sich nicht verhindern. Er zog seinen Regenmantel und einen blauen Schal aus, darunter trug er eine Tweedjacke im fast gleichen hellen Braunton wie die Cordhose.

»Hat Sie die Wahl meines Treffpunkts überrascht?«, sagte er.

»Vielleicht ein bisschen.«

Jetzt, wo sie ihn vor sich sah, überraschte es sie nicht mehr, denn seiner Haltung nach zu urteilen war er jemand, der sich alles gut überlegte: Eine Theaterbar war leer, wenn die Vorstellung lief, das ersparte beiden Beteiligten die Peinlichkeit, sich der falschen Person zu nähern. Das sagte er zwar nicht, aber sie wusste es. Er entschuldigte sich im Nachhinein, dass er sie hatte warten lassen.

»Macht überhaupt nichts.«

»Wollen Sie wirklich nichts mehr trinken?«

»Nein, wirklich nicht, danke.«

»Gut, dann hole ich nur was für mich.«

An der Bar fragte Jeffrey nach Wein. »Haben Sie einen trockenen Weißen?«

»Aber selbstverständlich, Sir.« Der Barmann griff hinter sich und hob eine Flasche aus einem Eiskühler. »Grinou«, sagte er. »Wir halten ihn gern kühl, weil's ein Weißer ist.«

»Grinou?«

»So heißt der Wein, Sir. La Combe de Grinou. Das Etikett ist ein bisschen verwaschen, aber so heißt er. Ist sehr beliebt bei uns, der Grinou.«

In Jeffrey regte sich Widerwillen gegen den Mann, wie oft bei Leuten, die ihn bedienten. Er nahm an, dass sich das Barmädchen im Stil einer Tochter mittleren Alters um ihn kümmerte, sich sein Gejammer und seine Wehwehchen anhörte und ihn manchmal zu einer Weihnachtsfeier einlud. Tagsüber arbeitete sie wahrscheinlich als Gardinenverkäuferin, mutmaßte Jeffrey; der Mann war aus Altersgründen schon seit langem aus dem gleichen Kaufhaus ausgeschieden. So in etwa, und die Theaterbar war die Welt, in der sie lebten.

»Gut, ich probier mal ein Glas«, sagte er.

Sie unterhielten sich kurz über das Wetter und dann über die Bar, in der sie saßen, erwähnten die zerstörte georgianische Stuckarbeit, von der ursprünglichen Decke war nur noch eine Ecke geblieben. Aus dem Theatersaal drang gelegentlich Applaus oder Gelächter zu ihnen. Behutsam tasteten sie sich in ihrer Unterhaltung zu persönlicheren Themen vor.

Siebenundvierzig sei er, hatten sie gesagt. *Fotograf* war auf dem ausführlichen Fragebogen zur Person angegeben, und sie hatte an die Fotografen gedacht, wie man sie im Fernsehen sieht, wenn sie im Pulk vor dem Haus eines Prominenten lauern oder sich um den Schauplatz eines Verbrechens drängen. Aber das Mädchen am Telefon hatte sie beruhigt: Er war kein Zeitungsfotograf. »Nein, ganz und gar nicht«, sagte das Mädchen. »Und er macht auch keine Hochzeitsbilder.« Hervorragend sei er auf seinem Gebiet, so das Mädchen, das machte einen Unterschied.

Sie versuchte sich an die Namen von großen Fotografen zu erinnern und kam nur auf Cartier-Bresson, ohne dass sie ein einziges Bild damit verband. Sie überlegte, ob sie ihn fragen sollte, welche Kamera er bevorzuge, fragte aber stattdessen, welche Art von Fotos er mache.

»Stadtlandschaften«, sagte er. »Eigentlich nur Stadtlandschaften.«

Sie nickte zuversichtlich, als könnte sie die Bedeutung seiner Antwort begreifen, als wüsste sie den Reiz, den das Fotografieren von Städten ausmachte, durchaus zu schätzen.

»Teile von Islington«, sagte er. »Die kleinen Seitensträßchen in Hoxton. Die Leute wissen gar nicht, was da alles ist.«

Er wolle London mit all seinen Besonderheiten fotografieren, das sei sein Lebensprojekt. Er zählte Namen auf: Hungerford Bridge, Drummond Street, Worship Street, Brick Lane, Wellclose Square. Er sprach von Kanaldeckeln und Schatten, die von Satellitenschüsseln geworfen wurden, von Regen auf schiefergedeckten Dächern.

»Interessant«, sagte sie.

Was sie suchte, war Gesellschaft. Manchmal, wenn sie in die Downs oder an die Küste fuhr, spürte sie eine beklemmende Einsamkeit, und im Kino oder im Theater hätte sie sich oft gern an jemanden gewandt und gesagt, was sie von dieser oder jener Interpretation hielt. Sie wollte nicht unbedingt zu einem Essen bei Kerzenlicht eingeladen werden, wie es die Agentur – die Kontaktagentur am Bryanston Square – zunächst angenommen hatte, allerdings hätte sie derartige Aufmerksamkeiten auch nicht abgelehnt, vorausgesetzt, sie kamen von einem angenehmen Gegenüber. Heirat war nicht vorgesehen, aber auch nicht völlig ausgeschlossen.

Ihre Bekannten wussten nicht, dass sie Kundin bei der Agentur am Bryanston Square war, obwohl sie sich deshalb nicht schämte. Einige wären vielleicht erstaunt gewesen, doch damit wäre sie spielend fertig geworden. Womit sie sich schon seit jeher weniger abfinden konnte, war das ungute Gefühl, dass der Wahrheit zu wenig Wert beigemessen wurde, weder in der Agentur noch bei den Kontakten, die sie herstellte. Sie hatte den persönlichen Fragebogen so ehrlich wie möglich ausgefüllt und genau überlegt, bevor sie jedes Kästchen auf die eine oder andere Weise angekreuzt hatte, ihr korrektes Alter angegeben, zurzeit einundfünfzig. Und wenn es zu einem Treffen kam, war sie äußerst darauf bedacht, jeden falschen Eindruck sofort zu korrigieren. Trotzdem war da immer das gleiche Unbehagen und das nagende Gefühl, dass in den Begegnungen, auf die sie sich einließ, die Lüge ein natürlicher Bestandteil war.

»Fahren Sie Auto?«, fragte er.

Er sah, wie sie nickte und ihr Staunen verbarg. Immer waren sie von dieser Frage überrascht, er wusste nicht, warum. Sie wirkte ziemlich kompetent, fand er, und versuchte sich an den Inhalt des an ihn geschickten Schreibens zu entsinnen. Arbeitete sie nicht in einer Sprachenschule? Etwas in der Richtung fiel ihm ein, und er schnitt das Thema an.

»Ist schon eine Weile her«, sagte sie.

Sie lebte allein und widmete, wie Jeffrey heraushörte, einen Teil ihrer Zeit einer ehrenamtlichen Tätigkeit; daraus schloss er, dass Privatvermögen vorhanden sein musste.

»Meine Mutter starb neunzehnhundertsiebenundneunzig«, sagte sie. »In den letzten Jahren habe ich sie gepflegt. Eine Vollzeitbeschäftigung.«

Jeffrey vermutete eine Erbschaft nach dem Tod der Mutter; ihr Vater, nahm er an, war lange vorher gestorben.

»Leider verstehe ich nicht viel von Fotografie«, sagte sie, worauf er mit den Schultern zuckte, um vage anzudeuten, das sei nur zu verständlich. Ein Zahn tat ein bisschen weh, derselbe wie neulich Abend und genauso plötzlich, es war der letzte unten rechts.

»Fanden sie Sprachen und das alles interessant?«, fragte er.

Sie war vielversprechender als die Frau von der Versicherung oder die Krankenschwester, die sie ihm unbedingt schmackhaft machen wollten. Bei beiden hatte er Nein gesagt, aber sie hatten ihn gedrängt, wie sie es eben manchmal machten. Diesmal war er unentschieden gewesen, hatte aber dennoch zugestimmt. Während er vorsichtig mit der Zunge bohrte, erfuhr er, dass es wirklich nicht besonders aufregend war, wenn man seinen Lebensunterhalt damit verdiente, andere mit Fremdsprachen vertraut zu machen. Er überlegte, ob der Barmann wohl ein Aspirin zur Hand hatte, wahrscheinlich aber eher das Barmädchen; vielleicht gab es auf der Herrentoilette auch einen Automaten.

»Entschuldigen Sie mich eine Minute«, sagte er.

»Doch, ja, auf der Herrentoilette ist was«, sagte der alte Barmann, nachdem das Barmädchen in ihrer Handtasche herumgewühlt und den Kopf geschüttelt hatte. »Innen gleich neben der Tür.«

Doch als Jeffrey ein Pfund hineinsteckte, kam nichts heraus. Zu spät entdeckte er den Fetzen perforierten Briefmarkenpapiers, der viel zu hoch angebracht war, um ihn zu sehen, mit der hingekritzelten Botschaft: *Außer Betrieb*. Er fluchte heftig. Wäre die Frau nicht da gewesen, hätte er eine Szene gemacht und sein Pfund zurückverlangt, ja vielleicht sogar behauptet, er hätte zwei Pfund reingesteckt.

»Haben Sie ein Auto?«, erkundigte er sich ziemlich unverblümt, als er in die Theaterbar zurückkam, weil ihm auf dem Rückweg von der Herrentoilette eingefallen war, dass sie nur gesagt hatte, sie könne fahren. *Führerschein?* hieß es zwar auf dem elend langen persönlichen Auskunftsbogen, aber er fragte trotzdem immer, nur um sicher zu sein. Seine Erwartungen an die Kontaktagentur am Bryanston Square waren bescheiden. Er suchte nur eine Frau mit Auto, die ihn und seine Fotoausrüstung von einem bestimmten Stadtteil in London zum nächsten fuhr, eine Frau, die sich – wie er es insgeheim bezeichnete – für seine Arbeit erwärmen könnte. Er stellte sich eine ruhige Frau vor, die nach kurzer Einweisung in der Lage war, ein Stativ aufzuklappen und aufzubauen, einen einfachen Belichtungsmesser zu bedienen, Notizen zu machen und Buch zu führen, eine Frau, der es Spaß machte, an der Sache beteiligt zu sein. Er stellte sich Gespräche vor, in denen es einzig um das von ihm geplante Unternehmen ging, mehr war nicht nötig. Natürlich hatte er diese Einzelheiten nicht auf dem Fragebogen angegeben, den er vor achtzehn Monaten für die Agentur ausfüllen musste, weil er es für unklug hielt.

»Ich wollte nur wissen«, sagte er in der Theaterbar, »ob Sie ein Auto haben.«

Er sah, wie sie den Kopf schüttelte. Bis vor einem Jahr habe sie ein Auto gehabt, einen Nissan. »Ich habe ihn kaum benutzt«, erklärte sie. »So gut wie nie.«

Er ließ sich seine schlechte Laune nicht anmerken, aber die Enttäuschung erdrückte ihn schier. Sie ermüdete ihn, wie es Enttäuschung eben mit sich brachte. Die Sozialarbeiterin mit dem verbeulten Ford Escort war seinen Vorstellungen in dieser Hinsicht bisher am nächsten gekommen oder Ewigkeiten davor die Club-Empfangsdame mit dem Mini. Aber mit keiner hielt es lange genug, um eine wirkliche Hilfe zu sein, und am Ende hatten sich beide auch noch als unangenehm erwiesen. Diese vergebliche

Mühe, auch diesmal wieder! Im Grunde könnte er auch gleich aufstehen und gehen, dachte er.

»Jetzt bin ich mit einem Drink an der Reihe«, sagte sie und holte ein Portemonnaie aus ihrer Handtasche; er überlegte, ob sie vielleicht ein Aspirin bei sich hatte.

Aber er fragte nicht. Vor ihrem Treffen hatte er sich überlegt, wenn es diesmal wieder zu nichts führen würde, bliebe als Trostpflaster vielleicht ein Essen, und eine Anspielung auf Zahnschmerzen konnte das leicht vermasseln. Er überlegte, ob das L'Etape geeignet wäre. Schon oft war er dort stehen geblieben, um die Speisekarte neben der Tür zu studieren.

»Ich hatte Wein.« Er reichte ihr sein Glas und sah zu, wie sie durch den leeren Raum zur Bar ging. Sie war nicht schlecht gekleidet; die Preise im L'Etape konnte sie sich ohne weiteres leisten.

Er zählte ihr seine Kameras auf, erwähnte die Namen von Herstellern und Einzelheiten über Blitzlicht und Belichtungszeit. Neun Stück besaß er offenbar, einige davon sehr alt und besser als alles, was derzeit auf dem Markt war. Sein Buch über London war eine Auftragsarbeit und sollte fast tausend Seiten umfassen.

»Toll!«, murmelte sie. Ihr dritter Gin Tonic war halb leer, sie fühlte sich angenehm warm und war ganz froh, hier zu sein, obwohl sie mittlerweile wusste, dass die Sache zu nichts führen würde. »Meine Güte, da haben Sie aber zu tun!«, sagte sie. Seine Welt sei ganz anders als ihre, fügte sie hinzu und wusste, über ihre bräuchte sie gar nicht erst zu reden, weil es langweilig wäre, ins Detail zu gehen. Wen sollte es schon interessieren, dass sie vor über zwanzig Jahren einen Mann zurückgewiesen hatte, obwohl sie ihn liebte? Wen sollte es interessieren, dass sie sich dazu, wie es im Nachhinein schien, nur von leisen Zweifeln hatte verleiten lassen? Ein Fremder würde nicht das Gesicht sehen, das sie immer noch sah, oder die Stimme hören, die sie immer noch hörte; oder begreifen, warum sie danach keinen anderen Mann mehr gewollt hatte; oder hören, was sich hinterher als Wahrheit erwiesen hatte – dass Zweifel in den Verwirrungen der Liebe zu Trugschlüssen führen können. Und wer konnte erwarten, dass sich ein Fremder die langwierige Krankengeschichte einer Mutter anhören will und welche Gnade es war, als sie schließlich in ihrem Vorstadthaus starb? Alle Einzelheiten addiert ergaben ein Leben; man lebte mit dieser Hinterlassenschaft, aber auch das behielt man besser für sich. Während ihr all das durch den Kopf ging, lächelte sie ihren Bekannten an, denn es gab keinen Grund, es nicht zu tun.

»Was halten Sie vom L'Etape?«, sagte er.

Sie dachte, es handle sich um eine weitere Kamera und schüttelte den Kopf, worauf er sagte, das L'Etape sei ein Restaurant. Jetzt war es schwer, wirklich schwer zu sagen, dass sie besser nichts anfangen sollten, was keine Zukunft hatte, ein Schluss, zu dem seiner Haltung nach zu urteilen auch er gekommen war. Sie passten nicht zusammen; was anfangs noch denkbar schien, war es nach einer Dreiviertelstunde nicht mehr, wie es so oft der Fall war. Vieles an diesem Abend war gelungen, das hätte sie ihm gern gesagt; sie hätte ihm gern gesagt, dass sie das Treffen mit ihm schön gefunden hatte und hoffte, ihm ginge es genauso. Ihr Glas war noch lange nicht leer und seines auch nicht, kein Grund zur Eile.

»Eigentlich sollte ich doch lieber gehen«, sagte sie. »Falls Sie nichts dagegen haben.«

Sie fragte sich, ob es auch in seinem Leben einen Fehler gegeben hatte, der einen Schatten warf, ob er deshalb jemand suchte, um eine Lücke zu füllen, an die er sich nie gewöhnt hatte. Sie lächelte für den Fall, dass man ihr die Neugier ansah, und überspielte sie damit.

»War nur so eine Idee, das mit dem L'Etape«, sagte er.

Der Pausenvorhang fiel in einem dramatischen Augenblick. Es wurde geklatscht, und dann erreichte das Stimmengewirr allmählich die Bar, die sich schnell füllte. Der Lärm von Gesprächsfetzen drang in die nunmehr gestörte Stille, bis die Lautsprecheransage mahnte, dass nur noch drei Minuten blieben, dann zwei und eine.

»Leider schließen wir jetzt«, sagte der ältliche Barmann, und das rundliche Barmädchen huschte umher, sammelte die Gläser ein und schob die Stühle an eine Wand, damit die Putzfrauen am nächsten Morgen an den Fußboden rankamen. »Tut mir Leid«, entschuldigte sich der Barmann.

Jeffrey überlegte, ob er eine Szene machen und auf einem weiteren Getränk bestehen sollte, denn immerhin handelte es sich hier um eine öffentliche Bar. Er stellte sich vor, dass er um zwei oder drei Uhr morgens aufwachte und darüber deprimiert wäre, wie der Abend verlaufen war. Er würde sich an das strenge Gesicht von Sir Henry Havelock am Trafalgar Square erinnern und an die beiden kichernden Mädchen, weil er laut vor sich hin geredet hatte. An den *Außer Betrieb*-Zettel auf der Herrentoilette. Was das Autofahren betraf, hätte sie sich auf dem Fragebogen deutlicher ausdrücken müssen, anstatt seine Zeit zu verschwenden.

Er dachte daran, ein Glas zu nehmen und es gegen die an der Wand hinter der Theke hängenden Flaschen zu werfen, sah schon vor sich, wie eine übrig gebliebene Zitronenscheibe durch die Luft flog, wie die Glassplitter in die Aschenbecher und den Eiskühler fielen und die beiden alles zusätzlich sauber machen mussten. Er dachte daran, ohne ein Wort zu gehen und es der Frau zu überlassen, mit dem Paar hinter der Theke ins Reine zu kommen. Lächerlich waren die beiden, lächerlich, dass sie nicht mal irgendwo ein Aspirin hatten.

»Ihre Idee mit der Theaterbar war großartig«, sagte sie auf dem Weg durchs Foyer. Das Gelächter des Publikums drang zu ihnen, eine einzige Welle, die sogleich wieder verebbte. Die Theaterkasse war geschlossen, man hatte ein Brett vor die schmiedeeisernen Gitter gestellt. Draußen verkündeten die Plakate euphorisch die Vorzüge des Stücks, das sie nicht gesehen hatten.

»Ja, also«, sagte er, allerdings nicht sehr endgültig, eher unsicher, wie er es auch vorher schon war.

Aber sie hatte sich doch nicht geirrt, er musste es doch auch gemerkt haben, und zwar genauso schnell wie sie. Sie stellte sich vor, wie er mit einer seiner vielen Kameras durch die kleinen Straßen von Hoxton schlich. Warum sollte ein Fotograf kein künstlerisches Temperament haben, das jedenfalls würde seine Nervosität, oder was immer es war, erklären.

»Sie haben nicht zufällig ein Aspirin?«, fragte er.

Er hatte Zahnschmerzen. Sie suchte in ihrer Handtasche, denn manchmal hatte sie Schmerztabletten dabei.

»Tut mir Leid«, sagte sie und wühlte weiter.

»Macht nichts.«

»Ist es schlimm?«

Er sagte, er werde es überleben. »Ich probier's im L'Etape auf der Herrentoilette. Manchmal hängen da Automaten.«

Sie fielen in Gleichschritt. Deswegen habe er das L'Etape nicht vorgeschlagen, sagte er. »Ich dachte nur, es wäre ganz schön«, sagte er. »Ein Dinner als Trost.«

An einer Ecke zeigte er auf eine schmalere, weniger belebte Straße als die, auf der sie gerade gingen. »Da ist es«, sagte er. »Bei dem blauen Licht.«

Er tat ihr Leid, und sie änderte ihren Entschluss.

Die Garderobenfrau brachte ihm eine Schmerztablette an den Tisch, da auf der Herrentoilette kein Automat war. Jeffrey dankte ihr und gab mit einer Geste zu verstehen, dass er ihr das Trinkgeld später geben werde. An einem weißen Flügel spielte ein Pianist in einer pflaumenblauen Jacke und griff gelegentlich nach einem Gebräu in einem hohen Limonadenglas, ohne dabei sein Scott-Joplin-Medley zu unterbrechen. Ein junger französischer Kellner brachte Speisekarten und Brötchen. Er empfahl etwas, aber sein Englisch war unverständlich. Jeffrey bat ihn, seine Empfehlung zu wiederholen, aber es war hoffnungslos. Wieder mal typisch, dachte Jeffrey, und bestellte Lamm mit Erbsen und Polenta.

»Tut mir Leid, dass Sie Zahnschmerzen haben«, sagte sie.

»Geht schon vorbei.«

Das Lokal war nicht ganz voll. Mehrere Tische, die zu dicht am Klavier standen, waren noch frei. Jemand klatschte, als der Pianist eine pompöse Version von »Mountain Greenery« anstimmte. Beim Spielen bewegte er den Kopf hin und her und ließ seine blonde Mähne schwingen.

»Soll ich den Wein aussuchen?«, bot Jeffrey an. »Was dagegen?« Er sagte nie vorher, dass er nicht die Absicht hatte zu zahlen. Lieber alles auf sich zukommen lassen, dachte er immer.

»Nein, natürlich nicht«, sagte sie.

»Nett von Ihnen.« Den ganzen Abend hatte er sich noch nicht so gut gefühlt wie jetzt, trotz des Stechens im Unterkiefer, und das würde abnehmen, wenn die Schmerztablette wirkte. Es lief immer viel besser, wenn die Frau sich auf ein tröstliches Dinner einließ, wenn die Enttäuschung langsam schwand. »Wir nehmen den Lamothe Bergeron«, sagte er. »Den fünfundneunziger.«

Es entging ihr nicht, dass eine Frau an einem Tisch weiter hinten, in einer Ecke, wo die Topfpflanzen standen, ständig zu ihr hersah. Die Frau war mit zwei Männern und einer anderen Frau da. Irgendwie kam sie ihr bekannt vor, genau wie einer der Männer.

»Madame«, unterbrach der junge Kellner ihre Bemühungen, das Paar einzuordnen, und brachte ihr bestelltes Schnitzel. *»Bon appétit, madame.«*

»Danke.«

Sie mochte das Restaurant, den Dreißiger-Jahre-Stil, die bläuliche Beleuchtung, den weißen Flügel, die Kellner in Schürzen. Sie mochte ihr Schnitzel, als sie es probierte, und den Spinat in reichlich Butter, die kleinen neuen Kartoffeln außerhalb der Saison. Und sie mochte den Wein.

»Nicht schlecht, das Lokal«, sagte ihr Gefährte. »Was meinen Sie?«

»Es ist wundervoll.«

Sie unterhielten sich unbeschwerter als in der Theaterbar, über die sie jetzt sprachen, weil sie ihre gemeinsame Erfahrung war. Ein komischer Kauz, stimmten sie überein, dieser alte Barmann; komisch auch, dass »Barmädchen« noch immer ein gebräuchlicher Ausdruck war, der doch eigentlich auf eine viel Jüngere zutraf als in diesem Fall, offenbar hielt sich das Wort noch aus einer anderen Zeit.

»Ach, ich weiß nicht …«, setzte sie an, als er eine zweite Flasche vorschlug, und dann dachte sie, warum nicht? Sie unterhielten sich über die Agentur am Bryanston Square, die auch eine gemeinsame Erfahrung war.

»Die verwechseln alles«, sagte er. »Die verwechseln sogar Leute. Mit ihren vielen kleinen Kästchen und Fragebogen bringen sie alles durcheinander.«

»Ja, schon möglich.«

Die Frau, die dauernd zu ihr hersah, hörte gerade einem der Männer zu, der offenbar eine Geschichte erzählte. Als er fertig war, wurde gelacht. Der zweite Mann zündete sich eine Zigarette an.

»Gütiger Himmel!«, entfuhr es Evelyn, gegen ihren Willen.

Jeffrey drehte sich um und sah ein paar Tische weiter vier schick gekleidete Leute, eine der beiden Frauen in einem schwarz-rot gestreiften Kleid, die andere, eine Brillenträgerin, hatte ihr hellblondes Haar kunstvoll hochgesteckt. Die Männer trugen dunkle Anzüge. Wie in einer Werbeanzeige, dachte Jeffrey, und die Grünpflanzen, die im Hintergrund standen, verstärkten den Eindruck noch.

»Sind das Freunde von Ihnen?«, fragte er.

»Die Frau in Rot und der Mann mit der Zigarette haben die Wohnung über mir.«

Irgendein Haus hatte sie verkauft, erfuhr er, das Haus ihrer Familie, wie sich dann herausstellte. Sie verkaufte es nach dem Tod ihrer Mutter und legte sich dafür die erwähnte Wohnung zu, die sich für eine allein stehende Person wirklich besser eignete. Pasmore hießen die Leute, die dort hinten saßen. Persönlich kannte sie die beiden nicht.

»Aber die Leute kennen Sie, hm?«

Ihm war irgendwie leutselig zumute, die Ablenkung ließ die Zeit schneller vergehen.

»Nur vom Sehen«, sagte sie.

»Beim Kommen und Gehen, hm?«

»So ungefähr.«

»Kaffee? Wollen wir Kaffee bestellen?«

Er winkte einem Kellner. Wenn der Wein alle war, würde er verschwinden; meistens stahl er sich zur Herrentoilette, dann holte er seinen Mantel. Einmal hatte es deswegen eine Beschwerde in der Agentur gegeben, aber er hatte behauptet, die Frau hätte ihn zum Essen eingeladen – im Belucci's war das damals – und sich betrunken, bevor der Abend zu Ende war, und deswegen ihre Vereinbarung vergessen.

»Ich halte die Stellung«, sagte er, »falls Sie Ihren Freunden hallo sagen wollen.«

Sie lächelte und schüttelte den Kopf. Er schenkte sich Wein nach und rechnete aus, dass noch vier Gläser in der Flasche waren; sie hatte genug, das merkte er. Als der Kaffee kam, schenkte sie ein und lächelte ihn weiterhin auf eine Weise an, die ihn irritierte. Er rechnete nach, was sie bisher getrunken hatte: zwei Gin Tonic in der Theaterbar und jetzt der Wein, gute vier Gläser. »Ich wüsste nicht mal, dass sie Pasmore heißen«, sagte sie gerade, »aber es steht unten an der Haustür auf der Klingel.«

Er rückte die Weinflasche von ihr weg, falls sie danach greifen wollte. Der Pianist, der eine kurze Pause eingelegt hatte, meldete sich wieder mit ein paar Takten aus *West Side Story*.

»Hübsch ist es hier«, murmelte sie, und Jeffrey hätte schwören können, dass sie seinen Blick suchte. Er fühlte sich unwohl, seine Euphorie von vor wenigen Minuten schmolz dahin, und er hoffte nur, es würde keinen Ärger geben. Um sie abzulenken, sagte er:

»Ich persönlich werde die Agentur nicht mehr bemühen.«

Sie schien es nicht zu hören, was bei dem Lärm, der vom Klavier kam, auch nicht verwunderte.

»Sie haben nicht zufällig eine Zigarette?«, fragte sie.

Ihr mittlerweile überschwängliches Lächeln hatte sich auf ihrem ganzen Gesicht ausgebreitet. Auf dem Fragebogen habe sie *Nichtraucher* angekreuzt, sagte sie, aber das spiele eigentlich keine Rolle mehr. Mit einem Daumennagel fuhr er am Rand der durchsichtigen Hülle der Silk-Cut-Schachtel entlang, die er im Salisbury gekauft hatte, und bot sie ihr über den Tisch hinweg an.

»Früher habe ich geraucht«, sagte sie. »Als es noch akzeptabel war.«

Sie nahm eine Zigarette, und er griff nach einer kleinen Streichholzschachtel, auf der *L'Etape* stand. Er riss ein Streichholz für sie an, und ihre Finger berührten die seinen. Dann zündete er sich auch eine Zigarette an.

»Wie gut das tut!« Sie blies den Rauch aus und beugte sich beim Sprechen vor, die Wangen gerötet, Rauchkringel schwebten in der Luft. »Ich habe immer gern geraucht.«

Sie streckte eine Hand aus, als wollte sie eine von ihm ergreifen, spielte aber stattdessen mit dem Salzfässchen, schob es hin und her. Sie war zweifellos angesäuselt. Mit der anderen Hand hielt sie die Zigarette in der Luft, locker zwischen zwei Fingern, wie Bette Davis in ihrer Glanzzeit.

»Wie schade, dass Sie Ihr Auto verkauft haben«, sagte er, wieder darum bemüht, sie abzulenken.

Sie antwortete nicht darauf, sondern lachte, als fände sie ihn lustig, als hätte er etwas ganz anderes gesagt. Sie hing an seinen Worten, das jedenfalls mussten die Leute denken, die sie erkannt hatten, so durchdringend sah sie ihn an. Die betatscht mich noch, bevor der Abend vorbei ist, dachte Jeffrey.

»Sie packen ihre Sachen zusammen«, sagte Evelyn. »Jetzt gehen sie.«

Er drehte sich nicht um, aber nach ungefähr einer Minute kamen die Leute ziemlich dicht an ihnen vorbei. Sie lächelten Evelyn und auch Jeffrey zu. Mr. Pasmore neigte den Kopf, seine Frau winkte leicht mit den Fingern. Im Haus würden sie mit den anderen Bewohnern darüber klatschen, sofern sie es für wert befanden: Die allein stehende Frau in der Wohnung unter ihnen hatte was mit einem Jüngeren. Jeffrey empfand keine Regung, weder Verständnis noch Mitleid, solche Gefühle waren ihm fremd. Er hatte ein paar Gläser Wein getrunken und war einer Verlockung erlegen, die es selten genug gab; was davon übrig blieb, bedeutete nicht viel, wenn die Zuschauer weg waren, und es überraschte ihn nicht, dass sie es dabei beließen, ohne einen Kommentar.

Als ein Kellner kam, um sie unter Entschuldigungen daran zu erinnern, dass sie an einem Tisch im Nichtraucherbereich saßen, drückte sie ihre Zigarette aus. Ihr Gesicht fand wieder die gewohnte Gefasstheit, die Röte in ihren Wangen verschwand. Unterdessen trat ein Schweigen ein, und am Ende brach sie es, so ruhig, als wäre nichts Bedauerliches geschehen.

»Warum haben Sie mich zweimal gefragt, ob ich ein Auto habe?«

»Weil ich dachte, ich hätte Sie nicht richtig verstanden.«

»Warum war das wichtig?«

»Für meine Arbeit ist jemand mit einem Auto nützlich. Meine Ausrüstung ist schwer. Ich selbst besitze kein Fahrzeug.«

Er wusste nicht, warum er ihr das sagte, er hatte es noch nie getan. Im Gegenzug nickte sie beiläufig, als hätte sie nur aus reiner Höflichkeit gefragt. Sie nickte erneut, als er, wieder ohne zu wissen warum, zu ihr sagte:

»Könnten Sie für unser Essen aufkommen? Zu meinem Leidwesen muss ich gestehen, ich kann nicht zahlen.«

Sie griff über den Tisch nach der Rechnung, die der Kellner gebracht hatte. Stumm stellte sie einen Scheck aus und fragte ihn, wie viel Trinkgeld sie aufschlagen sollte.

»Ach, zehn Prozent oder so.«

Sie holte ein Pfund aus ihrem Portemonnaie, für die Garderobenfrau, wie Jeffrey wusste.

Gemeinsam gingen sie zu Fuß zur U-Bahn. Die Sache mit den Stadtbildern mache er nur am Wochenende, sagte er; um seinen Unterhalt zu verdienen, fotografierte er Lebensmittel. Als sie erfuhr, auf welchen Suppen- und Gemüsedosen seine Arbeiten erschienen, fragte sie sich, ob er vielleicht auch hinzufügte, dass sein London-Buch nie fertig und noch viel weniger veröffentlicht werden würde. Er tat es nicht, aber das hatte sie ohnehin vermutet.

»Tja, ich muss in die Richtung«, sagte er, nachdem sie ihre Fahrkarten gekauft hatten und unten an der Rolltreppe standen.

Von den Fotos, für die er sich schämte, hatte er ihr nur erzählt, weil sie ihm nichts bedeutete; das nahm sie ohne Groll zur Kenntnis. Und dass er ihren Ausrutscher ins Alberne bemerkt hatte, störte sie nicht, weil auch er ihr nichts bedeutete.

»Was machen Ihre Zahnschmerzen?«, fragte sie, und er sagte, sie seien weg.

Sie schüttelten sich weder die Hand noch fielen irgendwelche Bemerkungen über den gemeinsam verbrachten Abend, doch als sie auseinander gingen, gab es eine kleine Überraschung: Dass sie einander benutzt hatten, war von größerer Würde als alles, was ihrer Begegnung hätte folgen sollen. Dieses Gefühl war noch vorhanden, als sie auf zwei verschiedenen Bahnsteigen warteten und ihre Züge ankamen und wieder abfuhren. Und es klang noch nach, als sie durch die flackernde Dunkelheit getragen wurden, so intim wie gemeinsam erlebte Lust.

Graillis' Erbschaft

Er hatte nicht vorgehabt, seine Fahrt zu unterbrechen, aber da er früh dran war und noch Zeit blieb, machte Graillis einen Abstecher und kehrte zurück zu dem Haus, das er zuletzt vor dreiundzwanzig Jahren besucht hatte. Nach ein paar Meilen an der Old Fort Road entlang, hingen die rostzerfressenen Torflügel schon halb im Gestrüpp. Die Allee war kurz und knickte nach links ab, das Haus selbst war hinter einer Reihe von Weidenbäumen kaum zu sehen.

Als die Frau, die dort als Witwe zurückgeblieben war, nach Dublin zog, kaufte ein Bauer das Anwesen wegen der Kaminaufsätze und der Bleiplatten auf dem Dach. Er selbst war nie dort eingezogen, sondern stellte nur seinen Wagen auf der Kieszufahrt ab, als das Haus anfangs leer stand, und Graillis war nur noch ein einziges Mal dort gewesen. Seither, so hieß es, seien Haus und Hof zusehends verkommen, doch dafür hatte es schon früher Anzeichen gegeben: der abblätternde Lack an den Fensterrahmen, der ungepflegte Garten. Der allein stehenden Frau war es nicht wichtig gewesen, und früher hatte sich ihr Mann darum gekümmert, obwohl es sonst seinem Wesen nicht entsprach.

Graillis stieg nicht aus, sondern wendete langsam auf dem Kies, durch den schon das Gras wuchs. Er fuhr davon und achtete auf die Schlaglöcher in der Allee, danach kam er auf der kurvigen, schmalen Landstraße auch nur langsam voran. Eine Meile weiter wies ihm ein Schild den Weg zu der Kleinstadt, die er für sein Vorhaben an diesem Nachmittag ausgewählt hatte. Sie lag eine Stunde Fahrt von seinem eigenen Wohnort entfernt und schien ihm geeigneter, weil ihn dort niemand kannte.

Ihm blieb immer noch Zeit, nachdem er den Wagen abgestellt und einen Parkschein aus einem Automaten gezogen hatte. Er schloss den Wagen ab und ging die Davitt Street suchen, wo er sich in einem Zeitschriftenladen nach der Kanzlei Lenehan and Clifferty erkundigte und erfuhr, dass sie vier Häuser weiter sei, in dem ehemaligen Haushaltswarengeschäft.

»Mr. Clifferty ist in einer Minute für Sie da«, versicherte ihm das Mädchen in dem geräumigen Empfangsbereich, wo die Tageszeitungen auslagen. Einzig die Ausgabe der *Irish Field* aus der Vorwoche war aufgeschlagen.

»Sind wir Ihnen empfohlen worden, Mr. Graillis?«, fragte Clifferty, nachdem er sich für die Wartezeit von weit mehr als einer Minute entschuldigt hatte. Er trug einen Tweedanzug, dazu eine Krawatte aus dem gleichen Stoff und mit Granat besetzte Manschettenknöpfe. Für einen Provinzanwalt, dessen stattliche Gestalt ein voller, vorzeitig weiß gewordener Haarschopf krönte, war er ziemlich elegant. Graillis dagegen fühlte sich in seiner etwas bescheideneren Aufmachung – Cordhosen und ein Sakko aus Wildlederimitat – eher ein wenig befangen. Er war neunundfünfzig, dürr und knochig, und sein lichter werdendes helles Haar zeigte erste graue Strähnen.

»Sie stehen in den Gelben Seiten«, gab er dem Anwalt zur Antwort.

Er reichte ihm den mitgebrachten Umschlag über einen ordentlich aufgeräumten, mit grünem Leder bezogenen

Schreibtisch, dessen Ecken ein geprägtes Muster zierte. Clifferty zog ein zusammengefaltetes Blatt Papier aus dem Umschlag, und als er den Inhalt gelesen hatte, machte er sich eine einzige Notiz auf seinen Block, dann las er den Brief ein zweites Mal.

»Es ist schon einige Zeit her, seit sie hier gelebt hat«, sagte Graillis.

»Nun, Mr. Graillis, wenn ich Sie richtig verstehe, wollen Sie ja nichts Ungesetzliches. Eine Erbschaft kann ausgeschlagen werden.«

»Genau das wollte ich gern wissen.«

Clifferty steckte den Brief wieder in den Umschlag, gab ihn aber nicht zurück. »Es handelt sich um eine angesehene Kanzlei. Wir haben gelegentlich mit ihr zu tun. Wenn Sie möchten, schreibe ich dorthin, dass Sie die Erbschaft als peinlich empfinden. Dann würde das Testament wie üblich vollstreckt, unter Einbeziehung der hier angesprochenen Hinterlassenschaft.«

»Ich möchte mich von dem Gedanken, der dahinter steht, nur ungern abkehren. Das möchte ich nicht, weil ich in dem Testament erwähnt bin.«

»Sie sind mehr als nur erwähnt, Mr. Graillis. Laut der Benachrichtigung, die Sie erhalten haben, gibt es sonst kaum jemanden. Außer ein paar wohltätigen Einrichtungen.«

Graillis ahnte, in welche Richtung die Vermutungen des Anwalts gingen, und hätte ihnen am liebsten widersprochen. Es war verständlich, dass das Interesse eines Provinzanwalts aus seinen Vermutungen genährt wurde und dass die Routine der Familienrechtsfälle in einer ländlichen Kleinstadt einen Hauch von Dramatik willkommen hieß. Graillis hätte die Angelegenheit natürlich erklären können, aber er verzichtete darauf.

»Vielleicht eine kleine Erinnerung«, sagte er. »Eine Zierfigur oder etwas von dem Porzellan. Irgendetwas in dieser Richtung.«

»Man hat Ihnen eine beträchtliche Summe hinterlassen, Mr. Graillis.«

»Deswegen bin ich ja gekommen. Ich wollte fragen, ob ich stattdessen nur eine Kleinigkeit nehmen könnte.«

Es gab einen Aschenbecher mit einem Distelfinken darauf, aber da er vielleicht längst kaputt war, erwähnte er ihn lieber nicht. Und es gab Essteller, die ihm immer so gefallen hatten, mit einem Blumenrand in zwei verschiedenen Blautönen.

»Irgendetwas, dachte ich mir. Wenn das möglich ist.«

Als die Schneeglöckchen in kleinen Büscheln unter den Bäumen sprossen, fragte sie ihn, ob er welche mitnehmen wolle, und gab ihm die, die sie schon gepflückt hatte. Eingewickelt in feuchtes Zeitungspapier würden sie sich halten, sagte sie, und er versuchte sich in Erinnerung zu rufen, wie sie mitten im Satz abbrach, weil ihr klar wurde, dass ihr Vorschlag unmöglich war. Sie wollte die Stängel wieder in die Vase stecken, aber das war schwierig, und dann lagen die Blumen überall am Boden verstreut, schlaff und welk. Es sei nicht schlimm, sie könne ja neue pflücken, sagte sie.

»Aber ja, es ist bestimmt möglich«, erwiderte Clifferty, »dass Sie das bekommen, was Sie möchten. Ich wollte das andere nur erwähnt haben.«

Der Anwalt hatte die Angewohnheit, seine widerborstigen, rötlichen Augenbrauen glatt zu streichen, erst langsam die eine, dann die andere. Gerade jetzt machte er es wieder, ehe er fortfuhr:

»Aber ich sollte Ihnen sagen, dass ich mir das Testament

zunächst ansehen muss, bevor ich Ihnen zu irgendetwas rate.«

»Schicken sie es aus Dublin hierher?«

»Sie würden eine Kopie schicken.«

Clifferty nickte, während er das sagte, das Gespräch war beendet. Er fragte Graillis noch, in welcher Branche er arbeite, und Graillis antwortete, er leite in der Stadt, wo er wohnte, die kleine Bibliothek. Graillis setzte hinzu, dass er Angestellter in der Munster and Leinster Bank gewesen sei, zu jener Zeit, als die Bank noch so hieß. Er stand auf.

»Vereinbaren Sie mit dem Mädchen draußen einen Termin für heute in einer Woche, Mr. Graillis«, sagte Clifferty und schüttelte ihm zum Abschied die Hand.

Er fuhr langsam durch die flache, immer gleiche Landschaft zurück und hielt an, kurz bevor er die Stadt erreichte, in die er zurückkehrte. Kein anderes Auto parkte vor dem Jack Doyle Inn, kein Fahrrad lehnte an den beiden silbern lackierten Gitterstangen vor den Fenstern. Drinnen begrüßte die Bedienung ihn mit Namen.

Sie schenkte ihm einen John Jameson ein und fragte, wie es ihm ginge, dann verschwand sie. »Klopfen Sie auf die Theke, wenn Sie noch etwas möchten«, sagte sie, und der Geruch von brutzelndem Speck wehte schon aus der Küche, in die sie zurückging. Außer ihm war niemand in der Bar.

Er hätte dem Anwalt erklären sollen, dass er Witwer war und dass es keine Ehe gab, die durch ein Erbe, das vielleicht auf einen Betrug in der Vergangenheit schließen ließ, zerstört werden könnte. Er hätte erklären sollen, dass seine Zweifel, ob er eine so hohe Summe annehmen könnte, und seine Fahrt in eine andere Stadt, um Rat zu suchen, nur damit zusammenhingen, dass er der Neugierde und dem Klatsch in seiner eigenen entgehen wollte. Er wusste nicht, warum er das nicht erklärt hatte und warum ihm nicht der Gedanke gekommen war, dass Clifferty jetzt wahrscheinlich dachte, hier sei eine betrogene Ehefrau zu bedauern, die nun ein weiteres Mal betrogen wurde, und dass wieder Täuschung und Heimlichkeiten im Spiel waren.

Er setzte sich mit seinem Whiskey in eine Ecke. Was wäre schon dabei gewesen, wenn er über seine Ehe gesprochen hätte, über die Liebe, die sich im Lauf der Ehejahre verändert hatte, über seinen Kummer, als sie schließlich ganz verflogen war, über die kurzen Momente, in denen sie noch da war. Graillis ließ sich vom Strom der Erinnerung forttragen und sah – so lebhaft wie damals, als ihre Liebe begann – ein Mädchen in der grünblauen Uniform einer Klosterschule, Schüchternheit in dem strahlenden, frischen Gesicht. Von ihren Freundinnen zum Erröten gebracht, wandte sie den Kopf mit einem scheuen Lächeln ab, wenn der linkische junge Angestellte der Munster and Leinster Bank auf der Straße an ihr vorbeiging. Und sie war auch scheu, als sie, nunmehr erwachsen, zum ersten Mal die wöchentlichen Schecks und Einnahmen ihres Vaters zur Bank brachte. Dass sie in ihren mittleren Jahren zweimal Mutter wurde, hatte sie nur wenig verändert, und sie war zu dem Menschen geworden, der sie auch blieb, bis zu jenem tragischen Unfall auf einer vereisten Straße, an einem Winterabend vor drei Jahren.

Graillis trank einen Schluck Whiskey, zündete sich eine Zigarette an, rauchte langsam und trank noch einen Schluck. Trotz seiner beruflichen Rechtschaffenheit interessierte sich der Anwalt natürlich eher für die Erblasserin als für die Gattin. *Im achtundsechzigsten Lebensjahr*, lautete das einzige interessante Detail, das der Brief preisgab, und dem konnte der Anwalt lediglich entnehmen, dass es sich um eine ältere Frau handelte.

Der Whiskey wärmte Graillis, die Zigarette spendete ihm Trost. Er hatte nichts erklärt, weil er es nicht erklären konnte und weil es nichts zu erklären gab, jedenfalls nicht viel. Gleichwohl hätte er sagen können, dass er Witwer war. Er blieb noch eine Zeit lang sitzen und betrachtete ein hübsches Schild neben der Tür, auf dem in weißen Buchstaben auf blauem Email stand: *Hier können Sie telefonieren*. »Einen kleinen noch«, sagte er zu dem jungen Mann mit den glatten Haaren, der auf sein Klopfen hin erschienen war und an den er sich noch als Kind erinnerte. Das Mädchen vom Empfang bei Lenehan and Clifferty hatte ihm eine Karte mitgegeben, auf der sein Termin für die kommende Woche und die Telefonnummer notiert war. Es war noch nicht zu spät, erst kurz nach fünf.

»Wenn es möglich ist«, sagte er, als das Mädchen vom Empfang den Hörer abnahm. »Ich möchte Mr. Clifferty noch etwas sagen, was ich vorhin vergessen hatte.«

Beim Warten zündete er sich wieder eine Zigarette an. Sein Glas stand vor ihm auf einer Ablage, neben einem Aschenbecher mit dem Coca-Cola-Schriftzug. »Mr. Clifferty?«, fragte er, als der Anwalt sich meldete.

»Guten Abend, Mr. Graillis.«

»Ich wollte nur noch etwas klarstellen.«

»Und das wäre, Mr. Graillis?«

»Ich glaube, vorhin habe ich nicht gesagt, dass ich Witwer bin.«

Der Anwalt brummte mitfühlend, dann sprach er Graillis sein Beileid aus.

»Ich wollte nur nicht, dass ein falscher Eindruck entsteht«, sagte Graillis. »Falls Sie dachten, meine Frau wäre noch am Leben.«

»Ich weiß, was Sie meinen.«

»Ich wollte jedes Missverständnis vermeiden.«

»Natürlich.«

»Es ist nicht einfach, wenn plötzlich so etwas aus heiterem Himmel kommt.«

»Das verstehe ich, Mr. Graillis. Aber ich habe ja Ihre Anweisungen und bin zuversichtlich, dass ihnen entsprochen werden kann. Sollte noch etwas sein, irgendein Problem, können wir nächste Woche gern darüber reden.«

»Ich wollte nur, dass Sie wissen, was ich Ihnen eben gesagt habe. Mehr nicht.«

»Dann sind wir für heute wohl fertig.«

»Wer bekommt eigentlich den Teil, den ich ablehne?«

»Der Nächste in der Erbfolge. Irgendein versprengter Großneffe, nehme ich an. Einen Großneffen gibt es fast immer.«

»Danke«, sagte Graillis, und da ihm nichts weiter einfiel, hängte er den Hörer ein.

Er nahm sein Glas und ging wieder an den Tisch zurück. Eigentlich hatte er gedacht, es würde ihm besser gehen, wenn er bei einem Anwalt war, und das Gleiche hatte er gedacht, als ihn das Telefonschild auf die Idee brachte, Clifferty anzurufen. Doch das Unbehagen, das ihn beschlichen hatte, als er den Brief wegen der Erbschaft erhielt, war nicht gewichen. Er wusste nicht, warum er zu dem Haus gefahren war; wusste nicht, warum er sich so aufregte, nur weil er einem Fremden nicht gesagt hatte, dass er Witwer war? Der Whiskey hatte gesprochen, als er Mr. Clifferty sagte, er wolle noch etwas klarstellen; der Whiskey hatte ihn dazu ermutigt, die Nummer zu wählen. Er war verwirrt von der Schuld, die vor langer Zeit zu nichts zerronnen und jetzt wieder erwacht war. Er hatte niemandem wehgetan damals, niemanden verletzt, er war klug mit den Ungereimtheiten umgegangen, die aus Unaufrichtigkeit entstehen, mit den Lügen durch Verschweigen. Eine Zeit lang war er lediglich nicht mehr er selbst gewesen, und das hatte man ihm verziehen. Dennoch blieb die derbe Lesart, die sich der Anwalt aus den Einzelheiten zusammenreimen mochte: die hintergangene Ehefrau, die ihren Gatten noch aus dem Grab verfolgte, und die ältere Frau, die aus dem ihren nach dem Geliebten griff, der ihr entglitten war.

»Du lieber Himmel, so schlimm war's noch nie!«

»O doch, mein Lieber, es kommt noch schlimmer.«

Zwei Männer setzten sich an die Theke und beklagten den Preisverfall für Schafe. Der junge Mann mit den glatten Haaren kam wieder, um sie zu bedienen, und dann betrat ein älterer Mann den Raum, einen weißen Windhund an der Leine. Der Junge schenkte ihm ein Smithwick's ein und sagte, der Bus mit dem *Evening Herald* sei noch nicht gekommen. »Unerhört«, knurrte der Alte und kauerte sich über die *Tullamore Tribune*.

Graillis trank seinen Whiskey aus. Nach dem Unfall, als in der *Irish Times* die Todesanzeige erschienen war, bekam er kein Kondolenzschreiben von der Frau, bei deren halb zerfallenem Haus er am Nachmittag gewesen war. Anfangs dachte er noch, sie würde sich vielleicht melden, und dann kam er zu dem Schluss, dass es eigentlich unpassend war. Sie sah es vermutlich genauso.

Er drückte die zweite Zigarette aus. Zu Hause rauchte er nie, er fing auch nicht an, als er plötzlich allein lebte, und in der Bibliothek war das Rauchen verboten, darauf bestand er selbst. Doch in dem Wohnzimmer, in dem er im Herbst 1979 und im darauf folgenden Winter und Frühling so häufig gesessen hatte, war eine Freundschaft entstanden, zu der Zigaretten ebenso gehörten wie die Korkfilter mit Lippenstiftspuren, die sich in dem Aschenbecher mit dem Distelfinken häuften. Das Bild nahm seine Gedanken gefangen, unbewegt wie eine Fotografie, festgehalten mit einer Schärfe, die er heute als grausam empfand.

Er brachte sein Glas zurück zur Bar. Bevor er ging, redete er mit dem jungen Mann mit den glatten Haaren noch kurz über das Wetter. »Machen Sie's gut, Mr. Graillis«, rief der junge Mann ihm hinterher, und Graillis sagte, das würde er.

Beim Weiterfahren versuchte er an nichts zu denken, weder an das Mädchen, das er geheiratet hatte, als er noch ein junger Angestellter bei der Munster and Leinster Bank war, noch an die Frau, die er kennen lernte, als sie Romane bei ihm in der Bibliothek auslieh. Die Landschaft unterschied sich kaum von der vor seinem Halt im Pub. Sie veränderte sich auch nicht, als ein Schild auf Irisch und Englisch die Ortsgrenze anzeigte, sondern erst, als in den Randbezirken der Stadt die ersten einstöckigen Häuser mit gepflegten Gärten in sommerlicher Blüte erschienen. Autos mit Preisschildern an den Windschutzscheiben standen dicht an dicht auf dem Vorplatz von Riordan, *Ihr Nissan-Händler*, wie er nach dem Franchise hieß. Graillis fuhr am Elektrizitätswerk und an dem rostigen grünen »Raleigh«-Schild vorbei, auf dem nur noch Reste der beiden Figuren und ihrer Räder zu erkennen waren.

Im Abendverkehr kam er auf der Hauptstraße nur langsam voran. Er kurbelte die Scheibe herunter und legte den

Ellbogen auf die Tür. Ursprünglich hatte er vorgehabt, gleich nach Hause zu fahren, aber er überlegte es sich anders und bog stattdessen in die Cartmill Street ein, wo sich die Bibliothek befand. Kein Verkehr störte hier die Ruhe. Manchmal ratterten Jungs auf Skateboards die Straße hoch und runter, aber jetzt waren keine da und auch kaum Fußgänger. Er parkte unter den Linden, wo der Weg am Fluss begann, und ging über die Straße zu einem kleinen, geduckten Gebäude in der langen Reihe von verlassenen Lagerhäusern, die an der Cartmill Street standen und ihr zusammen mit den Linden und dem Fluss das charakteristische Aussehen verliehen.

Heute hatte er die Bibliothek schon um ein Uhr zugemacht, der einzige Wochentag, an dem sie nachmittags geschlossen blieb, genau wie einige Läden an der Hauptstraße. Mit zwei verschiedenen Schlüsseln öffnete er Tür- und Sicherheitsschloss und drückte die blassblau gestrichene Tür auf. Ein gewisser Mr. Haverty – erfolgloser Betreiber eines Krämerladens in der Lower North Street, eingefleischter Junggeselle und großer Fan der Geschichten von Zane Grey und anderer Wildwestautoren – hatte die Bibliotheksverwaltung des Bezirks von der Notwendigkeit einer Stadtteilbibliothek überzeugt und auch gleich die Leitung übernommen. Seit er selbst zum ersten Mal dort zur Ausleihe erschienen war, fühlte Graillis sich in den bescheidenen Räumlichkeiten mit den wandhohen Bücherregalen und der schmalen Theke bei der Tür zu Hause. Damals war er der eifrigste Besucher gewesen, und als Mr. Haverty der Dienst wegen seiner rapide fortschreitenden Arthritis zunehmend zur Last wurde, benannte er Graillis als seinen Nachfolger und lockte ihn von der Bank mit ihren weitaus vielversprechenderen Aussichten fort. Und Graillis sagte zu, bevor er die Gelegenheit fand, alle damit verbundenen Nachteile zu überdenken. »Aber warum denn bloß?«, rief das Mädchen, das er geheiratet hatte, verwirrt und enttäuscht. Sein sicherer Posten hatte nie in Frage gestanden, er wäre aufgestiegen und hätte irgendwann das niedrige graue Haus oberhalb der Bank bezogen, ein Wahrzeichen der Stadt, mit einem schmiedeeisernen Zaun und gemaserter Eingangstür. Das alles hatte sie mitgeheiratet; Bücher waren nie ihr gemeinsames Interesse, waren für sie nie eine Notwendigkeit gewesen.

Die Frau, für die sie eine waren, war Graillis schon häufiger in der Stadt aufgefallen, wenn sie aus einem Laden kam oder in ihr Auto stieg – sie war eine Frau, die er normalerweise nicht kennen gelernt hätte. Sie war groß und auf ihre Weise schön, das unterschied sie von anderen, auch ihre Kleidung und Haltung ließen das erahnen, und dieser Unterschied wurde noch verstärkt, als sie nebenbei nachfragte, wo denn Mr. Haverty sei – offenbar wusste sie nichts von seiner Pensionierung. Sie lächelte, als sie ins Gespräch kamen, und Graillis hatte sie vorher noch nicht lächeln sehen. Bei ihrem nächsten Besuch unterhielten sie sich länger und danach immer ungezwungener. Als sie ihn fragte, welche Romanautoren er empfehlen könne, machte er sie mit Proust und Malcolm Lowry, mit Forster und Madox Ford, Mrs. Gaskell und Wilkie Collins bekannt. Er besorgte ihr ein neues Exemplar der *Dubliner*, weil das vorhandene im Regen liegen gelassen und unleserlich geworden war. Auf seine Anregung las sie *Am Abgrund des Lebens* und *Zärtlich ist die Nacht*. Elizabeth Bowen war ihre eigene Entdeckung.

In ihrem ordentlichen Wohnzimmer schenkte er mittags den Wein ein. Während sie ihr eigenes Verhalten nicht als sorglos empfanden, denn das waren sie nicht, unterhielten sie sich über die sorglosen Figuren bei Scott Fitzgerald, über das Palace Flophouse, über den Hangover Square und die Dorlcote Mill. Die Mühsale von Jude gewannen kleine neue Dimensionen, ein Tag war von Joe Gargerys Tugendhaftigkeit geprägt, ein anderer von Mrs. Proudie oder Daisy Miller. Ellen Wedgeworth starb, Dermot Trellis schlief. Maurice Bendrix umarmte die Frau seines Freundes.

Sie waren nicht daran interessiert, sich ihre Lebensgeschichten zu erzählen. Darum ging es in ihren Gesprächen nicht, und dennoch war ihrer beider Leben, ohne dass sie es bemerkten, immer gegenwärtig in dem Raum, den ihre Freundschaft veränderte. Auch Gefühle kamen nie zur Sprache, ebensowenig wie Reue oder das, was zwischen ihnen vielleicht noch möglich gewesen wäre; sie achteten immer darauf, was sie sagten. Beide übten sie keinen Verrat, sie nicht an ihrer abgeschlossenen Vergangenheit, er nicht an dem, was noch bestand. Wenn sie den Kaffee hereinbrachte, wandte er den Blick vom Regen oder der kalten Frühjahrssonne, und sie unterhielten sich wieder über Wildfell Hall. Beim Abschied stand sie auf der Treppe, die weit geöffnete Haustür im Rücken, eine Gestalt in seinem Rückspiegel, bis die Weiden an ihre Stelle traten.

Allmählich gab es Gerede: Sein Auto wurde auf der Straße zu ihrem Haus gesehen, den Leuten fiel auf, dass sie oft in die Bibliothek kam. Noch war es nicht viel, doch das würde sich ändern, er wusste es so gut wie sie, auch wenn sie es nicht aussprachen. Als die Tage wieder länger wurden, waren drei Jahreszeiten verstrichen. Im Sommer würden sie draußen sitzen, am weißen Tisch auf dem Rasen, doch der Sommer kam nicht.

Graillis räumte die Rückgaben vom Vormittag in die Regale ein, *The Garden of Allah*, offenbar immer noch gelesen,

Kriminalromane deutlich beliebter, Georgette Heyer mit ihrer eigenen Fangemeinde. Sonnengebleichte Buchrücken umschlossen eine Welt, die in dem Geruch von altem Papier auflebte. Einmal sagte sie zu ihm, sie beneide ihn um diesen Ort.

Er sah sich noch einmal um, bevor er ging. Bei der Tür hinter der Theke kündigte ein Plakat das Erdbeerfest im Juni an. Über der Tür hing das Strohkreuz zu Ehren der heiligen Brigid. An dem Tag, als sie gesagt hatte, sie beneide ihn, waren abends die Umzugswagen leer durch den Ort gerattert und später schwer beladen mit ihren Besitztümern davongefahren. Sie hatten warten müssen, bis die *Sieben Säulen der Weisheit* für Mrs. Garraher abgestempelt waren, bevor sie sich verabschieden konnten, ein Dienstag war es gewesen.

Er sperrte hinter sich zu und fuhr los.

Die Salatköpfe im Gemüsebeet bildeten Herzen. Er schnitt einen ab, dazu ein paar Stängel Schnittlauch und Petersilie. Nach einer Runde durch den Garten sammelte er den Salat und die Kräuter auf, die er am Pfad neben den Beeten abgelegt hatte, und pflückte noch eine Tomate, die unter einem Glasschutz gereift war. Er hatte sich nie an die Leere gewöhnt, die er jedes Mal empfand, wenn er in seinen Garten oder das Haus zurückkehrte, und würde sich wohl auch nie daran gewöhnen. In der Küche machte er zwei Dosen auf, Suppe und Sardinen, dann wusch er den Salat.

»Hinterher rief er noch mal an«, stellte er sich vor, würde Clifferty gerade sagen, während er in der Tür einer anderen Küche stand und von seinem Tag berichtete, sorgsam abwägend, was er von seinen Anwaltsgeheimnissen preisgeben durfte. »Ich weiß nicht, was der gute Mann für Probleme hatte«, sagte Clifferty und fügte hinzu, ansonsten sei nicht allzu viel los gewesen.

Irgendwo war noch Whiskey; Graillis suchte danach und fand ihn zwischen den Flaschen mit den Würzsaucen. Er goss sich einen Schluck ein und mischte Öl und Essig für die Salatsauce. Im Landfunk kamen die neuesten Marktberichte, und dann plapperte ein nassforscher Discjockey drauflos, bis eine wahre Kakophonie begann. Die Stille danach war eine Wohltat.

Graillis legte Messer und Gabel auf den Küchentisch und überlegte, ob wohl eines seiner Kinder heute Abend anrufen würde. Eigentlich bestand kein Grund dazu. Von beiden hatte er erst kürzlich gehört, es war alles in Ordnung, kein Grund zur Besorgnis. Er schenkte sich Whiskey nach, er wollte noch nicht essen. Soweit er sich erinnern konnte, hatte er noch nie allein in diesem Haus getrunken. Den Whiskey hielt er als Vorrat für Besucher, die zufällig vorbeikamen.

Das Glas in der Hand, ging er durch den Garten, vorbei an Bartfaden und Rosen und Montbretien, die noch nicht blühten. Die Reihe Artischocken, die er im Februar gepflanzt hatte, standen hoch aufgeschossen da, wie leere Sonnenblumen. Lavendelduft erfüllte die warme Dämmerung.

Der Whiskey sprach jetzt zu ihm, ein Flüstern aus seinen geordneten Erinnerungen, die keine Panik mehr heraufbeschworen. Mit dem Besuch beim Anwalt und seiner Fahrt zu dem Haus hatte er an etwas gerührt, was besser in seinem Gedächtnis bleiben sollte, wo alles auf ewig ruhte und nichts mehr zu ändern war. Die Rente von einer kleinen Leihbibliothek war kaum der Rede wert, deshalb diese Geste. Wie ein Fremder dies deutete – was durch Neugier zutage gefördert oder durch Klatsch verbreitet wurde –, spielte keine Rolle. Stattdessen war da wieder das frische, strahlende Gesicht, die liebenswürdige Scheu. Stattdessen führte wieder die ältere Frau eine Zigarette zu den Lippen, der bräunliche Filter mit scharlachroten Spuren. Wieder spürte er das Glück der Ehe, wieder Umarmungen in der Phantasie.

Mehr war nicht und würde nicht sein. Auch keine Zierfigur, sie würde nur die Wirklichkeit verfälschen. Und auch nichts von dem Porzellan, das würde er dem Anwalt schreiben. Die Winterblumen lagen verstreut im Schatten eines Geheimnisses, eine Täuschung, die eine stille Liebe ehrte.

Einsamkeit

Ich klettere auf den Stuhl im Flur, um an das Schloss zu kommen. Ich mache die Haustür auf und stelle den Stuhl zurück in die Nische. Ich kämme mir die Haare vor dem Garderobenspiegel. Ich bin sieben Jahre alt und hoffe, dass mein Vater bald herunterkommt.

Unser Haus ist schmal und hat eine blaue Eingangstür, es liegt an einem kleinen Platz in London. Mein Vater ist fort gewesen, jetzt ist er wieder zurück. *Am ersten Morgen gehen wir ins Café.* Vor einer Ewigkeit las meine Mutter vor, was er mir auf der Postkarte geschrieben hatte. »Das sind die Pyramiden«, sagte sie, als ich auf das Bild zeigte. Und dann: »Bevor du dich's versiehst, ist er wieder zurück.« Aber es dauerte fünfzig Tage.

Ich höre ihn auf der Treppe »London Bridge Is Falling Down« pfeifen, und dann umarmt er mich, weil er nachts gekommen ist, als ich schon schlief. Er könne gar nicht fassen, sagt er, wie groß ich geworden sei, und ich hätte ihm schrecklich gefehlt.

Zu Fuß gehen wir gemeinsam über den Platz, dorthin, wo Verkehr und die Straßen sind. »Kaffee«, sagt mein Vater in dem Café. »Einen Kaffee, bitte, und ein Stück Russischen Kuchen für Sie-wissen-schon-wen.«

Aber die ganze Zeit ist da diese Sache, und die ganze Zeit ist mir klar, dass ich nichts sagen darf. Wenn ein Kind so was sieht, sollte es das schnell wieder vergessen, sagte

Mrs. Upsilla, und Charles nickte mit seinem großen schwarzen Kopf. Ihr kann man keine Schuld geben, sagte Charles; jedes Kind spielt mal hinterm Sofa, sie hätten sich bloß umsehen müssen. »Mich geht das nichts an«, sagte Charles. »Ein armer schwarzer Mann wie ich, der hält sich da raus.« Sie wussten nicht, dass ich noch vor der Küchentür stand, und Mrs. Upsilla sagte, die Sache mache sie ganz krank. Aber immerhin, gab Charles zu bedenken, hätte meine Mutter ihren Freund nicht in das Schlafzimmer mitgenommen, das auch das meines Vaters war. So viel Anstand habe sie wenigstens noch bewiesen. Aber Mrs. Upsilla sagte, von wegen Anstand, und nannte den Freund meiner Mutter einen Fiesling.

»Lernst du jetzt Französisch?«, sagt mein Vater in dem Café. »Gefällt dir Französisch?«

»Nicht so gut wie Geschichte.«

»Was habt ihr denn in Geschichte gelernt?«

»Dass der Sohn von William dem Eroberer einen Pfeil ins Auge gekriegt hat.«

»In welches Auge? Haben sie das auch gesagt?«

»Nein, ich glaube nicht.«

Im Café bedient uns die gleiche Kellnerin wie immer. Mein Vater sagt, das liegt daran, dass wir immer am gleichen Tisch sitzen. Unsere Kellnerin, sagt er, hat tizianrote Haare, so heißt die Farbe. Mein Vater macht immer Bemerkungen über Leute und sagt, sie haben dieses oder jenes, er stellt Vermutungen über sie an oder stellt ihnen Fragen. Häufig kommt er mit Leuten ins Gespräch, die ihn auf der Straße nach dem Weg fragen, und mit Bettlern, mit jedem, der ihn anhält, mit allen in den Geschäften. Einmal hörte ich jemand im Café sagen: »Ein unverschämtes Glück«, worauf mein Vater lachte und den Kopf schüttelte.

Die ganze Zeit, in der wir im Café sitzen, möchte ich es ihm erzählen, weil ich ihm immer alles erzähle, wenn er von einer Reise zurückkommt. Ich möchte ihm von dem Traum erzählen, den ich noch in derselben Nacht hatte und in dem sich alles wiederholte. »Ach, ein böser Traum«, tröstete mich meine Mutter, ohne zu wissen, wovon er handelte, weil ich es ihr nicht sagte und auch nicht sagen wollte.

»Die Bildergalerie?«, schlägt mein Vater vor, nachdem wir unseren Kaffee getrunken haben. »Oder lieber das Puppenmuseum? Sieh mal, was ich habe.«

Er breitet ein Taschentuch auf dem Tisch aus, ganz verblasste Farben und stellenweise so dünn, dass man durchsehen kann. Alt, sagt er, ägyptische Seide. Es hat ein Muster, das er mit dem Finger nachfährt, damit ich es auch sehen kann. »Für dich«, sagt er. »Es gehört dir.«

Im Bus, auf dem Weg zum Puppenmuseum, erzählt er von Ägypten. Dort sei es so heiß, dass man sich die Haut verbrenne, so heiß, dass man sich nachmittags hinlegen müsse. Eines Tages wird er mich mitnehmen, eines Tages wird er mir die Pyramiden zeigen. Auf dem letzten Stück nimmt er mich an der Hand.

Ich kenne den Weg, aber als wir dort sind, ist meine liebste Puppe nicht an ihrem Platz. Sie fühlt sich nicht wohl, sagt der Mann, ist zur Behandlung im Krankenhaus. So drückt er das eben aus, sagt mein Vater. Er fragt den Mann und erfährt: Diese Puppe, die spanische Puppe, wird nächste Woche zurück sein. »Na, dann kommen wir eben wieder«, verspricht mein Vater. »Wer darf heute bis zur Party aufbleiben?«, fragt er mich, als wir wieder zu Hause sind.

Die Party ist heute Abend. In der Küche sind die Weinflaschen schon auf dem langen Tisch aufgereiht, auf Tabletts stehen noch mehr Flaschen und Gläser, die nur darauf warten, gefüllt zu werden. Wenn es eine Party gibt, kommt Charles besonders früh, um zu helfen. Wenn mein Vater zurückkommt, gibt es immer eine.

»Setz dich hin und iss dein Sandwich.« Mrs. Upsillas grauer Kopf ist über das geneigt, was sie gerade kocht, sie ist zu beschäftigt, um aufzublicken. Charles zwinkert mir zu, und ich versuche zurückzuzwinkern, aber ich kann es nicht richtig. Er geht dicht an meinem Platz vorbei, und danach ist das Sandwich, das ich nicht will, verschwunden. »Na, bist ein braves Mädchen«, sagt Mrs. Upsilla, als sie fragt, ob ich es aufgegessen habe, und ich ja sage. Da grinst Charles. Und Davie kichert, genau wie Abigail.

Abigail und Davie gibt es nicht wirklich, trotzdem sind sie meistens da. Auch an dem Tag, als die Tür aufging und meine Mutter und ihr Freund ins Wohnzimmer kamen. »Alles klar«, sagte meine Mutter. »Sie ist nicht hier.« Da kicherten Davie und Abigail, aber ich ließ sie still sein.

»Nein, so was«, entfährt es Charles in der Küche, als Mrs. Upsilla mich ein braves Mädchen nennt. Er sagt das so oft, dass sich Mrs. Upsilla ärgert. »Was meint er bloß?, fragt sie mich jedes Mal. »Wovon redet er überhaupt?« Charles lacht dann immer.

Ich danke Mrs. Upsilla für das Sandwich, das ich nicht gegessen habe, weil sie möchte, dass ich mich bei ihr für Sachen bedanke. Auf dem Weg nach oben fällt mir ein, dass ich hörte, wie mein Vater, nachdem die Person im Café gesagt hatte, er hätte unverschämtes Glück, meiner Mutter davon erzählte; vielleicht, sagte er, habe die Person damit gemeint, er habe Glück, weil er eine so schöne Frau habe. Man könne es aber auch anders verstehen, sagte Mrs. Upsilla, als ich es ihr erzählte: Vielleicht hätte die Person im Café auf die Erbschaft meiner Mutter angespielt.

Mein Vater steht oben an der Tür zu ihrem Schlafzimmer, meine Mutter glättet gerade das Bett. Auch ihr hat er ein Taschentuch mitgebracht, größer als meines, sie trägt es schon als Halstuch. »Du bist so schön!«, sagt mein Vater, und meine Mutter lacht, es klingt wie das Klimpern einer Kette, die er ihr mal geschenkt hat. Im Badezimmer läuft langsam das Wasser für das Bad meiner Mutter ein. »Und wer hilft mir beim Korkenziehen?«, fragt mein Vater, und meine Mutter bittet ihn, das obere Fenster zu öffnen. Ihre Lippen sind weich, als sie mich auf die Stirn küsst, und bei ihrem Duft möchte ich am liebsten die Augen schließen und ihn für immer riechen können. »Braver Liebling«, flüstert sie.

In der Küche zieht mein Vater die Korken raus, und ich lege sie auf einen Stapel und zähle sie. Die roten Flaschen sind eigentlich grün, sagt er, aber das sieht man erst, wenn sie leer sind. Bevor er den Korkenzieher einführt, schneidet er den glänzenden Deckel über jedem Korken weg. »So, das wäre erledigt«, sagt er und fragt, wie viele es waren, und ich antworte sechsunddreißig. »Nimmst du mich nächstes Mal in die Bildergalerie mit?«, sagt er, und dabei fallen mir die tanzenden Frauen ein und der Sturm beim Kricketspiel und Saint Catherine und das Porträt des Künstlers. »Da freu ich mich jetzt schon«, sagt mein Vater, ehe er wieder nach oben geht.

Abigail, Davie und ich spielen in meinem Zimmer ein Spiel. Wir stellen uns vor, wir wären in Ägypten und würden eine Pyramide erklimmen, und Abigail sagt, wir sollten lieber Sonnenhüte aufsetzen, weil die Sonne einem den Kopf sogar durch die Haare verbrennen kann. Also gehen wir nach unten, um sie zu holen, aber dann ist es kühler, deshalb wandern wir durch die Straßen. Auf einem Markt kaufen wir Geschenke, die wir mit nach Hause nehmen wollen, Ringe und Broschen und Gläser mit ägyptischen Pfirsichen und ägyptische Schokolade und ägyptische Teppiche für den Fußboden. Dann gehe ich wieder in die Küche.

Charles ist losgegangen, um Eis zu holen. »Willst du mir Gesellschaft leisten?«, fragt Mrs. Upsilla, die immer noch eifrig am Kochen ist. »Du stolperst noch mal über deine Schnürsenkel«, sagt sie und lässt den elektrischen Mixer einen Augenblick lang allein laufen. Irgendwann wird mir deswegen noch mal Schlimmes passieren, und sie bindet mir die Schnürsenkel zu. Immer einen Doppelknoten machen, sagt sie, und dann gehe ich weg.

Im Wohnzimmer stehen Schalen mit Oliven und Gebäck; das Feuer lodert, das Schutzgitter ist heruntergelassen. Ich sehe zu, wie die Regentropfen an den Fensterscheiben entlanglaufen. Ich sehe die Menschen auf dem Platz durch den Regen hasten, eine Frau hält einen Schirm über ihren Hund, und dann kommt Charles mit dem Eis zurück. Die Autos fahren langsam, inzwischen sind die Straßenlampen an.

Ich setze mich in den Sessel am Kamin und betrachte die Bilder in den Büchern, die alte Frau, die Kinder in einen Käfig sperrte, die Riesen, die Zwerge, die Königin und ihr Spiegelbild. Als ich wieder auf den Platz hinausblicke, sehe ich den Freund meiner Mutter, er kommt als Erster. Er lässt ein Auto vorbei, bevor er den Platz überquert, und dann höre ich die Klingel und seine Schritte auf der Treppe.

»Probier mal eine«, sagt er im Wohnzimmer und meint

die kleinen Käsestangen, die Mrs. Upsilla gebacken hat. »Zeit für deine Tanzstunde«, und er stellt die Musik an. Er zeigt mir wieder die gleichen Schritte, weil ich sie nie übe und auch nicht üben will. »Wie geht's ihnen?«, fragt er, und ich weiß, er meint Davie und Abigail; seit meine Mutter die beiden mal erwähnt hat, fragt er mich nach ihnen. Vielleicht sollte ich ihm erzählen, dass sie an jenem Nachmittag dabei waren, aber ich sage nur, es gehe ihnen gut. Dann kommen andere Leute, und er redet mit ihnen. Ich hasse ihn so sehr, dass ich ihm den Tod wünsche.

Von einer Fensterbank aus, halb hinterm Vorhang, lausche ich den Gästen. Ein Mann erzählt gerade von einem Autorennen, bei dem er mitgefahren ist. Irgendwann werde er gewinnen, sagt eine Frau. Charles bietet in seiner weißen Jacke Getränke an.

Es kommen noch ein paar Leute. »Ach du meine Güte!« Mr. Fairlie lächelt zu mir herunter und setzt sich dann zu mir. Alt und müde, sagt er, nicht mehr zum Feiern geschaffen. Auf seine Frage, was ich heute gemacht habe, erzähle ich ihm von dem Puppenmuseum. Seit dem Tod seiner Frau schlägt er sich allein durch, sagte Mrs. Upsilla. Meine Mutter war bei der Beerdigung, aber darüber redet er jetzt nicht. »Armer alter Kerl«, sagte Charles.

Die Musik ist kaum zu hören, weil so viele Leute reden. Immer wenn Charles mit einem neuen Tablett vorbeikommt, winkt er mir mit einem Finger zu, und Mr. Fairlie sagt, das sei geschickt. »Na, ihr zwei Hübschen!«, sagt eine Frau, und sie küsst Mr. Fairlie und küsst mich, und dann kommt mein Vater. »Wer ist denn da müde?«, sagt er und bringt mich nach oben.

Jetzt werde er ganz lange nicht mehr weggehen, das verspricht er, bevor er das Licht ausmacht, aber im Dunkeln ist es dann wieder wie in dem Traum. Er wird weggehen und nicht zurückkommen, nie wieder zurückkommen wollen. Wir werden nie wieder in die Bildergalerie gehen, wo unser liebstes Bild hängt: Picknick am Strand. Nie wieder ins Café gehen, ins Puppenmuseum. Nie mehr wird er sagen: »Wer ist denn da müde?«

Ich weine nicht im Dunkeln, obwohl mir danach ist. Ich zwinge mich, an etwas anderes zu denken, an den Tag, als auf dem Platz ein Unfall war, an den Tag, als ein Mann an unsere Tür kam, weil er dachte, in unserem Haus würden andere wohnen. Und dann denke ich an Mr. Fairlie, der jetzt allein ist. Ich sehe ihn so deutlich vor mir wie vorhin, als er neben mir auf der Fensterbank saß: die großen Sommersprossen auf der Stirn, die weißen Haarbüschel, seine Augen, die überhaupt nicht alt wirken. »Früher war er Chirurg«, sagte Mrs. Upsilla an dem Morgen zu Charles, als meine Mutter zu der Beerdigung ging. Ich sehe Mr. Fairlie in seinem Haus vor mir, obwohl ich nie dort gewesen bin. Wie er für sich kocht, so gut er kann, und mit einem Staubsauger auf der Treppe. »Von Mr. Fairlie hätte ich mich auch operieren lassen«, sagte Charles einmal.

Die Musik klingt, als würde sie anderswo gespielt, nicht in unserem Haus, und ich frage mich, ob sie wohl tanzen. Um zehn werde die Party vorbei sein, sagte Mrs. Upsilla, dann würden sie in verschiedene Restaurants aufbrechen oder vielleicht auch alle in das gleiche, und manche würden einfach nach Hause gehen. Es sei so eine Party, die nicht lange dauert, ganz anders als einige, wie Mrs. Upsilla sie erlebt hat. »Hier?«, fragte Charles überrascht, als sie das sagte. »Hier in diesem Haus?« Und sie erwiderte nein, hier habe eine Party noch nie die ganze Nacht gedauert, und Charles nickte ernst und sagte, sie müsse es ja wissen.

Wenn alle gegangen sind, wird er noch eine Stunde bleiben und Mrs. Upsilla beim Aufräumen helfen. Doch um die Zeit bin ich noch nie wach gewesen.

Davie sagt, es war ein Spiel oder so, nur Spaß. Aber Abigail schüttelt den Kopf, dass ihre schwarzen Zöpfe durch die Gegend fliegen. Ich möchte nicht darüber reden. Es war an einem Mittwoch, Mrs. Upsilla hatte den Nachmittag frei, und Charles kümmerte sich auf dem Platz um die Blumenbeete.

Ich versuche wieder an Mr. Fairlie zu denken, der sein Bett machen und der lauter Sachen bewältigen muss, die früher seine Frau für ihn erledigte, aber Mr. Fairlie entgleitet mir ständig. Das Kleid meiner Mutter lag zerknittert auf dem Fußboden, und als ich hinter dem Sofa vorlinste, sah ich auch ihre Halskette unten liegen. Hinterher sagte sie, sie hätten die Tür abschließen sollen.

Die Musik ist immer noch weit entfernt. Der Lärm von den Gästen klingt nicht, als würden Leute reden, sondern eher wie ein Summen. Ich schlage die Bettdecke zurück und schleiche auf Zehenspitzen zur Treppe, um durchs Geländer nach unten zu spähen. Mrs. Upsilla hat sich für die Party fein angezogen, Charles trägt wieder ein Tablett mit Gläsern. Auch Mrs. Upsilla geht mit zwei Platten voller Häppchen hinein. Sie hat mit Speck umwickelte Aprikosen gemacht und Sandwiches, die nicht größer sind als eine Briefmarke. Ein paar Leute kommen aus dem Zimmer und stehen im Treppenhaus herum. Meine Mutter und ihr Freund sind auch kurz da, dann geht sie wieder ins Wohnzimmer. Er bleibt, seine Schulter an der Wand neben dem Fenster, vor dem die roten Vorhänge zugezogen sind. »Das Kind hat was gemerkt«, sagte er an dem Tag, bevor mein Vater zurückkam.

Ich will nicht ins Bett, denn dann kommt der Traum wieder, auch wenn ich gar nicht schlafe, der Traum, in dem Mrs. Upsilla sagt, mein Vater sei für immer fort, was hätte er denn sonst machen sollen? Wenn ich dann den Lederkoffer suche, den er auf seine Reisen mitnimmt, ist er nicht mehr da, und ich weiß, er wird nie wieder da sein. Dann hole ich das ägyptische Taschentuch und erinnere mich, wie mein Vater es auf dem Tisch im Café ausgebreitet und mir das Muster gezeigt hat. »Unser Café«, sagt er immer.

Der Freund meiner Mutter blickt vom Fuß der Treppe zu mir hoch. Er winkt, und ich sehe zu, wie er langsam die beiden Treppen heraufkommt. Aus seinem Mund hängt eine Zigarette, aber er hat sie nicht angezündet und nimmt sie auch nicht heraus, als er sich den Zeigefinger auf die Lippen legt. »Das dürfte reichen, um sie alle abzufüllen«, sagte Charles, als er die geöffneten Flaschen auf dem Küchentisch sah, und ich frage mich, ob der Freund meiner Mutter betrunken ist, denn er nimmt noch eine Zigarette aus der Packung, obwohl die erste gar nicht brennt.

Als er schwankt, muss er sich am Geländer festhalten. Er lacht, als wäre es bloß Spaß. Ich sehe den Schweiß auf seinem Gesicht, auf der Stirn sieht er aus wie Regentropfen. Bei jeder Stufe schließt er die Augen. Langsam kommt er weiter herauf, einen Schritt und dann noch einen und noch einen. Im Mundwinkel hängt ein Spuckefleck, die beiden Zigaretten sind auf den Treppenläufer gefallen. Ich strecke den Arm aus und kann ihn berühren. Meine Fingerspitzen liegen auf dem dunklen Ärmelstoff, und darunter spüre ich seinen Arm, und dann ist plötzlich alles anders.

Da ist sein stürzender Körper, das zersplitterte Geländer.

Da ist der dumpfe Schlag und dann noch einer und noch einer. Da ist die Stille und Mrs. Upsilla, die zu mir hochblickt.

Von meinem Fenster aus sehe ich, wie sie getrennt zu dem Tisch kommen, den sie im Garten des Hotels zum Frühstück ausgewählt haben. Sie legen ihre Geschenke an meinen Platz und reden miteinander, aber ich weiß nie, was sie sich unter vier Augen sagen. Ich wende mich vom Fenster ab und überpudere den eben aufgetragenen, korallenroten Lippenstift. Mein Bild in dem ovalen Spiegel hat sich auch an meinem siebzehnten Geburtstag nicht verändert.

Der Salon, durch den ich unten gehe, ist leer; die Fensterläden sind halb geschlossen, zum Schutz gegen die grelle Sonne, die den Hotelgästen später am Tag lästig sein wird.

»Bonjour, mademoiselle«, begrüßt mich ein Ober im Garten.

Trotz des frühen Morgens ist die Luft mild. Die ersten Kastanien sind gefallen, leuchtend rote Blätter verschrumpeln. Der Himmel ist wolkenlos.

»Na, Lady«, sagt mein Vater. Eine einzige Rose liegt da, Rosa mit Scharlachrot, er hat sie für mich gepflückt. An meinem Geburtstag treibt er immer irgendwo eine Rose auf.

»Was wollen wir heute unternehmen?«, fragt meine Mutter, nachdem sie mir Kaffee eingeschenkt hat, und mein Vater erinnert sich an das Jahr, als er mich auf dem Pilgrim's Way huckepack nahm, weil ich müde war, und wir den alten Mann trafen, der uns die Geschichte vom heiligen Sisinnius erzählte. Er erinnert sich an die Ballonfahrt und an das Jahr mit der Spielbank. Geburtstage sind immer ein besonderes Ereignis, ob der meiner Mutter im Juli, der meines Vaters im Mai oder meiner im Oktober.

Wir leben in Hotels. Das tun wir, seit wir aus dem alten Haus in London ausgezogen sind, alle möglichen Hotels in den verschiedenen Ländern Europas; was anfangs nur provisorisch schien, wurde später ein Dauerzustand.

»Also, was wollen wir unternehmen?«, fragt meine Mutter wieder.

Weil es mein Geburtstag ist, darf ich es mir aussuchen, und nachdem ich ihre Geschenke ausgepackt, nachdem ich sie umarmt und mich bedankt habe, wünsche ich mir einen Spaziergang durch den Birkenwald und ein Picknick an der Stelle, wo die Wiese beginnt.

»Moi, je suis tous les sports«, erzählt ein Mann am Nebentisch seinem Freund. *»Il n'yen a pas un seul auquel je ne m'intéresse pas.«*

Noch heute, fünfunddreißig Jahre später, höre ich die melodische Stimme dieses Mannes. Sehe ich das bebrillte, rosafarbene Gesicht, das ich kurz wahrnahm, und höre seinen Freund *thé de Ceylan* bestellen.

»Der wird schön, unser Spaziergang heute«, sagt meine Mutter. Dann besprechen wir unser Picknick, gehen nach dem Frühstück die verschiedenen Sachen einkaufen und packen unser Mittagessen selbst zusammen.

»Warum schenkst du mir immer eine Rose?«, frage ich ihn unterwegs, als meine Mutter ein ganzes Stück vor meinem Vater und mir hergeht. Ich habe den Zeitpunkt nicht abgepasst, es liegt nicht daran, dass meine Mutter es nicht hören soll; so etwas gibt es bei uns nicht.

»Ach, für eine Rose braucht man keinen Grund, weißt du. Manchmal möchte man eben eine verschenken.«

»Du machst alles schön für mich.«

»Weil du Geburtstag hast.«

»Ich rede nicht nur von meinem Geburtstag.«

Meine Mutter ist bei der Wiese angelangt und ruft uns etwas zu. Als wir zu ihr kommen, sind die Sachen schon ausgepackt, der Wein entkorkt.

»Als dein Vater und ich uns zum ersten Mal begegnet sind«, sagt sie, sobald wir beim Essen sind, »wollte er einen Film für seine Kamera kaufen und hatte zu wenig Geld. So haben wir uns kennen gelernt, in einem kleinen Laden. Da es ihm peinlich war, habe ich ihm mit ein paar Münzen ausgeholfen.«

»Deine Mutter hatte schon immer das Geld.«

»Und trotzdem hat es nie eine Rolle gespielt, wie das bei Erbschaften oft der Fall ist. Bei uns war das, glaube ich, wirklich nicht so.«

»Nein, es hat nie eine Rolle gespielt. Aber bevor wir weiterreden, müssen wir einen Toast auf den heutigen Tag ausbringen.«

Mein Vater schenkt Wein ein. »Du darfst nicht mittrinken, Villana. Das gehört sich nicht.«

»Darf ich dann einen Toast auf euch ausbringen? Gehört sich das?«

»Tu's doch einfach.«

»Danke für meinen Geburtstag.«

In der unvermittelten Art, die ihm oft eigen ist, sagt mein Vater: »Marco Polo war der erste Reisende, der einen Bericht über das chinesische Reich mit nach Europa brachte. Niemand wollte ihm glauben. Niemand glaubte, dass es die Orte, von denen er erzählte, oder die Leute – selbst Kublai Khan – wirklich gab. Damit ist der heutige Geschichtsunterricht beendet, meine Lady. Oder Geschichte und Geographie in einem. Je nachdem, wie man darüber denkt.«

»Was heißt ›denken‹ auf Italienisch?« wirft meine Mutter ein.

»*Pensare*. Und *credere* natürlich.«

»Dieser Schinken ist köstlich«, sagt mein Vater.

Sie verließen England mit mir, weil es das Beste war. Ich besuchte nie wieder eine Schule. Sie unterrichteten mich auf ihre Weise, und sie wussten beide eine Menge; sie brachten mir alles bei. Der Ehrgeiz meines Vaters als Ägyptologe wurde zunehmend geringer. Wenn er früher auf Reisen ging – stets entschlossen, Entdeckungen zu machen, die bisher noch keinem gelungen waren –, geizte und sparte er immer, damit er in seiner Ehe unabhängig blieb, und in Ägypten schlief er oft auf Parkbänken. Doch nach dem Auszug aus dem alten Haus in London hatte mein Vater keinen Beruf mehr; er wurde zum Amateur, ein Status, den er einst verachtet hatte. Seine Bücher schrieb er trotzdem, doch er wollte sie nie veröffentlichen.

»Ach, ist das schön!«, sagt er leise, als mein Geburtstagspicknick vorüber und der Wein ausgetrunken ist. Alle drei liegen wir in der warmen Herbstsonne, und dann packe ich die Reste in die Brottasche und finde, dass mein Vater Recht hat, es ist schön, vielleicht ist es sogar etwas wie Glück.

»Manchmal mache ich mir Sorgen, dass er nicht genug Bewegung hat«, bemerkt meine Mutter auf dem Spaziergang zurück, wo wir einen anderen Weg wählen und jetzt mein Vater ein Stück vor uns hergeht. Oft habe ich den Verdacht, sie richten es absichtlich so ein, dass ich immer in Begleitung des einen oder anderen bin.

»Meinst du wirklich?«

»Na ja, es könnte mehr sein.«

»Papa ist doch nicht krank?«

»Nein, nicht doch. Wirklich nicht. Aber es liegt in der Natur der Sache …«

Sie lässt den Satz in der Luft hängen, aber ich weiß, was kommen sollte. Es liegt in der Natur der Sache, dass weder sie noch mein Vater ewig leben werden. Natürlich ahnt sie, dass ich den Satz für sie beendet habe, so läuft es zwischen uns, unsere Unterhaltungen bleiben unvollständig oder fangen gar nicht erst an. Sie haben zwischen sich ein Artefakt geschaffen und unser Leben darin eingebettet, ein Artefakt, das so gewissenhaft ausgeführt ist wie ein Meisterwerk auf einer Mosaikentafel. Mein Vater akzeptiert, was er von der Untreue meiner Mutter erfahren hat – und ich glaube, er weiß alles. Meine Mutter bereut offenbar nichts, und er ist nicht verbittert; einen Streit habe ich nie gehört. Sie opfern ihr Leben für mich: der ständig wiederkehrende Wechsel der Umgebung, die anonymen Hotelmöbel, nichts soll an früher erinnern – um meinetwillen achten sie auf jede Einzelheit. Als Anerkennung dafür könnte ich ihnen sagen, dass meine Dankbarkeit jeden Tag mitbestimmt, doch das hören sie nicht gern, sie wollen nicht, dass ich meine Dankbarkeit auch nur erwähne, weil es zu viel wäre.

»Quel après-midi splendide!«

»Ah, oui! On peut le dire.«

»J'adore ce moment de la journée.«

Meine Mutter und ich verfallen oft in eine der Sprachen, die sie mir beigebracht hat, als wollte sie damit jeder unerwünschten Eintönigkeit zuvorkommen. Ob sie – oder beide – den Verlust des Hauses in London genauso bedauern wie ich? Stellen auch sie sich die möglichen Veränderungen dort vor, die blaue Eingangstür in einer anderen Farbe, daneben Firmenschilder, eine Stimme aus der Sprechanlage, wenn eine der Klingeln geläutet wird? Wozu dient das Wohnzimmer wohl jetzt? Beherbergen die Räume im Erdgeschoss vielleicht ein Konsulat, in dem würdevolle Männer hin und her gehen oder Sekretärinnen mit Papieren zum Unterschreiben? Mit Bestimmtheit weiß ich nur – und meine Eltern wohl auch –, dass die Veilchen auf meiner Schlafzimmertapete völlig übermalt wurden, dass die Schiffswerftszenen in Schwarzweiß aus dem Flur verschwunden sind, auch die gerahmten alten *Cries-of-London*-Drucke. Vielleicht grübeln auch sie, genau wie ich, ob der Schauder der Vergangenheit noch in dem Haus sitzt, ob die Geister meiner Kindheitsgefährten durch die Räume spuken, denn seit ich aus England weg bin, ist es mir nicht mehr gelungen, sie zum Leben zu erwecken.

»*C'est vraiment très beau là-bas*«, sagt meine Mutter, als wir meinen Vater einholen, der schon die ersten Kastanien aufsammelt. Wir beobachten einen Vogel, der meinem Vater zufolge sehr selten ist und dessen Namen keiner von uns kennt. Im Hotel ist ein Junge, dem werden wir die Kastanien schenken, und noch während wir dabei sind, wissen wir alle drei, dass auch dies eine Geburtstagserinnerung wird, von der gesprochen und auf die zurückgeblickt wird.

»Ernest Shackleton war ein äußerst bemerkenswerter Mann«, sagt mein Vater in seiner sprunghaften Art. »Vielleicht der Beste unter den vielen Männern, die bemerkenswert waren, weil sie die bitterkalten Winde zu ihrem Lebensraum und das Eis zu ihrer Landschaft machten, und deren Gral die Ödnis am Ende der schrecklichsten Reisen der Welt war. Könnt ihr sie euch vorstellen, die Männer vor ihm und alle, die später kamen? Wie sie ihre Geheimnisse voreinander hüteten, Gebrechen verbargen, ihre Gebete, ihre Enttäuschungen? Diese Not, und doch so viel Mut! Sind wir nicht seltsame Geschöpfe, wir Menschen?«

Es ist nicht schlimm, dass er mir nie die Pyramiden gezeigt hat, wirklich nicht, wenngleich ich nicht behaupten kann, dass ich den Grund dafür verstehe. Aber darüber spricht man besser nicht. Auch ich mache Ausflüchte.

»Wir waren mit dir nie in Heiligenberg«, sinniert er im Gehen.

In Heiligenberg würden noch die letzten wilden Herbstblumen blühen, die Christrosen wachsen dort den ganzen Winter. Ihr Hotel – der Zeldenhof – wäre bestimmt prächtiger als zu ihrer Zeit, sagt meine Mutter.

Wir werden den Winter in Heiligenberg verbringen, beschließen sie, und ich frage mich, ob in Heiligenberg vielleicht ein Brief von Mrs. Upsilla kommt. Hin und wieder, nicht oft, erhalten sie einen Brief in einem Hotel oder postlagernd. Einmal sah ich, was nicht für mich bestimmt war: die schwer zu lesende Schrift, an die ich mich erinnerte, die von Mrs. Upsilla seit jeher bevorzugte rote Tinte. Diese Briefe werden nie in meiner Gegenwart geöffnet; als ich einmal die Habseligkeiten meiner Mutter durchsah, war keiner mehr da.

»Einen Monat nach unserer Hochzeit sind wir im Zeldenhof abgestiegen«, sagt mein Vater. »Dort habe ich deine Mutter vor der Berghütte fotografiert.«

Ich frage nach dem Bild und wo der kleine Laden war, in dem sie sich kennen lernten, als mein Vater einen Film für seine Kamera kaufen wollte.

»In Italien«, sagt meine Mutter. »An der Strandpromenade in Bordighera.«

Davon gibt es ein Foto.

Der Bart des Schaffners ist von Grau durchsetzt, seine Uniform hätte eine Reinigung nötig. Ich kenne ihn gut, denn ich reise oft in seinem Zug.

»*Grazie, signora.*« Er reicht mir meine Fahrkarte zurück und erinnert mich daran, in Mailand und Genua umzusteigen. Am frühen Nachmittag beginnt die Reihe der kleinen Seebäder, der Zug fährt dann gemütlich, wird langsamer, bleibt stehen, fährt ruckartig an und wird wieder schneller. Diesen Teil der Strecke mag ich am liebsten.

Ich trage Blau, weil es mir am besten steht, oft zusammen mit Grün, obwohl es heißt, die beiden seien schwer zu kombinieren. Meine Frisur ist gepflegt, wenn auch etwas altmodisch. »Du bist eine altmodische Lady«, sagte mein Vater stets, ohne mich dafür zu tadeln, sein Tonfall war dabei unbeschwert wie immer. Ihr gefalle mein altmodisches Wesen, sagte meine Mutter, als ich noch sehr jung war. Inzwischen bin ich zweiundfünfzig, eine Frau, die sich schließlich in dem vergessenen italienischen Seebad niedergelassen hat, wo die beiden sich trafen. Neunzehnhundertneunundvierzig war das, rechne ich nach.

Beide sind tot. Er starb zuerst – in seinen Achtzigern –, sie kein Jahr später; und ich, die beide am besten hätte kennen müssen, kannte sie überhaupt nicht, auch wenn meine Mutter in ihrer letzten Nacht meine Hand nicht losließ. Die zweite Beerdigung wurde mit der gleichen schlichten Förmlichkeit abgehalten wie die erste, ihr Sarg zu seinem gestellt in dem kleinen Friedhof, den sie ausgewählt hatten; sie kannten ihn von unseren zahlreichen Sommeraufenthalten im Valle Verzasca. In der kalten Winterluft ging ich fort von meinen Eltern, auf der Erde lag Schnee, aber es schneite nicht mehr.

Ungefähr einen Monat später schaute ich am Schalter

für postlagernde Sendungen in Bad Mergentheim vorbei, wie wir es immer zu ihren Lebzeiten gehalten hatten, und fand einen Brief von Mrs. Upsilla. Fast ein Jahr hatte er da gelegen und war, wie gewohnt, an meine Mutter adressiert.

... Ich schreibe nur, weil es so lange her ist, seit ich das letzte Mal von Ihnen gehört habe. Ich mache mir Sorgen, aber vielleicht ist ja alles in Ordnung, und schließlich waren Sie immer gut zu mir alter Frau. In Brighton hatten wir keinen schönen Sommer, die Saison lief nicht gut, aber ich schlage mich durch. Ein paar Pensionswirtinnen haben aufgegeben, und auch ich sehe die Zeichen an der Wand und denke mir oft, wie anders das Leben doch früher war, jene wunderbaren Zeiten in London! Nun, eigentlich darf ich das nicht sagen, aber so ist es nun mal. Ich schreibe nur, weil ich nichts mehr gehört habe.

Mir war sofort klar, dass meine Mutter in all den Jahren Geld an Mrs. Upsilla gezahlt hatte. Vermutlich auch an Charles. Der verzweifelte Versuch reicher Leute, sich Schweigen zu erkaufen; so sehe ich es, aber ich mache meiner Mutter keinen Vorwurf. Ich schrieb Mrs. Upsilla kurz zurück, dass meine Mutter gestorben sei, und bat sie, die Nachricht an Charles weiterzugeben, falls sie zufällig noch mit ihm in Kontakt stünde. Von keinem der beiden erhielt ich jemals eine Antwort, doch dieser Brief von Mrs. Upsilla löste in mir zum ersten Mal den Wunsch aus, meine Eltern zu ehren. Denn auch Mrs. Upsilla und Charles würden sterben, und irgendwann ich: Wer würde die Geschichte dann noch kennen und weitererzählen?

Ich wohne im Regina Palace in Bordighera. Meine Freunde im Hotel sind die Speisesaalkellner, die Portiers in der Empfangshalle und die Zimmermädchen; ich weise solche Freundschaften nicht zurück, und ich kann auch gut allein sein. Aber wenn ich mein Gesicht in der Klappe meiner Puderdose sehe oder bei günstigem Sonnenlicht in einem Schaufenster oder im Vorbeigehen in einem Spiegel, denke ich mir oft, dass ich diese Frau gar nicht kenne. Wenn ich dann länger hinschaue, frage ich mich, ob ich vielleicht ein Trugbild vor mir sehe, das meine Phantasie dem Schatten übergestülpt hat, zu dem das Kind geworden ist, ob es mich vielleicht gar nicht richtig gibt. Ich weiß, dass es nicht so ist, dennoch kommt es mir so vor. Seit dem Tod meiner Mutter ist mein Leben von Verwirrung geprägt, und in meiner Einsamkeit verspüre ich das unwiderstehliche Bedürfnis, von der Großmut dieser beiden Menschen zu berichten. Es ist ein Antrieb, der sich meinem Verstand entzieht, der mir sagt, was sein sollte. Da ich nie den Mut hatte, meine Geschichte in den Salons des Regina Palace zu erzählen, bin ich jahrelang von meinem schäbigen, alten Städtchen am Meer in weit entfernte Orte gereist, wo niemand mich kannte. Immer wieder suchte ich unter Fremden nach einem Zuhörer, der die Botschaft von der Herzensgüte dieser beiden Menschen weitergeben würde als etwas Wunderbares, wovon bei Familientreffen die Rede sein würde, an Restauranttischen, in Bars und in Geschäften, etwas, was Karten- und Schachspiele unterbrechen und sich in andere Städte, in Dörfer und Gemeinden, selbst in andere Länder ausbreiten würde.

Ich fand immer meinen Zuhörer, und jedes Mal begegnete man mir freundlich, ob am Tisch in einer Teestube oder in einem Park; aber nur Sekunden später änderte sich das. Mancher Reisende, der in einem Wartesaal im Bahnhof die Zeit totschlug, blickte zur Seite und sagte nichts; oder man schob sich in der Straßenbahn oder im Zug an der lästigen Person vorbei. Und meine geflüsterte Entschuldigung wurde nicht gehört.

Dumm, wie ich war, wusste ich noch nicht, was ich seitdem gelernt habe: dass die Wahrheit, selbst wenn sie das Gute im Menschen preist, sich nur schwer verkaufen lässt, wenn sie auch eine schreckliche Seite hat. Ein Licht strahlt umso heller, je tiefer die Dunkelheit ist, aber wer will das schon wissen? Letztlich akzeptiere ich, dass mir verwehrt wird, zu erzählen, was ich erzählen muss. In Bordighera rattern die Rollen an meinem Koffer über den Bahnsteig, draußen vor dem Bahnhof scheint die helle Abendsonne. Der Taxifahrer kennt mein Ziel, ohne fragen zu müssen. Ich könnte ihm sagen, dass dies meine letzte Reise war, aber ich erkundige mich lieber nach seiner Familie, von der er mir oft erzählt.

»Buona sera, signora. Come sta?« Wie aus dem Nichts erscheint der Nachmittagsportier des Regina Palace und begrüßt mich in der leeren Eingangshalle.

»Sto bene, Giovanni. Bene.«

Der kleine blasse Giovanni, der in seiner üppigen Uniform noch kleiner wirkt, hält das Regina Palace am Laufen, genau wie Signor Valazza, der Manager; oder die stattliche, gebieterische Signora Casarotti, die das Hotel als Empfangsdame an der Rezeption noch in seiner Glanzzeit kannte. Der Wechsel des Zeitgeschmacks hat dem, was einst bezaubernd war, den Zauber geraubt; zurückgebliebenen sind abblätternde Farbe und verstaubte Palmen. Das Mauerwerk bröckelt, ein vergessener Lift ist außer Betrieb. Aber *Camera Ventinove*, das Zimmer, in das ich nach meinen missglückten Reisen immer zurückgekehrt bin, hat einen Blick aufs Meer bis zum Horizont.

»Wir vermissen Sie immer, *signora*«, sagt Giovanni, um

seine Sprachkenntnisse zu trainieren, wie er es in unseren Gesprächen gern tut. »War schön, Ihre Reise, *signora*?«

»Sie war schön, Giovanni, sehr schön«, lüge ich.

Die Tür von *Camera Ventinove* wird aufgeschlossen. Giovanni tritt beiseite, ich gehe vor ihm hinein. Die Zeremonie meiner Rückkehr dauert ein bisschen länger, aber nicht viel: Die Fensterläden werden geöffnet, die schöne Aussicht gelobt, ein Trinkgeld wird gegeben und angenommen. Dann entfernt sich Giovanni.

Einen Teil der Kleidung, die ich auf der Reise dabeihatte, hänge ich in den Schrank, und für alles, was gewaschen und gebügelt werden muss, schreibe ich eine Liste, die ich beilege. In aller Ruhe nehme ich ein Bad, gehe anschließend eine Weile nach unten und lese den Schmöker fertig, den ich mir für die Reise gekauft hatte. Ich lasse ihn bei den Zeitungen liegen, vielleicht interessiert er ja irgendjemand anders.

Ich gehe am Meer spazieren, meine Gedanken wiederholen sich, und ich stelle mir auf dieser Promenade die beiden Menschen vor, die nicht mehr sind, die sich noch nicht gut kannten, als auch sie hier spazieren gingen. Die Badehäuschen auf dem Foto sind verschwunden.

»Buona sera, signora.«

Es ist nicht ungewöhnlich, dass Leute auf der Promenade einander ansprechen, auch nicht, dass ein Mann sich an eine ihm unbekannte Frau wendet. Trotzdem überrascht mich die unerwartete Stimme, und vielleicht wirke ich ein bisschen verschreckt.

»Tut mir Leid, ich wollte Sie nicht …« Seine Entschuldigung verliert sich.

»Schon in Ordnung.«

»Wir sind beide Engländer, glaube ich.« Seine Stimme ist

gedämpft und klingt angenehm im Ohr, die Augen sind erstaunlich blau. Er ist groß und dünn, trägt einen hellen Leinenanzug, blondes Haar, die Stirn voller Sommersprossen, das Blau seiner Augen gleicht dem der Krawatte, die zu dem blau gestreiften Hemd passt. Ein freundlicher Arzt? Lehrer? Gärtner? Etwas an ihm legt nahe, dass er allein ist. Verwitwet?, überlege ich. Oder Junggeselle? Es ist unmöglich zu erraten. Er heiße d'Arblay, sagt er, und als ich langsam weiterschlendere, ist es nicht weiter seltsam, dass er die Richtung wechselt und mich begleitet.

»Ja, ich bin Engländerin«, höre ich mich, nach kurzem Zögern, herzlich sagen.

»Ich dachte es mir. Nein, ich wusste es. Aber trotzdem war es nur eine Vermutung.« Kaum merkliche Gesten begleiten diese Variation seiner Entschuldigung. Er lächelt ein wenig. »Ich war mit den Gedanken woanders. Mir ging ein Roman durch den Kopf, den ich mit achtzehn zum ersten Mal las. *Die allertraurigste Geschichte*.«

»Den kenne ich auch.«

»Wirklich sehr traurig. Erst vor kurzem las ich ihn wieder. Haben Sie ihn mehrmals gelesen?«

»Ja.«

»Wenn man ein gutes Buch zum zweiten Mal liest, entdeckt man immer etwas Neues.«

»Ja.«

»Gerade habe ich mir die Kurzgeschichten von Somerset Maugham wieder vorgenommen. Ich finde sie besser als seine Romane. Mir gefällt vor allem ›The Kite‹.«

»Das wurde verfilmt.«

»Ja.«

»Den Film habe ich nie gesehen.«

»Ich auch nicht.«

Auf der Promenade ist sonst niemand. Weder Mensch noch Hund. Nicht mal eine Möwe. Einen Moment lang gehen wir stumm weiter, bis ich das Schweigen breche, nur um zu sagen, wie sehr ich das Meer bei Bordighera liebe.

»Ich auch.«

Unsere Schritte hallen wider, oder bilde ich es mir nur ein? Ich weiß es nicht, merke nur, dass wieder Schweigen herrscht und dass ich es wieder breche.

»Vor langer Zeit lebte ich in einem Haus an einem Platz in London …«

Er nickt, sagt aber nichts.

»Mein Vater war Ägyptologe.«

In der Bar, wo früher Cocktailtrinker plauderten und im Palmenhof ein Quartett spielte, läuft jetzt Musik vom Band. Ich bestelle einen Kir, und nachdem ihn der Barmann eingeschenkt hat, lässt er mich wie jeden Abend allein, da er noch anderes zu tun hat. Das wusste ich und habe mir deshalb zur Gesellschaft das angenehme Gesicht des Engländers mitgebracht. »So vieles ist reiner Zufall«, sagt er, und ich höre ganz mühelos seine unverwechselbare Stimme. »So vieles«, sagt er.

Diese Worte nehme ich mit, als ich durch die Empfangshalle des Regina Palace zum Speisesaal mit seiner untergehenden Pracht gehe. Auch Mr. d'Arblays Gelassenheit nehme ich mit, seine zarten Hände, die zu gestikulieren scheinen, ohne sich zu bewegen, das kaum erkennbare Lächeln. In diesem riesigen Speisesaal hätten schon Könige gefeiert, behauptet Signor Valazza. Heute Abend jedoch werfen die vergoldeten Spiegel lediglich das Bild einer Hand voll Reisender zurück, schattenhaft unter den flackernden Kronleuchtern. Da ist ein Mann mit einer gelben Pfeife neben sich auf dem Tisch und ein Paar, das vielleicht auf Hochzeitsreise ist, dann zwei alternde deutsche Damen, vielleicht frisch pensionierte Lehrerinnen. Auf kleinen Stövchen werden *filetto di maialino* und *tortellini di pecorino* warm gehalten. Aber diese Realität ist nichts gegen Mr. d'Arblay.

»*Si, signora.*« Carlo notiert sich meine Bestellung: das Consommé, den Heilbutt. »*E Gavi dei Gavi. Subito, signora.*«

Meine Mutter hob ihr Kleid vom Fußboden auf, dann auch die Halskette. Das Wohnzimmer war erfüllt von ihrem Duft, und ihr Freund spielte eine Platte auf dem Grammophon. Die Stimme sang noch, als die beiden schon weg waren. Dann kam Charles herein, der sofort Bescheid wusste, und nahm mich mit auf den Platz, um mir die frisch gepflegten Blumenbeete zu zeigen.

»*Prego, signora. Il vino.*«

Der Gavi wird eingeschenkt, aber ich muss ihn nicht probieren und nicke nur.

»*Grazie, signora.*«

Mr. d'Arblay ist über unseren Platz geschlendert, mehr als einmal, wie er sich erinnert. Ihm fällt es nicht schwer, sich unser altes Haus so vorzustellen, wie es war; das sagt er zwar nicht, aber ich weiß es. Er hat Phantasie, das merkt man.

»*Buon appetito, signora.*«

Eine zarte Kinderhand auf einem Ärmel, nur eine Sekunde lang lag sie da. So schnell dann die Bewegung, so leicht, als wäre sie gar nicht geschehen: Auch das kann Mr. d'Arblay sich vorstellen, und er tut es. Die nicht angezündeten Zigaretten werden unter einem Schuh zerquetscht. Der donnernde Krach, das zersplitterte Geländer. Augen, die von weit unten hochblicken. Der aufgerissene, grinsende Mund.

Der Mann stopft Tabak in seine gelbe Pfeife, zündet sie aber nicht an. Den deutschen Lehrerinnen wird Eiscreme serviert. Das Paar auf Hochzeitsreise stößt mit den Gläsern an. Drei späte Ankömmlinge stehen zögernd an der Tür.

»Il rombo arrosto, signora.«

»Grazie, Carlo.«

»Prego, signora.«

Drei Leben wurden in jenem Augenblick für immer verändert. Ich weiß nicht, welche Lügen mein Vater erzählte, aber für die Leute auf der Party waren sie gut genug, das Schweigen der beiden Bediensteten wurde erkauft. Meine Mutter weinte und verbarg ihre Tränen. Aber dachte sie – und auch mein Vater – in jener schlaflosen Nacht irgendwann daran, ihre Tochter aufzugeben? Wäre es nicht verständlich gewesen, so zu reagieren und das Geschehene als eine böse Tat anzusehen?

»Verständlich ist es auch«, erwiderte Mr. d'Arblay, während wir nebeneinanderher gingen, »die Wahrheit in der äußersten Verzweiflung zu suchen. Wer unschuldig ist, kann nicht böse sein, das haben sie in jener schlaflosen Nacht verstanden.«

Was zu Ehren der Toten zu sagen war, erklärte Mr. d'Arblay bescheiden, sei nun zwischen zwei anderen Menschen ausgesprochen worden und würde wieder ausgesprochen werden; mit jedem Mal würde dabei etwas gewonnen, und das sei genug. Die Selbstlosen in ihrem Grab stellen keine Ansprüche.

Ich schmecke weder das Essen, das ich zu mir nehme, noch den Wein, den ich trinke. Die *dolce* und den Käse lehne ich ab. Sie bringen mir Kaffee.

»Die Eltern tragen die Schuld«, sagt Mr. d'Arblay wieder, »seine war es, dass er sie nicht gut genug kannte, ihre, dass sie seine Unwissenheit ausnutzte. Sie tragen die Schande, aber in unseren Gesprächen ist ihnen vergeben. Schuld ist nicht immer schrecklich und Schande nicht immer unwürdig.«

Auch Petits Fours werden mir wieder angeboten, obwohl ich nie eins vom Teller nehme. Vielleicht nimmt sie ja irgendwann doch eins, denken sie in der Küche und sagen zueinander, dass sie eines Abends, in hohem Alter, wenn sie sich an denselben Tisch setzt, in ihrer Einsamkeit sehr allein sein wird. Woher sollen sie wissen, dass die Frau in dem Speisesaal, wo Könige diniert haben, zwischen den zerschlissenen Vorhängen und schmutzigen Kronleuchtern nicht allein ist? Sie können weder wissen noch ahnen, dass es in dem alten Hotel und auf den Spaziergängen am Meer einen Mr. d'Arblay gibt, so wie es in einer anderen Einsamkeit die Freunde ihrer Kindheit gab.

Heiligenfiguren

Sie kämen schon zurecht, hatte Nuala immer gesagt, wenn sie in Schwierigkeiten steckten. Immer war sie es, die der Familie Mut machte. Ihr Vertrauen auf Corry, ihre Gelassenheit in der Not, ihr unbeugsamer Optimismus waren Stärken, die sie schon mit in die Ehe gebracht hatte.

»Versuch es bei Mrs. Falloway«, schlug sie vor, als ihnen das Wasser schlimmer denn je bis zum Halse stand. Es war der letzte Ausweg, in ihrer Verzweiflung fiel Nuala nichts anderes mehr ein. »Meinst du nicht, Corry?«

Corry antwortete nicht, und Nuala sah, dass er sich schämte, wie es in den letzten paar Wochen immer häufiger vorkam. Schließlich verlangten sie doch nicht viel von Mrs. Falloway, sagte sie. Ihnen ein Jahr lang auszuhelfen, während er das Handwerk des Steinmetzen lernte, wäre wirklich keine große Sache, und danach hätte er wieder ein festes Gehalt. Die Chance in dem Steinmetzbetrieb kam wie gerufen, das hatte auch O'Flynn gesagt.

»Ich kann nicht zu Mrs. Falloway, wirklich nicht.«

»Du sollst es ihr nur erklären. Ihr sagen, wie es um uns steht.«

»Was sie damals für uns tun wollte, hat auch zu nichts geführt. Warum soll sie sich noch für uns interessieren?«

»Ohne Hilfe ist alles vertan, was sie sich von dir erhofft hat, Corry. Warum sollte ihr das plötzlich egal sein?«

»Das ist alles lange her.«

»Ich weiß, ich weiß.«

»Es wäre mir peinlich hinzugehen.«

»Aber das weiß ich doch auch, Corry.«

»Beim Straßenbau gibt es Arbeit.«

»Du bist kein Bauarbeiter, Corry.«

»Manches muss man eben machen.«

Nuala sagte absichtlich nichts, weil sie wusste, irgendwann würde Corry das Schweigen brechen.

»Die Fahrt kostet mich einen ganzen Tag«, sagte er und hätte hinzufügen können, dass noch Busgeld und die Leihgebühr für ein Fahrrad in Carrick hinzukamen, aber er ließ es bleiben.

»Ein Tag schadet doch nichts, Corry.«

Sie waren ein gleichaltriges Paar – einunddreißig –, das sich schon seit Kindertagen kannte: Corry groß und knochig, Nuala mollig und kleiner, mit einem runden schlichten Gesicht, ihre hellen Haare kürzer geschnitten als zu der Zeit, in der sie seine Frau wurde. Ihr jüngstes Kind, ein Mädchen, schlug vom Äußeren her ihr nach, die Jungen waren beide dünn und schlaksig wie der Vater.

»Du hast immer dein Möglichstes getan, Corry.« Die Feststellung hing im Raum und schloss ihre Unterhaltung ab, sie war nötig, weil sie zutraf, die stete Wiederholung milderte die Krise in ihrem Leben.

Corrys Werkstatt war ein Schuppen, in dem er seine Heiligen auf einem Regalbrett aufgereiht hatte. Darunter standen die Madonnen, sein Johannes der Täufer und eine Kreuzigungsgruppe. Auch seine Kreuzwegstationen waren dort, sie lehnten an der rauen Betonwand. Als Holz verwendete er Linde und Esche, Apfel und Stechpalme und Buchsbaum, das Eichenholz stammte von einer Rührschaufel aus der Molkerei.

Wenn die Kinder morgens aus dem Haus gingen, um an Quirkes Kreuzung abgeholt und zur Schule gefahren zu werden und wenn Corry auf einem Bauernhof nach Arbeit suchte, freute sich Nuala oft am Talent ihres Mannes; in seiner stillen Werkstatt fragte sie sich dann, wie es wohl zwischen ihnen stünde, wenn er dieses Talent nicht besäße, und was sie für ihn fühlen würde, wenn er Lehrer in einer Schule oder Verkäufer in einem Geschäft in Carrick oder auf einem Hof fest angestellt wäre.

Corrys Heilige waren ihre Freunde geworden, glaubte Nuala manchmal, für sie zum Leben erweckt, ein Quell der Geborgenheit und, wenn nötig, auch des Trostes. *Und Jesus fiel zum zweiten Mal*, stand unter ihrer liebsten Kreuzwegstation. Weder die Heiligen noch die Kreuzwegstationen gehörten in einen Betonschuppen, ebenso wenig wie die Figuren der Jungfrau Maria oder eine der anderen Schnitzarbeiten. Sie gehörten an die Orte, für die sie geschaffen waren, damit die Inspiration, aus der sie entstanden, als Inspiration zum Gebet weiterwirkte. Nuala war sicher, dass es so sein sollte und dass Corry mit dieser Gabe auch dieser Auftrag anvertraut worden war. »Sie sind für eine andere Zeit geschaffen«, hatte ein Priester einmal zu ihm gesagt, gar nicht unfreundlich oder abwertend, als wüsste er genau, dass Corry, auch wenn sich die jetzige Zeit von jener anderen unterschied, weitermachen würde. Alles andere wäre eine Verschwendung dessen, was er konnte und wollte.

Nuala schloss die Schuppentür hinter sich. Sie fütterte die Hühner, dann schlenderte sie über das Stückchen Land, auf dem sie Gemüse zog. Mrs. Falloway würde Verständnis zeigen; sie hatte es schon einmal und würde es auch diesmal tun. Wenn Corry erst einmal gelernt hatte, Buchstaben in Grabsteine zu meißeln, wäre der Lebensunterhalt, den er mit seinem Talent bisher nicht verdienen konnte, gesichert. Die Grabsteine waren zwar keine Heiligenfiguren, aber sie genügten, um die Aufmerksamkeit von Bischöfen und Priestern und anderen Interessenten auf sein Geschick zu ziehen. Früher oder später suchte jeder einen Steinmetz auf, das hatte auch O'Flynn gesagt, als er kam und Corry das Angebot machte.

Auf dem Feld hinter dem Gemüsegarten riss die angepflockte Ziege den Kopf hoch und glotzte Nuala an. Sie löste die Kette am Haltepfosten und sah zu, wie die Ziege auf dem frischen Gras scharrte, ehe sie es fraß. Die frische, kühle Luft belebte ihr Gesicht, und einen Moment lang war sie, trotz aller Sorgen, glücklich. Wenigstens dieses Fleckchen Erde gehörte ihnen: das Feld, der Garten, das kleine, abgelegene Haus, in das sie und Corry gezogen waren, als Mrs. Falloway ihnen den Kaufpreis lieh, so sicher war sie, dass ihr Corry eines Tages Ehre machen würde. Noch während Nuala diesen Augenblick freudiger Erregung auskostete, spürte sie ihn auch schon schwinden. Natürlich war es möglich, dass Corry von dem Auftrag, mit dem sie ihn losgeschickt hatte, erfolglos zurückkehrte; auch wenn sie optimistisch war, sah sie die Dinge durchaus realistisch. In der Nacht hatte sie mit sich gekämpft und überlegt, wie sie ihn und sich auf den Fall vorbereiten sollte, dass er mit leeren Händen zurückkam. Im selben Moment waren ihr die Rynnes eingefallen. Sie waren ihr in den Sinn gekommen wie eine Inspiration, so stellte sie sich vor, die Corry beim Schnitzen hatte. Nicht dass er es jemals so ausdrückte, aber sie war sich trotzdem ziemlich sicher. Sie hatte wach gelegen und überdacht, was ihr da eingefallen war, und am Ende hatte sie es verworfen, weil es sie entsetzte und schockierte, überhaupt daran gedacht zu haben. Sie betete, dass Mrs. Falloway großzügig sein würde wie schon einmal.

An der Kreuzung angelangt, wartete Corry bei den Zapfsäulen auf den Bus nach Carrick. Der Bus kam zu spät, aber das machte nichts, denn Mrs. Falloway wusste ja nichts von seinem Besuch. Auf dem Weg vom Haus zur Straße hatte er überlegt, ob er sie anrufen und ihr, sofern sie noch dort wohnte, erklären sollte, was Nuala ihm aufgetragen hatte, um sich eventuell die Fahrtkosten zu sparen. Aber als Nuala das Thema zum ersten Mal anschnitt, hatte sie gleich gesagt, hier ginge es um eine Sache, die sich nicht am Telefon besprechen ließ, auch wenn es ihm gelänge, Mrs. Falloways Nummer herauszufinden, die ihm bisher unbekannt war.

In Carrick wartete er vor Hoseys Fahrradgeschäft, während man die Reifen eines alten Raleigh für ihn aufpumpte. Neue Batterien wurden in die Lampe eingesetzt, für den Fall, dass er im Dunkeln zurückkam, obwohl er dem jungen Hosey immer wieder versicherte, er könne gar nicht so lange wegbleiben, weil der Bus zurück um drei fuhr.

Nach Mountroche House ging es sieben Meilen durch meist flaches Moor über eine Straße, weder von Gräben noch Zäunen begrenzt. Corry kannte sie noch aus der Zeit, als er mit Nuala in Carrick gelebt und in Riordans Tischlerei gearbeitet hatte; damals wohnten sie bei Nualas Mutter in einem Zimmer im ersten Stock. Um diese Zeit schnitzte er die ersten Figuren, und sein natürliches Geschick beeindruckte die Riordan-Brüder wie später dann auch Mrs. Falloway. Corry staunte selbst darüber, denn er hatte nicht geahnt, dass es in ihm steckte.

Die Erinnerung an jene ersten Ehejahre ermutigte ihn auf seiner schnellen Fahrradfahrt. Vielleicht hatte Nuala ja Recht, und Mrs. Falloway würde sich über seinen Besuch freuen und verstehen, warum sie bisher nicht imstande gewesen waren, etwas zurückzuzahlen. Nuala wusste immer, wie man eine Sache anpacken muss, dachte Corry; sie überlegte, was möglich war, und dann probierte man es aus.

Die Straße verlief gerade, mit kaum einer Kurve, bis das Torfmoor in Hügelland überging. Hecken und Bäume begannen, bebaute oder mit Unkraut überwucherte Felder. Mountroche House lag am Ende eines verwilderten Weges, der noch einmal eine drei viertel Meile lang war.

Die Rynnes wohnten in einem grauen, mit Kies verputzten einstöckigen Haus, gleich an der Kreuzung bei der Tankstelle, die sie betrieben, an der Hauptstraße gegenüber von Quirke's SuperValu. Sie waren wohlhabend: Neben der Tankstelle gehörte ihnen eine Versicherungsagentur, die Rynne von zu Hause aus führte. Seine Frau kümmerte sich um die Kundschaft an den Zapfsäulen.

Als Nuala klingelte, kamen die Rynnes gemeinsam an die Tür. Das hatten sie sich so angewöhnt, wenn beide zu Hause waren; und sie führten ihre Besucher zunächst nur in den Flur, bis der Zweck der Störung geklärt war. In der Regel reichte eine Versicherungsangelegenheit, um weiter eingelassen zu werden.

»Ich komme nur kurz vorbei, bin auf dem Weg zum Einkaufen«, sagte Nuala.

Die Rynnes nickten. Ihren länglich geschnittenen Gesichtern nach hätte man sie eher für Bruder und Schwester halten können als für Mann und Frau. Sie trugen beide eine Brille, Rynne eine mit strengem dunklem Gestell, die seiner Frau war leicht und hell. Sie hatten keine Kinder.

»Geht's um eine Versicherung, Nuala?«, erkundigte sich Rynne.

Sie schüttelte den Kopf. Sie sei nur auf einen Sprung vorbeigekommen, sagte sie, um zu sehen, wie es ihnen so ginge. »Wir reden oft von euch«, sagte sie, was etwas aus der Luft gegriffen war.

»Ach ja, uns geht's ganz gut«, entgegnete Rynne. »Um nicht zu sagen ausgezeichnet, oder was meinst du, Etty?«

»Aber ja, natürlich.«

Das Telefon klingelte, und Rynne nahm ab. Nuala hörte ihn sagen, heute Vormittag stecke er bis über beide Ohren in Arbeit. »Geht es auch morgen?«, fragte er. »Soll ich abends vorbeikommen?«

»Tut mir Leid, Etty. Du hast keine Zeit.«

»Ich muss nur diese Angebote tippen. Mein Gott, das dauert vielleicht, und nebenher noch die Tankstelle! Zweiundzwanzig verflixte Seiten, jedes einzelne Angebot!«

Trotz des klagenden Tons war es ein nettes Gespräch, in dem unter die Oberfläche verbannt wurde, was Rynne mit seiner Bemerkung, es ginge ihnen ausgezeichnet, verschwiegen hatte: Dass Etty Rynne nicht schwanger werden konnte und wie sehr das Paar darunter litt, wurde nie angesprochen, aber die Tatsache und ihre Folgen waren in der Nachbarschaft allgemein bekannt. Es hieß sogar, die Rynnes hätten enttäuschend verlaufende Erkundigungen wegen einer möglichen Adoption eingezogen.

»Na dann auf Wiedersehen, Etty.« Nuala lächelte und

nickte, ehe sie ging, in ihrem Blick lag das Mitgefühl einer Mutter. Gern hätte sie Anteil genommen, aber den wunden Punkt anzusprechen wäre taktlos gewesen.

»Und bei euch ist alles klar, Nuala?«

»Ja.«

»Richte Corry schöne Grüße aus.«

»Mach ich.«

Nuala schob ihr Fahrrad über die Straße und lehnte es an die Wand von Quirke's SuperValu. Beim Einkaufen – sie suchte nach billigen Marken mit fälligem Haltbarkeitsdatum und packte die wenigen Sachen, die sie sich leisten konnte, in einen Drahtkorb – dachte sie an die Rynnes. Sie sah sie fast so deutlich vor sich wie vor zehn Minuten den verträumten, traurigen Blick in Ettys hellbraunen Augen. Sie hörte die unausgesprochene Enttäuschung, die bei beiden in Müdigkeit umschlug. Sie hatten schon aufgegeben, ohne zu wissen, dass es noch Hoffnung gab; all das ging Nuala wieder durch den Kopf.

Sie dachte immer noch an die Rynnes, als sie von der Kreuzung weg und den langen Hügel zu ihrem Haus hochfuhr. Es waren anständige Leute, die sich nur wegen ihrer Kinderlosigkeit und dem, was ihre Sehnsucht nach einem Kind aus ihnen gemacht hatte, in sich zurückgezogen hatten. Nuala erinnerte sich an die beiden als frisch verheiratetes Paar, an die Kartenspielabende im Winter, zu denen sie einluden, an Etty, bei jedem Anlass wie aus dem Ei gepellt, an die Geschichten, die Rynne von seinen Geschäftsreisen mitbrachte.

»Wäre es unrecht?«, flüsterte Nuala leise vor sich hin, da keiner sie hören konnte. »Wäre es Gottesfrevel?«

Zu Hause angekommen, nahm sie die Einkaufstüten von der Lenkstange und stellte sich wieder die gleichen

Fragen, ihre Stimme klang laut in der Stille. Falls Corry gute Nachrichten von Mrs. Falloway mitbrachte, würde sich die Frage erübrigen, ob es unrecht war. Dann müsste sie Corry nie erzählen, auf welche Idee sie verfallen war – auch später nicht, wenn sie nach Jahren auf diese schlechte Zeit zurückblickten. Wenn Mrs. Falloway Glück brachte, konnte sie sich zwingen, alles zu vergessen, sie musste es nur wollen, dann war es möglich.

Es war ein weißes Haus, nur stellenweise grau und grün, wo der Putz beschädigt war. Die Roches hatten seit Generationen in Mountroche gewohnt, bis die Familie in den Neunzehnhundertfünfzigern ausstarb. Mrs. Falloway hatte das Haus billig erworben, nachdem es siebzehn Jahre lang leer gestanden hatte.

Corry hörte die Klingel im Innern läuten, aber niemand öffnete. Im Bus und auf der Fahrt durchs Moor hatte er sich besorgt gefragt, ob Mrs. Falloway überhaupt noch hier wohnte oder ob sie vor Jahren wieder nach England gezogen war; als er zum dritten Mal am Klingelzug zog, stellte er sich besorgt wieder die gleiche Frage. Dann hörte er irgendwo über sich ein Geräusch. Ein Fenster wurde geöffnet, und Mrs. Falloways Stimme rief herunter.

»Mrs. Falloway?« Er trat ein paar Schritte auf dem Kies zurück und blickte nach oben. »Mrs. Falloway?«

»Ja, ich bin's. Hallo.«

»Hallo, Mrs. Falloway.«

Er hätte sie nicht mehr erkannt und fragte sich, ob es ihr nach so langer Zeit ähnlich ging. Er sagte, wer er war.

»Ach, natürlich«, sagte Mrs. Falloway. »Warten Sie, bin gleich da.«

Als sie die Haustür öffnete, wirkte sie erfreut. Sie lächelte und streckte ihm die Hand hin. »Kommen Sie herein, kommen Sie.«

Sie gingen durch einen schäbigen Flur und setzten sich in ein Wohnzimmer, in dem es muffig roch. Die kalte Asche eines Kaminfeuers war zum Teil mit vertrockneten Hortensien bedeckt, die aus einer Vase dort abgelegt worden waren. Das Zimmer erstickte unter den Sachen, die auf allen Flächen verstreut lagen: Zeitungen und Zeitschriften, Zeichnungen, verkehrt herum aufgeschlagene Bücher, wie wenn eine Stelle gekennzeichnet werden sollte, leere Körbchen, Nippes in unterschiedlich gutem Zustand, ein Sommerhut, ein Kleiderhaufen neben einem Nähkorb.

»Sind Sie mit dem Fahrrad gekommen, Corry?«, fragte Mrs. Falloway.

»Erst ab Carrick. Bis Carrick bin ich mit dem Bus gefahren.«

»Mein Lieber, Sie müssen erschöpft sein. Kann ich Ihnen wenigstens einen Tee anbieten?«

Mrs. Falloway blieb fast zwanzig Minuten weg, was Corry ziemlich nervös machte, weil er an den Drei-Uhr-Bus dachte. In diesem Zimmer hatten er und Nuala gewartet, als sie zum ersten Mal hier waren, nachdem er den Brief von Mrs. Falloway erhalten hatte. Auf dem Sofa, das jetzt als Ablage für alles Mögliche diente, hatten sie gesessen. Damals war das Zimmer ordentlicher gewesen und Mrs. Falloway lebhafter. Die ganze Zeit hatte sie geredet, begeistert von ihren Plänen, am großen Erkerfenster war ein Tisch gedeckt, zu dem sie Corned Beef und Salat brachte, Toast, der von Butter triefte, dazu Orangenlimonade, Tee und Früchtebrot.

»Viel ist es nicht«, sagte sie jetzt, als sie mit einem Keksteller und Teegeschirr und einer Kanne zurückkam. Die

Kekse waren mit rosa Schaummasse und Himbeermarmelade verziert.

Corry war dankbar für den starken, heißen Tee. Der Keks, den er nahm, war weich, aber er schmeckte ihm trotzdem. Nuala kaufte manchmal die gleiche Sorte für die Kinder.

»Was für eine nette Überraschung!«, sagte Mrs. Falloway.

»Ich war mir nicht sicher, ob Sie überhaupt noch hier wohnen.«

»Wie es aussieht, bleibe ich wohl für immer hier.«

Ein düsterer Zug stahl sich in ihr Gesicht, als ahnte sie den Grund seines Kommens. Bei etwas Nachdenken hätte sie längst wissen müssen, in welch misslicher Lage er und Nuala sich befanden. Natürlich war er nicht hier, um ihr die Schuld daran zu geben, er hoffte, dass sie das nicht dachte, weil es wirklich nicht so war. Die Schuld lag allein bei ihm.

»Es tut mir Leid, dass wir nichts zurückzahlen konnten«, sagte er.

»Davon war auch nie die Rede, Corry.«

Sie war eine große, dünne Frau, die jetzt zerbrechlich wirkte. In jüngeren Jahren hatte ihre Erscheinung beinahe einschüchternd gewirkt: Damals lag eine Entschlossenheit in ihren Zügen, die sich auch in ihrem breiten Mund und den riesigen runden Augen wiederfand, in den großen Händen, wenn sie Aufmerksamkeit heischend gestikulierten. Ihr Lächeln konnte mit einem Mal ernst oder energisch werden, jetzt war es irgendwie flehentlich. Aus ihren hochgesteckten Haaren, die Corry als schwarz mit ein paar grauen Strähnen in Erinnerung hatte, war jedes Schwarz gewichen. Ein Hauch von Verwahrlosung haftete ihr an, genau wie dem Zimmer, in dem sie saßen.

»Haben Sie inzwischen Kinder, Corry?«

»Drei. Zwei Jungen und ein Mädchen.«

»Finden Sie Arbeit?«

Er schüttelte den Kopf. »Aus dem Ganzen ist nie was Richtiges geworden«, sagte er.

»Das tut mir Leid, Corry.«

Kurz nachdem Mrs. Falloway Mountroche House gekauft hatte und dort eingezogen war, nahm sie an der Beerdigung der betagten Witwe aus dem Mountroche-Pförtnerhaus teil. Da sie eine bigotte Protestantin aus England war – so drückte sie es aus –, die bis dahin noch keinen Fuß in eine irische katholische Kirche gesetzt hatte, war ihr noch nie eine derart verschwenderische Fülle von Gipsfiguren vor die Augen gekommen wie bei dieser Totenmesse. *Ich hoffe, Sie empfinden es nicht als Einmischung von einer Außenstehenden*, schrieb sie in ihrem ersten Brief an Bischof Walshe, *aber es ist einfach unübersehbar, welche Gelegenheiten sich hier jungen Handwerkern und Künstlern bieten*. Da sie viel Zeit hatte, zockelte sie mit ihrem Morris Minor durch die Diözese von Bischof Walshe und fotografierte Grotten mit Marien- oder Pietà-Figuren oder hoch aufragende Kreuzigungsgruppen. Wie schön wäre es doch, schwärmte sie Bischof Walshe vor, als sie ihn schließlich aufsuchte, wenn die Kunst der großartigen irischen Hochkreuze Eingang in die moderne Kirche finden, wenn man die Geburt Christi und Mariä Verkündigung in Bleiglasfenstern sehen, wenn man alte Lesepulte und Altartische durch zeitgenössische Kunstformen ersetzen könnte. In der Empfangshalle des Bischofs ließ sie einige Postkarten liegen, die sie aus Italien mitgebracht hatte, Abbildungen von Reliefs des italienischen Bildhauers Mino da Fiesole und Ansichten aus der Kanzel im Dom von Siena. Nachdem sie eine Liste von

Künstlern zusammengestellt hatte, schrieb sie allen und besuchte diejenigen, die in näherem Umkreis von Mountroche House wohnten. Vielen Priestern und Bischöfen erklärte sie, es sei notwendig, dass man Reichtum und Talent zusammenbringe, aber zumeist stieß sie auf Widerstand und Gleichgültigkeit. Ein paar Bischöfe schrieben verärgert zurück und baten, sie möge nicht mehr an sie herantreten.

Corry, der noch einen Keks in zwei Hälften brach, erinnerte sich an den Brief, den auch er erhalten hatte. »Sieh dir das an!«, rief er an dem Morgen, als der Brief kam. Seit er angefangen hatte, in der Tischlerei in der freien Zeit Figuren zu schnitzen, spürte er eine Berufung in sich und den Wunsch, auf diese Weise sein Geld zu verdienen; und Mrs. Falloways Brief spiegelte exakt seine Überzeugung wider: Die Kirchenkunst, wie er sie kannte, war nicht besonders gut. »Wer ist das bloß?«, überlegte er verwirrt, als er den Brief mehrmals gelesen hatte. Keine Woche später erschien Mrs. Falloway selbst und stellte sich vor.

»Es hat mir immer schrecklich Leid getan«, wiederholte sie jetzt. »Ich kann Ihnen gar nicht sagen, wie sehr.«

»Ach, es ist nun mal so.«

Nachdem sich alles zerschlagen hatte und ihre Versuche gescheitert waren, verwarf Mrs. Falloway das Projekt und schrieb enttäuscht an eine Freundin aus ihrer Schulzeit. *Nun ja, ich gebe den Kampf auf. Es ist eine lange Geschichte, die warten muss, bis du das nächste Mal auf ein paar Wochen im Sommer kommst. Nur so viel sei gesagt: Im heiligen Irland hat sich alles verändert.* Darüber unterhielt sich Mrs. Falloway jetzt mit Corry, über ihre Gefühle damals, die sie ihm bisher nie offenbart hatte. Die Kirche hatte genug Sorgen gehabt, erklärte sie; was sich dem Auge bot, schien unwichtig angesichts der immer kleiner werdenden Gemeinden und der Welle von weltlichen Angriffen. Sie hatte unwissentlich eine schlechte Zeit gewählt.

»Meine Schuldgefühle haben mich bewogen, Ihnen dieses bescheidene, kleine Haus zu geben, Corry. Mit meiner Gewissheit, die wirklich nicht begründet war, habe ich Sie in die falsche Richtung geführt. Eine vorlaute, auftrumpfende Engländerin!«

»Ach nein.«

»Doch, leider. Ich hätte Sie zurückhalten müssen, statt Sie zu drängen, Ihre Arbeit in der Tischlerei aufzugeben.«

»Ich wollte das so.«

»Sind Sie im Moment knapp bei Kasse?«

»Ehrlich gesagt, ein bisschen.«

»Sind Sie deswegen vorbeigekommen?«

»Eigentlich ja.«

Sie schüttelte den Kopf. Wieder entstand eine Pause, dann sagte sie: »Wie die Dinge stehen, bin ich selber knapp dran.«

»Das tut mir Leid.«

»Steht es sehr schlimm bei Ihnen?«

»O'Flynn hat mir einen Platz in seinem Steinmetzbetrieb in Guileen angeboten. Er ist sehr interessiert, weil mir die Erfahrung mit Holz bei der Arbeit am Stein zugute kommt. Mit mir hätte er keinen blutigen Anfänger, mich müsste er nicht einarbeiten und warten, bis ich den Dreh raushabe, wie es bei einem jungen Burschen der Fall wäre.«

»Sie sollen Grabsteine gravieren?«

»Ja. Nach zwölf Monaten bekomme ich ein Gehalt. Der Haken ist nur, in den zwölf Monaten bin ich ohne einen Penny. Zurzeit arbeite ich hier und da ein paar Tage auf einem Hof, wenn sich was ergibt, aber das müsste ich aufgeben.«

»Dann scheint die Stelle bei O'Flynn die Lösung zu sein.«

»Ich käme mit Leuten zusammen, die sich vielleicht für die Figuren interessieren. Ich könnte sie bei O'Flynn ausstellen. Und wenn ein Priester oder Bischof noch etwas sucht, erfährt er vielleicht vom Hörensagen, dass ich einen Kreuzweg machen kann. Das hat O'Flynn zu Nuala gesagt.«

Sie unterhielten sich weiter. Mrs. Falloway schenkte Tee nach und drängte Corry noch einen Keks auf.

»Wenn wir das Jahr überstehen, habe ich ein festes Einkommen«, sagte Corry. »Ich kann jeden Morgen mit dem Fahrrad nach Guileen fahren, kein Problem.«

»Corry, ich habe kein Geld.«

Eine Stille senkte sich über den Raum, keiner von beiden sagte etwas, aber Corry brach nicht sofort auf. Nach einer Weile unterhielten sie sich über die alten Zeiten. Mrs. Falloway wollte etwas kochen, aber Corry lehnte ab. Dabei stand er auf und erklärte ihr, dass sein Bus um drei fuhr.

An der Haustür sagte Mrs. Falloway wieder, wie Leid es ihr tue, und Corry schüttelte den Kopf.

»Nuala hat sich auch um Arbeit bemüht, aber es gibt nichts. Es ist wieder ein Kind unterwegs«, sagte Corry, weil er fand, auch das sollte sie wissen.

Als Nuala von dem Besuch hörte, sagte sie, es sei ohnehin eine vergebliche Hoffnung gewesen, und als Corry ihr den Zustand von Mountroche House beschrieb, empfand sie Mitleid mit Mrs. Falloway, deren Glaube an Corry für sie immer eine Bestätigung der heiligen Natur seiner Gabe gewesen war, so als sei Mrs. Falloway geschickt worden, um ihnen Mut zu machen. Auch wenn ihr Projekt gescheitert war, konnte es wohl kein Zufall sein, dass sie zu einer Zeit, als Corry in Riordans' Tischlerei beschäftigt war, nur vierzehn Meilen von Carrick entfernt wohnte; und kein Zufall, dass sie ihre Absichten entschlossen verfolgte, als sie seine ersten Heiligen sah. Er hatte die kleine Figur der heiligen Brigid für Pater Ryan gemacht, um sie im Gemeindehaus von St. Brigid's in einer Nische aufzustellen, ohne dass Pater Ryan ihm etwas dafür zahlen konnte. Sobald Nuala in Carrick war, schaute sie auf einen Sprung im Gemeindehaus vorbei, um die Figur wieder zu bewundern, und dann fiel ihr ein, wie überrascht sie war – ähnlich wie Mrs. Falloway –, als sie sie zum ersten Mal sah. »Er hat ein Gespür für den Meißel«, sagte O'Flynn, als er die Arbeit in seinem Steinmetzbetrieb anbot. »Ich glaube, jemand Besseres ist mir noch nicht untergekommen.« Für Nuala war alles nur logisch – die ersten Heiligen, dann Mrs. Falloway, die in ihre Nähe zog, und O'Flynns Angebot, als sie die Hoffnung fast aufgegeben hatten. Sie glaubte felsenfest, dass alles so sein sollte.

»Ruh dich aus«, drängte sie Corry in der Küche. »Ich mach dir was zu essen.«

»Mit den Kindern alles in Ordnung?«

Sie spielten hinten auf dem Feld, sagte sie, und hätten keinen Ärger gemacht, seit sie von der Schule zurück waren. Nuala legte Speckstreifen in die Pfanne, die auf dem Herd heiß wurde. Sie sei im Supermarkt gewesen, sagte sie, und Corry erzählte ihr, dass er beinahe den Bus zurück verpasst hätte.

»Er fuhr schon los. Ich musste ihn anhalten.«

»Ich hätte dir diese schreckliche Tour nicht zumuten sollen, Corry.«

»Ach was, nein. Um ehrlich zu sein, es war schön, sie zu sehen. Sie war bloß ein bisschen mitgenommen.«

Er erzählte ihr von den Leuten, die er auf der Rückfahrt im Bus getroffen hatte. Nuala sagte nichts von den Rynnes.

»Gott steh uns bei!«, entfuhr es Etty Rynne. Ihr wurde ganz schwummrig, deshalb setzte sie sich auf einen Stuhl neben der Flurgarderobe. »Ich glaube, ich hab dich nicht richtig verstanden«, sagte sie, obwohl sie ganz gut verstanden hatte.

Sie hörte widerstrebend zu, als Nuala ihren Plan unterbreitete. »Im April ist es so weit«, sagte Nuala und wiederholte die bereits erwähnte Geldsumme. Ende April, meinte sie, vielleicht auch Anfang Mai. Zu früh sei sie noch nie dran gewesen.

»Er würde sagen, es ist gegen das Gesetz, Nuala. Und ich selber bin mir auch nicht sicher.«

Das Tageslicht im Flur hatte blaue und rosa Schlieren von den bunten Scheiben auf beiden Seiten der Haustür. Es war ein mattes, weiches Licht, und während sie versuchte, ihre Gedanken zu sammeln, dachte Etty Rynne insgeheim, dass das Dämmrige zu der Unterhaltung passte, die sie hier führten – keine der beiden konnte das Gesicht der anderen deutlich sehen, ihr eigenes Unverständnis.

»Dass Geld im Spiel war, würde unter uns bleiben«, sagte Nuala.

Ohne es zu wollen und im Flüsterton, wiederholte Etty Rynne die Worte. Es sollte ein Geheimnis bleiben: ein Geheimnis, das für immer unter ihnen vier bewahrt werden sollte, ein Geheimnis, das schon begonnen hatte, weil Nuala darauf gewartet hatte, bis das Auto wegfuhr, vielleicht hatte sie es aus dem Fenster des SuperValu beobachtet, hatte ihn aus dem Haus gehen sehen und, als das Auto weg war, die Straße überquert.

»Hör zu, Etty.«

Nuala erwähnte die von Corry geschnitzten Holzfiguren, die Madonna und die Heiligen, die heilige Brigid im Gemeindehaus von St. Brigid's in Carrick. Sie erwähnte, wie sie im Supermarkt und überall, wo es nur möglich war, nach Arbeit gesucht hatte. Mit dem Baby wäre sie zwar gebunden, aber irgendwie hätte sie es schon geschafft, wenn es Arbeit gegeben hätte, aber es gab keine. Dass Corry bei einer Frau, deren Namen sie nicht kannte, eine Niete gezogen hatte, wurde ebenfalls erwähnt. Und O'Flynn, der in Guileen den Steinmetzbetrieb hatte.

»O'Flynn ist bei uns versichert.« Etty Rynne sah kurz den massigen grauhaarigen Steinmetz vor sich, der die Raten immer selbst vorbeibrachte, damit sie bloß nicht verloren gingen, und der hinterher seinen Peugeot Pick-up zum Volltanken an die Zapfsäulen fuhr. Sie empfand es als Erleichterung, als ihr all das durch den Kopf schwirrte, nach dem Schock, der ihr die Beine zittern ließ und bei dem sie am liebsten nach Luft geschnappt hätte, aber nicht konnte.

»Es ist lange her, seit du das Zimmer eingerichtet hast, Etty.«

»Hab ich es dir gezeigt?«

»Einmal.«

Früher zeigte sie es den Leuten, das kleine Zimmer hinten in dem eingeschossigen Haus, dessen Wände sie in einem leuchtenden Butterblumengelb gestrichen hatte, Tür und Fensterbretter mit weißem Lack.

»Es hat sich nichts verändert«, sagte sie.

»Das dachte ich mir.«

Die Vorhänge, auf denen Puppen Ringelreihen spielten, waren selbst genäht, in einem Blau passend zum Teppich. Möbel hatten sie für das kleine Zimmer nie gekauft. Damit würde man das Schicksal herausfordern, meinte er.

»Wir täuschen niemanden«, sagte Nuala. »Wir lügen nicht, nichts dergleichen. Nur das mit dem Geld bleibt unter uns.«

Etty nickte. Alles kam ihr wirr und seltsam vor, wie in einem Traum: das Klingeln an der Tür und Nuala, die lächelte, wie sie mit Nuala im Flur stand und sich setzen musste, wie sie rot wurde und ihr dann das Blut aus dem Gesicht wich, als Nuala fragte, ob sie Erspartes auf der Bank oder bei einer Kreditgesellschaft hätte und die Summe nannte, die genügen würde.

»Ich könnte dir dein Baby nicht wegnehmen, Nuala.«

»Mir würde es nicht fehlen. Ich könnte noch eins bekommen, vielleicht sogar zwei oder drei. Nach einiger Zeit würden es die Leute verstehen.«

»Gütiger Himmel, das bezweifle ich.«

»Illegal ist es nicht, Etty. Bestimmt nicht.«

»Unmöglich. Ich könnte das nicht.« Eine Schwangerschaft brachte eine Frau manchmal auf die absonderlichsten Gedanken, und sie überlegte, ob es das war, was Nuala gepackt hatte. Sie behielt es für sich, um nicht alles noch schlimmer zu machen. Langsam schüttelte sie den Kopf. »Mein Gott, ich könnte das nicht«, sagte sie wieder.

»Heutzutage ist einiges möglich, wenn ein Mann und eine Frau kein Kind bekommen können.«

»Ich weiß schon, ich weiß.«

»Heutzutage …«

»Was du vorschlägst, brächte ich nicht fertig, Nuala.«

»Liegt es am Geld?«

»An allem, Nuala. An dem, was die Leute sagen würden. Er würde an die Decke gehen, wenn er wüsste, was du vorschlägst. Es ruiniert das Geschäft, würde er sagen. Kein Mensch würde mehr zu uns kommen.«

»Die Leute ...«

»Damit würden sie sich nie abfinden, Nuala.«

Ein Schweigen trat ein, und das Schweigen war schlimmer als das Gespräch. Dann sagte Nuala:

»Wollen wir uns hinsetzen und einen Kaffee trinken?«

»Mein Gott, tut mir Leid. Aber natürlich.«

Sie schwitzte unter den Armen und an Hals und Stirn. Ihre Handflächen waren kalt. Als sie aufstand, wurde es ein bisschen besser.

»Komm mit in die Küche.«

»Ich wollte dich nicht aufregen, Etty.«

Während Etty Rynne den Wasserkessel füllte, mit einem Löffel Nescafé in zwei Tassen gab und Milch eingoss, ließ ihre nervöse Beklommenheit nach, und sie wunderte sich nur noch. Sie kannte Nuala gut, hatte sie schon mit sechs gekannt, als sie beide zur Schule gingen. Nie hatte es Anzeichen für derartige Geschichten gegeben: Nuala war so, wie sie aussah, realistisch und vernünftig, mit beiden Füßen auf der Erde.

»Ist es die Schwangerschaft? Liegt es daran, Nuala?«

»Die ist nicht anders als die vorherigen. Ich dachte einfach nur daran, wie die Dinge bei euch stehen. Und bei Corry, der von Arbeit im Straßenbau redet.«

Zwei Probleme, hörte Etty Rynne dann, denen man etwas Gutes abgewinnen könnte, wenn man sie zusammennähme. Das sei alles, sagte Nuala; nicht mehr und nicht weniger.

»Was du gesagt hast, wird nicht aus diesen vier Wänden

dringen«, versprach Etty Rynne. »Und auch hier drin wird es nicht erwähnt.« Was immer es sein mochte, es war eine Frauensache. Keine zehn Pferde würden ihr das Gespräch, das sie geführt hatten, entlocken. »Du hast es nur gut gemeint. Das weiß ich doch.«

Der Kaffee beruhigte bei beiden das Gemüt. Sie gingen zusammen durch den schmalen Flur, und ein kalter Wind wehte herein, als die Haustür geöffnet wurde. Ein Auto hielt vor den Zapfsäulen, und Etty Rynne eilte hin, um sich darum zu kümmern. Sie winkte, als Nuala an der Kreuzung davonfuhr, auf dem Fahrrad, das sie sich mit ihrem Mann teilte.

»So ist es nun mal«, sagte Corry, als er O'Flynns Angebot einer Stellung im Steinmetzbetrieb ablehnte, und er sagte es wieder, als er die Arbeit im Straßenbau annahm.

Nuala hielt hartnäckig daran fest, dass es nicht so sein müsste. Sie fand es lächerlich, dass eine unfruchtbare Frau und ein Holzschnitzer, den widrige Umstände seiner Bestimmung in Gottes Reich beraubten, nur eine Meile auseinander wohnten. Es war dumm und absurd und pervers, wenn man doch nur ein bisschen Erspartes von der Bank abheben musste. Jetzt würde das liebevoll hergerichtete butterblumengelbe Zimmer nie bewohnt werden. Und Corry würde im Asphalt, den er auf der Straße verteilte, die Visionen sehen, denen er untreu geworden war.

Nuala nährte ihren Zorn und behielt ihn für sich. Sie erledigte ihre Arbeit, sammelte die Eier ein, wo die Hühner sie hingelegt hatten, bereitete Mahlzeiten vor, knetete Teig für das Brot, das sie jeden zweiten Tag buk; und die ganze Zeit nagte der Zorn in ihr. Es war doch bestimmt keine zu schlimme Sünde, keine zu verwerfliche Überheblichkeit, wenn die Menschen dem, was ihnen gegeben war, ihre eigene Ordnung auferlegten. Hatte sie Etty ihr Anliegen ungeschickt dargelegt? Oder war es falsch, dass sie Corry ihre Absichten verschwiegen hatte, statt sie ihm anzuvertrauen und zu hoffen, dass er nach reiflicher Überlegung ihren Sinn verstanden hätte? Doch dann kamen ihr Zweifel: Corry hätte es nie verstanden; und ganz gleich, wie sie es formuliert hätte, Etty Rynne wäre auf jeden Fall entsetzt gewesen.

Corry kaufte neue Stiefel, bevor er im Straßenbau arbeiten ging. Sie teerten einen Seitenweg am Steinbruch, sagte er, erneuerten den Belag, weil die Lastwagenfahrer sich beschwert hatten. Ein Umhang wurde ihm gestellt, für den Fall, dass es regnete.

Am Abend vor seinem ersten Arbeitstag sah Nuala zu, wie er seine Stiefel mit Lederfett einrieb. Ohne Schutz wären sie nutzlos, hatte man ihm gesagt. Er meisterte alles spielend.

»Manchmal kommt es eben anders«, sagte er, als hätte er die Melancholie in Nualas Haltung gespürt. »Wir haben es nicht in der Hand.«

Sie widersprach nicht, Widerspruch war sinnlos. Vielleicht hätte sie gestehen sollen, dass sie Etty Rynne in Angst und Schrecken versetzt hatte; vielleicht hätte sie versuchen sollen, ihm zu erklären, dass sie mit ihrem tollkühnen Gerede aus dem, was war, etwas Gutes hatte machen wollen, so wie sie oft gesehen hatte, dass aus einem rohen Stück Holz ausgebreitete Engelsflügel entstanden. Aber das alles war zu kompliziert, deshalb sagte Nuala nichts.

Ihr Zorn war noch immer erbarmungslos, als der Tag zu Ende ging; und in der Dunkelheit der Nacht fühlte sie, wie er auf ihr lastete, und sie betete verzweifelt, wartete auf eine

Antwort, die nicht kam. Im Morgengrauen streckte sie ihre Hand aus und ergriff einen kurzen Moment lang die ihres Mannes. Wäre er aufgewacht, hätte sie ihm alles erzählt, was sie verheimlicht hatte, unfähig, weiter zu schweigen.

Doch heute war Corrys großer Tag, und er war es, der Mitgefühl und Unterstützung brauchte. Während Nuala für ihn und die Kinder Frühstück machte, gab sie ihm beides, so gut sie konnte, und verbannte aus ihrem Denken alle äußeren Spuren dessen, was nun, wie sie wusste, für immer ihr Geheimnis blieb. Als nur noch sie im Haus war, spülte sie das Frühstücksgeschirr und machte die Küche so ordentlich, wie sie es gern hatte. Sie deckte das Feuer im Herd ab. Draußen fütterte sie die Hühner.

In Corrys Werkstatt blieb sie länger als sonst bei ihrem morgendlichen Besuch bei den Heiligen, die ihre Freunde geworden waren: der heilige Laurentius mit seinem Rost, der Erzengel Gabriel mit der Verkündigung, die heilige Klara von Assisi, der Apostel Thomas und die blinde heilige Lucia, die heilige Katharina, die heilige Agnes. Corry hatte die Heiligen für sie lebendig gemacht, und sie spürte, wie ihr Zorn allmählich verflog, als die Figuren ihren Blick mit heiterer Gelassenheit erwiderten. Davon berührt und versunken in ihrem Frieden, ahnte sie auch deren Resignation. Die Welt, nicht sie, hatte versagt.

Rose weinte

»Ach, ist das schön!«, rief Roses Mutter und brachte das Essen an den Tisch, den Rose zum Abendbrot gedeckt hatte. »Ist das nicht ein wunderbares Wetter, Mr. Bouverie? Bitte setzen Sie sich doch hier zu mir.«

Mr. Bouverie gehorchte und erwiderte etwas auf ihre Bemerkung zum Wetter.

»Hitze kann ich nicht ausstehen«, grummelte Mr. Dakin vergnügt.

Roses Vater – Mrs. Dakins bessere Hälfte, darauf bestand sie – war ein geradliniger, umgänglicher Mensch. Er redete heiser, hielt seine Stimme immer betont gedämpft, als schone er sie für berufliche Zwecke, er war nämlich Auktionator. Seine Frau klang schriller, war ihm aber sonst durchaus ähnlich: Beide waren sie wohlgenährt und legten eine Unbeschwertheit an den Tag, wie man sie bei Menschen ihrer Leibesfülle und Statur nicht selten fand. Mr. Dakin schwitzte im Sommer leicht und tat es auch an diesem Abend; er hatte sein Jackett abgelegt und die Weste aufgeknöpft, die er immer trug, ganz gleich, wie warm oder kalt es war.

Seine Tochter glühte vor Schuld. Rose war achtzehn und wünschte sich sehnlichst, an diesem Abend anderswo zu sein. Sie wünschte, sie hätte Mr. Bouveries müdem Blick nicht begegnen oder zusehen müssen, wie er sich um Höflichkeit bemühte und mit schräg geneigtem Kopf ihrer

Mutter lauschte und über die launigen Bemerkungen ihres Vaters lächelte. Dabei war der Anlass ein freudiger: Rose würde zur Universität gehen, und zu diesem Erfolg hatte auch Mr. Bouverie beigetragen. Über dreißig Jahre lang hatte er sich als Nachhilfelehrer schwacher Schüler angenommen, doch damit sollte jetzt Schluss sein, Rose war sein letzter Schützling. *O Gott, ist das schrecklich*, dachte sie. Immer wieder hatte sie ihre Mutter angefleht, auf die Einladung zu verzichten, doch Mrs. Dakin fühlte sich dazu verpflichtet. Mr. Bouverie hatte versucht abzulehnen, durfte sich dann aber den Termin selbst aussuchen.

»Ich liebe die Spargelsaison!«, rief Roses Mutter in ihrer lebhaften Art und nötigte ihrem Gast einen Teller mit dem in reichlich Butter geschwenkten Gemüse auf.

Mr. Bouverie lächelte und murmelte etwas zum Dank. Er war um die sechzig und bis auf ein paar kaum sichtbare, ausgebleichte Strähnen auf seinem sommersprossigen Schädel so gut wie kahlköpfig. Sommersprossen sprenkelten auch seine Handrücken, deren Haut alt und rissig war wie ausgetrocknetes Fensterleder. Er trug einen hellen Anzug und eine seiner bunten italienischen Fliegen.

»Und was tut sich so in Ihrer Welt, Mr. Bouverie?«, erkundigte sich Mr. Dakin höflich.

»Sie schrumpft«, erwiderte Mr. Bouverie. »Mit fortschreitendem Alter fällt einem das auf.«

Mrs. Dakin brach in gutmütiges Gelächter aus. Mr. Dakin schenkte roten Bordeaux ein.

»Man selber schrumpft natürlich auch«, führte Mr. Bouverie verbindlich das Thema fort, denn es war klar, die Dakins wollten sich gern unterhalten. Er lächelte Rose zu. Die Hälfte seiner Zähne waren noch eigene, allerdings grau verfärbt und schartig abgewetzt.

»Gute Nachrichten für uns Dicke«, murmelte Mr. Dakin und schnitt eine Grimasse, wie so oft, wenn er einen Witz machte. Die auf ihn selbst gemünzte scherzhafte Bemerkung veranlasste seine Frau zu dem Ausruf:

»Aber Bobo, du bist doch nicht dick!«

»Früher war ich eins vierundachtzig«, mühte sich Mr. Bouverie tapfer weiter. »Davon bin ich heute weit entfernt.«

»Aber sonst ist alles in Ordnung?«, fragte Mr. Dakin.

»Ja, ganz bestimmt.«

Mrs. Dakin hatte das Esszimmer blau tapezieren lassen, mit einem dunklen und einem helleren Streifen. Die Vorhänge waren farblich passend, Türen und Fensterrahmen weiß lackiert. Mrs. Dakin zog viel Freude aus derlei häuslichen Dingen und sagte es auch oft. Die Wohnzimmerwände zierte ein Muster aus blattlosem Rittersporn, Flur und Treppenhaus waren in Schwarz und Gold gehalten.

»Also, das schmeckt mächtig gut«, lobte Mr. Dakin seine Frau für den Truthahn, der aufgeschnitten zum Spargel serviert wurde.

»Köstlich«, pflichtete Mr. Bouverie ihm bei.

Rose trug ein schiefergraues Kleid mit Hemdkragen. Im Gegensatz zu ihren Eltern war sie zierlich, mit kurz geschnittenem hellem Haar und einer Ponyfrisur, die perfekt ihrer Stirnkontur folgte, ihre Augen waren vergissmeinnichtblau. Ihre Schuld machte sie an diesem Abend schweigsam, sie lächelte nur flüchtig und nicht oft; und wenn, wurde ihre sonst so volle Unterlippe ganz schmal, und ihre weißen, unregelmäßigen Zähne waren kurz zu sehen. Sie fühlte sich unwohl und unansehnlich hier an diesem Tisch, sie war sich selbst zuwider.

»In unserem Garten halten wir ihn ziemlich lange«,

sagte ihre Mutter gerade – es ging immer noch um den Spargel, von dem Rose nur eine Stange genommen hatte. »Bei uns dauert die Saison fast bis zum September.«

Welch ein Martyrium musste das Ganze für ihn sein, überlegte Rose. Sie hatten seine Frau ebenfalls eingeladen, doch tags zuvor die Nachricht erhalten, Mrs. Bouverie fühle sich nicht wohl. Rose wusste, dass es gelogen war. Seine Frau hatte die Gelegenheit beim Schopf ergriffen und ihm gesagt, sie hätte keine Lust, aber auch das war gelogen. Gerade jetzt war seine Frau vermutlich nackt, dachte Rose.

»Verrückt, was man bei Autos so alles auf den Heckscheiben liest«, bemerkte ihre Mutter unvermittelt, offenbar war das Thema Spargelsaison erschöpft. »*Baby an Bord* zum Beispiel. Bei aller Liebe, aber warum sollte das einen Wildfremden interessieren?«

»Wahrscheinlich soll es eine Warnung sein, dass man nicht zu dicht auffährt«, schlug Roses Vater vor.

Ihre Mutter verfiel in ihr hohes, ansteckendes Lachen und gab zu bedenken, dass ein solcher Aufkleber doch letztlich nur dazu verführe, zu dicht aufzufahren, damit man ihn lesen könne.

»Auf den Gedanken sind sie wohl nicht gekommen, meine Liebe.«

In sämtlichen von ihr gewählten Fächern hatte Rose auf der Kippe gestanden und war deshalb fast ein Jahr lang jeden Donnerstagnachmittag zu Mr. Bouverie gegangen, wo sie immer vor dem Erkerfenster saßen, das auf den Garten blickte. Kaum war Rose angekommen, brachte Mrs. Bouverie den Tee, und während sie ihn tranken, versuchte Mr. Bouverie gar nicht erst zu unterrichten, sondern erzählte ihr Geschichten aus seinem Leben, aus der Zeit, als er selbst kurz vor dem Studium stand, und wie er sich später um eine Stelle im Tuchhandel bewarb. Eine Zeit lang hatte er es in dieser Branche versucht und war dann in den Schuldienst gewechselt. Doch etwas an der dort herrschenden Disziplin und die langweiligen »Freizeitstunden« – in denen die Jungen Modellflugzeuge zusammenbauten – hatten ihn nach einem Jahr zum Aufgeben bewogen. Seitdem unterrichtete er Schüler bei sich zu Hause, und sein Entschluss, dass Rose sein letzter Schützling sein sollte, lag erst einen Monat zurück. »Anno Domini«, hatte er gesagt, doch Rose wusste, das war nicht der Grund. In den vielen Teestunden hatte er sein Leben vor ihr ausgebreitet wie eine Fortsetzungsgeschichte.

»Aber komisch ist es doch«, beharrte Mrs. Dakin leichthin. »Finden Sie nicht auch, Mr. Bouverie?«

Der alte Mann stutzte, und Rose merkte, er hatte vorübergehend den Faden verloren. Ihre Mutter würde es sicher ebenfalls bemerken, ohne deshalb verärgert zu sein.

»Was sollen die ganzen persönlichen Mitteilungen auf den Autos«, sagte Mrs. Dakin hilfreich, »wen die Leute lieben, wo sie schon überall waren, wie Fahrer und Beifahrer heißen.«

»Meistens Sharon und Liam«, sagte Mr. Dakin und lachte schallend.

Mrs. Bouverie, die zehn Jahre jünger war als ihr Mann, aber noch jünger wirkte, hatte einen Geliebten. Mrs. Bouverie, schlank und seidig, mit langen Beinen und einem faltigen Schmollmund, das Gesicht zu stark geschminkt, empfing jeden Donnerstagnachmittag einen Besucher, weil ihr Mann dann mit seiner letzten Schülerin beschäftigt war und sich auf deren Schwachstellen konzentrierte. Mrs. Bouveries Besucher kam leise, aber man hörte halb unterdrückte Geräusche, als huschten Schatten durchs Haus, es wurde getrippelt und geflüstert, eine Tür vorsichtig geschlossen, und immer – ungefähr zehn Minuten bevor Rose ihrerseits das Haus verlassen musste – kaum hörbare Schritte auf der Treppe und im Flur. Alles folgte einem Muster, zu dem auch das Teetablett gehörte, das Mrs. Bouverie auf den hellen Mahagonitisch am Fenster stellte, ihr Duft, der nach ihrem Verschwinden im Raum verweilte, die Ruhelosigkeit in ihrem Blick. Doch die wahre Natur der wöchentlichen Zusammenkünfte erriet Rose erst, als sie an einem Nachmittag an der Garderobe im Flur noch ein Taschentuch aus ihrem Mantel holen wollte und sah, wie ein fahlgesichtiger Mann mit einem Schlüssel in der Hand atemlos die Haustür hinter sich schloss. Als er sie entdeckte, lächelte er sie an, ein strahlendes Verschwörerlächeln. »Ist er jünger als sie?«, fragte Roses Freundin Caroline, die es immer ganz genau wissen wollte, und Rose sagte nein, nicht viel, aber sehr gut gekleidet in einem braunen Leinenanzug, ein grauhaariger Mann, elegante Erscheinung. »Und wenn er nur da war, um was zu reparieren?«, sagte Daisy, die unweigerlich skeptisch reagierte, wenn eine ihrer Freundinnen sich ins Rampenlicht drängte. Ihre Zweifel wurden von Angela und Liz sofort ins Lächerliche gezogen, denn warum sollte wohl jemand, der Waschmaschinen oder Fernsehgeräte repariert, einen Hausschlüssel besitzen und so schick gekleidet sein? Warum sollte er so regelmäßig kommen? Und warum das verschwörerische Lächeln? Im Box Tree Café, wo die fünf Mädchen sich gern zum Plaudern und Nörgeln trafen, wo sie über Sex und andere vertrauliche Dinge redeten und Daisy und Caroline rauchten, wurde Mrs. Bouveries Donnerstagsliebhaber zum Gegenstand intensiver und detaillierter Vermutungen. Er sei verheiratet, sagte Caroline, deshalb müsse er zu ihr ins Haus kommen: Bei verbotenen Liebesaffären gebe es immer die Schwierigkeit, einen geeigneten Ort zu finden. Donnerstags kam er, weil Mr. Bouveries Aufmerksamkeit nur noch zu dieser Zeit voll beansprucht war, vermutlich im Gegensatz zu früher, als es außer Rose noch mehr Schüler gab. »Na so was, dabei ist sie schon *fünfzig*!«, sagte Daisy mit gerunzelter Stirn, aber Angela meinte, fünfzig sei gar nichts. »Ich werde später nie untreu sein«, erklärte Liz, aber die anderen interessierten sich weder für ihre romantischen Ansichten, noch wollten sie sich länger mit dem fortgeschrittenen Alter von Mrs. Bouverie beschäftigen. Was sie alle faszinierte, letztlich auch Daisy, war die Vorstellung, dass Rose in einem Zimmer saß, das sie aus ihren Beschreibungen gut kannten – ein langer, niedriger Raum, der früher geteilt war, mit Sofas und Sesseln und einem runden Spiegel über dem Kaminsims –, während zur gleichen Zeit in einem Zimmer darüber ein Mann und eine Frau miteinander ins Bett gingen. »Ich würde ihn zu gern mal sehen«, sagte Caroline. »Und wenn's nur ganz kurz wäre.« Ob es bei den beiden wohl auch so war, fragten sich die fünf im Box Tree Café, wie in den Liebesszenen im Fernsehen oder im Kino? Oder war es in Wirklichkeit irgendwie doch ganz anders? Darüber diskutierten sie. »Ich würde sofort fremdgehen«, sagte Caroline, »wenn alles fade geworden ist.« So war Caroline, ihre Sachlichkeit klang manchmal hart. Angela dagegen – langes schwarzes Haar, braune Augen, mit einer Zahnspange, weshalb sie nur selten lächelte – war das geborene Opfer, dem ständig etwas passierte. Liz wiederum war zu freigebig, ihre Großzügigkeit gehörte zu ihrer romantischen Natur. Daisy, die rothaarige Brillenträgerin, misstraute allem und jedem. Liz war die Hübscheste von den Fünfen, mit regelmäßigen Zügen und flachsblonden, zum Pferdeschwanz gebundenen Haaren und einem Filmstarmund – alles nicht weiter aufregend bis auf ihre dunkelblauen Augen, trotzdem war sie die Hübscheste. Rose sah sich selbst als durchschnittlich, als zu still, zu scheu und nervös: Die Geschichte von Mrs. Bouverie und ihrem Donnerstagsbesuch war deshalb ein wahres Gottesgeschenk für die Beziehung zu ihren Freundinnen.

»Ach, ist das schön!«, schwärmte Mrs. Dakin zum zweiten Mal, nachdem sich das Thema Autoaufkleber erschöpft hatte. »Wir sind Ihnen unendlich dankbar, Mr. Bouverie!«

Rose sah sein Kopfschütteln und hörte ihn antworten, es sei einzig und allein ihr Verdienst.

»Nein, nicht doch, Mr. Bouverie«, widersprach ihr Vater in feierlichem Ton.

»Sie hat das ganze Leben noch vor sich«, warf ihre Mutter ein.

Rose hatte ihnen nichts erzählt, auch ihrem Bruder nicht. Über derlei Dinge wurde in ihrer Familie nicht geredet. Es wäre ihr peinlich gewesen, und sie hätte die anderen in eine peinliche Situation gebracht – die Geschichte wäre völlig anders aufgenommen worden als im Box Tree Café mit den grünen Tischen. Nach dem ersten Mal hatten ihre Freundinnen immer gespannt auf den nächsten Bericht gewartet. »Es könnte genauso gut eine von unseren Müttern sein«, flüsterte Liz einmal ergriffen. Sie saßen vor ihren leeren Kaffeetassen, Caroline und Daisy mit Zigarette, und sahen in Gedanken versunken den fahlhäutigen Mann die Räumlichkeiten betreten, die Rose ihnen beschrieben hatte. »Sein Leinenanzug ist tadellos gebügelt«, sagte Rose. »Dazu ein schlichtes grünes Hemd.«

Am Esstisch war die Unterhaltung, nach wie vor von

Mrs. Dakin bestritten, zu einem neuen Thema gewechselt. »*Kaiserschnitt*«, sagte sie gerade, um Mr. Bouverie auf den komischen Humor aufmerksam zu machen, den Friseure bei der Namenswahl für ihre Läden zeigten. »Und erst vor wenigen Tagen habe ich irgendwo *Haarsträubend* gesehen!«

Heute Abend würde er zum allerletzten Mal dort sein. Mr. Bouverie speiste abends normalerweise nicht außer Haus, das hatte er betont, als man ihn in Feierstimmung empfing. Kein Teetablett war mehr zu dem Tisch am Fenster getragen worden, seit Rose nicht mehr zum Unterricht zu ihm nach Hause kam. Die Abendeinladung bei den Dakins dürfte der schlanken Mrs. Bouverie wie ein frivol verpacktes Geschenk vorgekommen sein. »Ein gewisser Mr. Azam«, hatte ihr Mann am vorletzten Donnerstagstermin zu Rose gesagt. »Falls dich sein Name interessiert.«

Mr. Dakin schenkte wieder Wein nach. Die Gläser hätten sie zur Hochzeit bekommen, sagte er, aber sie würden nicht oft benutzt, weil nur noch vier übrig waren.

»Von den Mitages«, murmelte Mrs. Dakin leise, ohne den schrillen Ton, der sonst in ihrer Stimme mitschwang, hier aber unpassend gewesen wäre, weil die Mitages nicht mehr lebten. Sie ließ die Gabel sinken, neigte den Kopf zum Gedenken leicht nach links, und auf ihren rot geschminkten Lippen erschien ein wehmütiges Lächeln. Mr. Dakin seufzte; dann war der Tod überwunden, Mrs. Dakin griff wieder zur Gabel, und die Weinflasche wanderte zurück auf ihr kleines Silbertablett, einem weiteren Hochzeitsgeschenk, was jedoch unerwähnt blieb.

»Hahnrei.« Das hässliche Wort, zuerst von Caroline im Box Tree Café ausgesprochen, nahm in den Köpfen der Mädchen Gestalt an, sein Klang gewann Form und Farbe. Dabei wusste nur Rose, wie Mr. Bouverie aussah, aber letztlich spielte er kaum eine Rolle. Es war nicht der alte Mann, der seine Zukunft einst im Tuchhandel gesehen hatte und als Nachhilfelehrer geendet war, der ihr Interesse erregte. Er kam nicht an gegen das abgedunkelte Schlafzimmer über dem Raum, der früher geteilt war, gegen den Duft von Mrs. Bouverie, gegen den über einen Stuhl gehängten Anzug ihres Liebhabers, gegen zurückgebliebene Lippenstiftspuren auf fahler Haut. Wenn Rose die Ausbeute eines neuen Donnerstags zum besonderen Genuss ihrer Freundinnen ausbreitete, wurde sie von keiner Bemerkung unterbrochen. Einmal spielte leise »Smoke Gets in Your Eyes«. Einmal klingelte das Telefon, und Mr. Bouverie ging nicht ran, obwohl es nur ein paar Schritte von ihnen entfernt stand. Noch ehe er dort gewesen wäre, hörte das Klingeln auf, und oben am Nachttisch wurde abgehoben. Nicht oft, aber hin und wieder erschien Mrs. Bouverie auf der Treppe, wenn Rose im Flur an der Garderobe stand und ihren Mantel anzog; und im Sommer, wenn sie keinen Mantel dabeihatte, rief Mrs. Bouverie manchmal einen Abschiedsgruß herunter, sobald sie die Stimmen ihres Mannes und seiner Schülerin im Flur hörte. »Ein Scheusal«, sagte Liz. »Die Frau ist ein Scheusal.« Aber Rose sagte nein, als Scheusal könne man Mrs. Bouverie nicht bezeichnen, den Eindruck mache sie nicht. »Vielleicht liegt es daran, dass sie keine Kinder hat«, sagte Daisy. »Könnte doch sein.« Caroline war anderer Meinung.

»Donnerwetter!«, rief Roses Vater in seinem jovialen Auktionatorston, als ihm zum Nachtisch Stachelbeercreme serviert wurde. Mrs. Dakin sagte, die Stachelbeeren seien aus dem eigenen Garten gepflückt.

»Köstlich«, bemerkte Mr. Bouverie zum zweiten Mal, und eine Zeit lang drehte sich das Gespräch jetzt um Stachelbeeren und die Frage, welche Sorte für welchen Zweck zu bevorzugen sei.

»Er heißt Azam«, hatte Rose im Box Tree Café verkündet, und Daisy war sofort zum Telefonbuch gegangen, um den Namen nachzuschlagen. »Ein Allerweltsname«, sagte sie bei ihrer Rückkehr. »Azams gibt es Hunderte.« In ihrer Abwesenheit hatte das Gespräch eine andere Wendung genommen, denn die Mädchen waren sich einig, dass es sich um einen ausländischen Namen handle und die Diskussion um dieses Thema damit beendet sei. »Wenn der Ehemann Bescheid weiß«, sagte Caroline, »ist er kein Hahnrei, sondern eher zu nachsichtig.« Und sie unterhielten sich darüber, dass Mr. Bouverie doch genau wusste, was über ihm geschah, während er sich seiner letzten Nachhilfeschülerin widmete – er wusste, was es mit den knarzenden Stufen und leise zugezogenen Türen auf sich hatte, mit den nicht von seiner Frau stammenden leichten Schritten, den gedämpften Musikfetzen. »War er irgendwie anders, als er dir den Namen gesagt hat?«, fragte Caroline streng, und Rose sagte nein.

Ihr Bruder Jason gesellte sich zu der Runde. Er war so wohlgepolstert wie seine Eltern, mit den gleichen Hängebacken wie der Vater und den plumpen kleinen Händen von der Mutter, eine farblose Erscheinung. Durch ihn waren sie auf Mr. Bouverie gekommen, denn auch Jason war seinerzeit ein schwacher Schüler gewesen. Sie gaben sich zur Begrüßung die Hand und erkundigten sich gegenseitig nach ihrem Wohlergehen.

»Na, wie ist es gelaufen?«, fragte Jason danach seinen Vater.

»Ach, ganz gut. Der Chippendale hat ordentlich was gebracht. Ein erfreuliches Geschäft«, berichtete Mr. Dakin lächelnd.

»Das ist wirklich schön!« Seine Frau, die ihre Freude über den erfolgreichen Tag mit den anderen teilen wollte, warf einen Blick in die Runde. »Alles in Ordnung, Liebes?«, fragte sie, als sie ihre Tochter sah. »Ist alles in Ordnung, Rose?«

Rose log und nickte. »Es macht mir sehr wohl etwas aus«, hatte er gesagt, als wüsste er alles über das Box Tree Café und die fünf Mädchen, die sich immer um denselben Ecktisch mit der grünen Platte drängten, als hätte er jedes Wort mit angehört. In jenem Augenblick hatten sich ihre Schuldgefühle zum ersten Mal gerührt. Seine Brille war beim Sprechen verrutscht, und er rückte sie schnell wieder zurecht. Die Aufschläge seiner blauen Tweedjacke waren mit Leder eingefasst. »Ja«, hatte sie gesagt, weil ihr nichts Besseres einfiel, von der aufsteigenden Schuld war ihr schon ganz übel. »Ja.« Es war, als hätten auch sie in den vergangenen Monaten ein Geheimnis miteinander geteilt – das Geheimnis, über alles im Bilde zu sein und dennoch zu schweigen. Mit ihren Donnerstagsbesuchen ging auch für ihn ein Lebensabschnitt zu Ende, denn Rose wusste, Mr. Azam würde nicht einfach ins Haus kommen und nach oben marschieren, während der alte Hahnrei seufzend wegsah. Das würde nicht geschehen, denn hier hatte alles mit Täuschung und Betrug zu tun. »Es tut mir Leid«, das hatte sie ihm eigentlich sagen wollen – und begriff nicht, warum sie in diesem Moment alles dafür gegeben hätte, wenn sie im Box Tree Café nicht so vorlaut gewesen wäre. Sie hatte sich sehnlichst gewünscht, von ihm ins Vertrauen gezogen zu werden – und ihn verraten, noch bevor er es ihr schenkte.

Rose sah das Liebespaar im Schlafzimmer vor sich, sah Mrs. Bouverie in Ekstase die Augen schließen, während die Stachelbeercreme aufgegessen wurde und Jason von einer Veranstaltung berichtete, die er besucht und bei der ein Redner kein Ende gefunden hatte. Kaffee wurde serviert und am Tisch eingeschenkt. »Geh noch nicht. Ach, Liebster, bleib hier«, flehte Mrs. Bouverie, und Mr. Azam beteuerte, er wolle nicht gehen.

All das war hier am Tisch in Mr. Bouveries Gesicht zu lesen, wie auch damals, als er dem Mann einen Namen gab, und später, als er sagte, es mache ihm sehr wohl etwas aus. Es war da, hinter der Brille, in dem müden Gesicht, auf dem der Wein zwei scharlachrote Flecken über den Wangenknochen hinterlassen hatte. All das teilte er mit ihr, und doch wieder nicht. Dass sie es teilten, war ihm ein Trost, aber der Trost war so falsch wie die Stimme seiner Frau auf der Treppe.

»Alles in Ordnung, Liebes?«, fragte ihre Mutter wieder, und zur Antwort griff Rose nach der Kaffeetasse.

Mr. Dakin runzelte inzwischen die Stirn. Jason hustete und tupfte sein Gesicht mit einem Taschentuch ab, steckte es zusammengefaltet zurück in die Brusttasche und fing wieder von der Veranstaltung an, erzählte von einem Handel, den er vorangetrieben hatte. Sein Vater nickte, dankbar für die Ablenkung. Mrs. Dakin räumte auf dem Tisch herum und murmelte Mr. Bouverie zu, auch wenn er es sich vermutlich nicht vorstellen könne, aber in Roses Alter sei sie auch sehr schüchtern gewesen.

»Ich bin überzeugt, da wird was draus«, sagte Jason. »Gleich morgen schreibe ich ihm, mal sehen, ob wir uns den schnappen.«

Mrs. Bouverie klammerte sich an ihren Geliebten und sagte nein, es dürfe nicht das letzte Mal sein, dann warf sie sich schluchzend über ihn und rief verzweifelt, sie hätten etwas Besseres verdient. Doch Mr. Azam schüttelte nur den Kopf. Er war nicht der Mann, der einer Frau, die seine Kinder zur Welt gebracht hatte, Kummer bereiten wollte. »Du und ich, wir haben unsere Würde«, sagte er. »Immerhin war uns das hier eine Zeit lang vergönnt.« Mr. Azam zog sein grünes Hemd an, fuhr sich mit einer Bürste vom Frisiertisch durchs Haar und vergewisserte sich, dass alle Lippenstiftspuren verschwunden waren. »Einmal habe ich seine Schülerin gesehen«, sagte er, aber die Frau, für die es bestimmt war, hatte ihr Gesicht zur Wand gedreht.

»Klingt vielversprechend«, lobte Mr. Dakin seinen Sohn. »Das klappt bestimmt.«

Mrs. Dakin schenkte wieder Kaffee nach. Sie brachte das Gespräch auf Namen; gerade heute Nachmittag sei ihr aufgefallen, wie die Eigenschaft, die in einem Namen stecke, auf den Menschen abfärben könne. Sie beschrieb eine Prudence, die sie gekannt hatte, als sie in Roses Alter war, und ein Mädchen namens Verity. »Erinnerst du dich noch an Ernest Calavor?«, warf sie Mr. Dakin als Stichwort hin, und er sagte ja, allerdings. Eine schmale rote Schachtel mit Täfelchen von Zartbitterschokolade wurde herumgereicht. Rose lehnte ab und hielt sie Mr. Bouverie hin.

»Danke, Rose.«

Die Schritte des Liebhabers waren auf der Treppe, dann schloss sich die Haustür, und er war fort.

»Es war nett von Ihnen«, sagte Mr. Bouverie. »Wirklich sehr freundlich, dass Sie mich eingeladen haben.«

»Ich hoffe, Ihre Frau …«, setzte Mrs. Dakin an.

»Es hat ihr Leid getan, dass sie heute Abend nicht ausgehen konnte.«

»Dann eben ein andermal. Wir bleiben in Kontakt.«

»Es ist immer schön, Sie zu sehen«, fügte Mr. Dakin hinzu. »Wir freuen uns wirklich.«

Der alte Mann zögerte, bevor er sich zum Gehen erhob. Wäre er gleich aufgestanden, hätte Rose vielleicht nicht geweint. Doch Mr. Bouverie zögerte, und da begann Rose zu weinen, ungeachtet der besorgten Ausrufe, der allgemeinen Aufregung und Verlegenheit, während Mr. Bouverie betreten danebenstand. Sie weinte um sein stilles Leiden, weinte, weil er eine unangenehme Einladung annehmen musste, zu der ihre ahnungslose Mutter ihn gedrängt hatte. Sie weinte um die letzte goldene Gelegenheit, die der heutige Abend zwei anderen Menschen bot, um die Frau, deren sündiges Verhalten sie am Ende dazu bewog, ihr Gesicht zur Wand zu drehen, und um den Mann, den die Pflicht an eine Ehefrau band. Sie weinte um den *modus vivendi* in einem Haus, das kein Schüler und kein Liebhaber mehr betreten würde, um den flüchtigen Einblick, den man ihr gewährt und der genügt hatte, dass sie Verrat übte. Sie weinte um ihre Freundinnen – um die Untreue, wenn eine Beziehung fade wurde, und um die, der ständig etwas passierte; um die Romantische, die zu freigebig war, und um die Misstrauische. Sie weinte, weil sie wusste, wie brüchig das gutmütige Lachen ihrer Mutter und die Fröhlichkeit ihres Vaters war; sie weinte um Jason und seinen bequemen Posten. Sie weinte um ihr ganzes junges Leben, das vor ihr lag, mit neuen Einblicken und neuem Verrat.

Das große Geld

Fina stand am Anleger und sah zu, wie die vier Fischer das Boot auf den steinigen Strand zogen. Der Fang wurde ausgeladen und die Netze auf Schäden untersucht. Oben an der Treppe, nicht weit vor ihr, trennten sich die Männer, und sie ging zu John Michael.

»Deine Mutter«, sagte Fina, und sie sah, er ahnte, dass seine Mutter jetzt tot war. »Tut mir Leid, John Michael«, sagte sie. »Tut mir aufrichtig Leid.«

Er nickte und schwieg, wie nicht anders zu erwarten war. In der kalten Dämmerung gingen sie gemeinsam zum Haus seiner Mutter. Grau in grau jagten Wolken über den Himmel und kündigten Regen an. Jetzt können wir gehen, dachte Fina. Können uns ein eigenes Leben aufbauen.

»Pater Clery war bei ihr«, sagte sie.

»Hast du Pläne?«, fragte John Michaels Onkel – der Bruder seiner Mutter – nach der Beerdigung. Pläne waren notwendig: Sein Vater war ertrunken, als John Michael noch ein kleiner Junge war, und die Fischerkate war damals rechtmäßig an die Witwe gefallen, die dort ein lebenslanges Wohnrecht hatte. Einer anderen Vereinbarung zufolge sollte John Michael – auch er ein Fischer – irgendwann ein kleines Haus erhalten, aber noch nicht jetzt, da er der Jüngste war, der einzige junge Mann unter älteren Männern.

»Ich will weggehen«, antwortete er seinem Onkel.

Fina hörte es und sah damit bestätigt, dass John Michael nur auf den Tod gewartet hatte. Wegzugehen war eine alte Tradition, die Möglichkeit dazu ergab sich auf verschiedene Weise, und die Entscheidung wurde ausführlich erwogen, ehe sie getroffen wurde. Bat Quinn, der geblieben war, deutete oft reumütig übers Meer zum Horizont, jenseits der beiden Felsen, die Inseln in der Bucht waren. »Dort wartet das große Geld«, sagte er dann und zählte die Männer seiner Generation auf, die auf der Suche nach Reichtum aufgebrochen waren: Donoghue und Artie Hiney und Meagher und Flynn, Big Reilly und Matt Cready. Andere waren ins Landesinnere oder nach England gezogen, aber sie hatten es nicht so weit gebracht.

»Eins wollte ich noch ansprechen«, sagte John Michaels Onkel gerade, »da wäre noch der Hof.«

»Der Hof?«

»Wenn ich nicht mehr bin.«

»Was soll mit dem Hof sein?«

»Der wird dann frei.«

Fina, die der Unterhaltung immer noch folgte, hörte aus dieser Bemerkung etwas heraus, was nicht ausgesprochen wurde: Der Hof würde an John Michael fallen, da es sonst keinen Erben gab.

»In letzter Zeit bin ich nur noch müde«, sagte John Michaels Onkel. Die ausgelaugten Züge und blutunterlaufenen Augen belegten die Worte des alten Mannes. Vor zwei Jahren war seine Frau gestorben, nach einer kinderlosen Ehe lebte er jetzt allein.

»Dir bleiben bestimmt noch ein paar Jahre«, sagte John Michael.

»Mir ist das alles zu viel.«

Sie könnten schon jetzt auf den Hof ziehen, so der unterschwellige Vorschlag, es wäre nicht schwer, alles herzurichten. Landeinwärts vom Meer, wo die Luft milder war und man nicht in ständiger Furcht leben musste, dass einem das Meer etwas wegnahm, könnten sie sich eine Existenz schaffen. Seinen Lebensmut hatte der alte Mann zwar verloren, aber er war umgänglich und würde in der Zeit, die ihm noch blieb, niemandem zur Last fallen.

»Ach, nein. Lieber nicht.« John Michael schüttelte den Kopf und schlug das Angebot aus, ohne näher darauf einzugehen. Fina und er wollten nach Amerika, davon hatten sie immer geträumt. An jenem Abend sagte John Michael, er habe das Geld für den Flug gespart.

Die Pläne, auf die sie zu Lebzeiten von John Michaels Mutter verzichten mussten, konnten nun verwirklicht werden. John Michael würde bald gehen. Im Mai wollte er zur Hochzeit zurückkehren und Fina hinterher mitnehmen. Welche Arbeit er bekäme, wusste er nicht, aber Bat Quinn behauptete, für die Männer, die vor ihm aufgebrochen waren, habe es nie eine Rolle gespielt, dass sie sich nur auf die Fischerei verstanden. »Lass das offen, bis du dort bist, Jungchen«, riet Bat Quinn, der denselben Rat seit nunmehr vierzig Jahren gab. Matt Cready war zurückgekommen, er war der Einzige, und verprasste sein Geld jeden Abend an der Theke der Ladenkneipe. »Schau ihn dir an, Jungchen«, sagte Bat Quinn und zeigte John Michael den Dollarschein, den er in einer Innentasche aufbewahrte. In Delaware hatte Bat Quinn eine Nichte, sie war Nonne, und in Chicago eine Schwester, die vor zwei Jahren gestorben war. Bat Quinn, dessen Bauch aus seinen Sachen zu platzen drohte und dessen Schweinsäuglein wässrig vom Trinken waren, hing schwer an der Theke der Ladenkneipe, die Finas Familie betrieb, und zeigte jedem seinen Dollar. »Ich schick dir noch einen«, versprach John Michael dann immer, und Fina musste kichern.

Sie kannten einander gut, waren schon gemeinsam zur Schule gegangen und jeden Morgen an der Anlegestelle vom Schulbus abgeholt worden, damals die einzigen beiden Kinder aus dem Dorf. Finas Vater, den das geplante Abenteuer seiner Tochter beunruhigte, hatte des Öfteren eingewandt, dass sie immer noch halbe Kinder seien, nicht anders als früher. »Ach, der Junge fällt schon auf die Füße«, prophezeite ihre Mutter, die John Michael mochte und seine Zukunft optimistisch sah. »Aber er könnte doch ebenso gut zu uns ziehen«, hatte Finas Vater nach dem Tod von John Michaels Mutter angeboten, und Fina gab es weiter, obwohl sie wusste, dass John Michael nicht im Traum daran dachte, in der Ladenkneipe zu arbeiten und Pints zu zapfen oder in den Regalen nachzusehen, welche Lebensmittel sich dem Ende zuneigten.

»Nein, wir müssen gehen«, mehr sagte John Michael nicht. Auch Finas Brüder waren fortgezogen, einer nach Dublin, der andere nach England. Beide hätten sie das Geschäft übernehmen können, aber beide hatten es nicht gewollt.

Ein paar Tage vor ihrer Trennung gingen Fina und John Michael in der Abenddämmerung am Strand spazieren und unterhielten sich über das, was sie für immer aufgeben wollten: das Meer und die Fischerei oder dass John Michael eine Verpflichtung in der Ladenkneipe von Finas Eltern oder auf dem Hof seines Onkels übernahm. Das abgelegene Bauernhaus, laut John Michael ohne Fundament gebaut, war elf Meilen entfernt, jenseits des Städtchens Kinard, in dem es einen Supermarkt, ein Textilgeschäft, fünf

Pubs, ein Haushaltswarengeschäft und die Apotheke von Power gab. Mit Schiefer gedeckt und weiß verputzt stand es einsam und verlassen in der Landschaft, zusammen mit den Schuppen im Hof, dahinter erstreckten sich die vier Felder bis zu den Mooren, die am Fuß des Bergs begannen. Der Berg hat keinen Namen, sagte John Michael, und wenn doch, war er inzwischen vergessen worden, außerdem gab es kein Tor oder Gatter, das nicht klemmte. Alte Bettgestelle stopften die Löcher in den Hecken, und das Trinkwasser schmeckte leicht nach Torf. Die Feuchtigkeit verursachte Schimmel in den Räumen.

»Selbst wenn man den Laden wieder auf Vordermann bringen könnte«, sagte John Michael, »es wäre nicht das, was wir immer wollten.«

»Bestimmt nicht.« Fina schüttelte leidenschaftlich den Kopf, aus ihren Augen sprach Zustimmung und Entschlossenheit. »Nie im Leben.«

Vom Äußeren her waren sie einander ähnlich, beide zierlich gebaut, John Michael kaum einen Kopf größer. Beide hatten dunkle Haare, mit einer Scheu in den Gesichtszügen wie auch im Auftreten. Zusammen wirkten sie verletzlicher, als wenn sie allein waren.

»Hättest du jemals gedacht, dass wir hier wegkommen, Fina?«

Ihre Hand lag warm in der seinen, die sich stark anfühlte, obwohl Fina wusste, dass sie nicht besonders kräftig war. Seit ihrer Kindheit gehörten sie zueinander. Hier an diesem Strand vor zwei Jahren, auch damals in der Abenddämmerung, hatten sie zum ersten Mal von Liebe gesprochen.

»Wenn ich nur mit dir gehen könnte«, sagte sie.

»Ach, es dauert ja nicht lang.«

Und dann war John Michael ganz plötzlich fort. Zweihundertundeinen Tag würden sie getrennt sein, Fina hatte sie schon gezählt. Anfangs dachte sie noch, dass er vielleicht in letzter Sekunde zurückgeschickt werden und die Einwanderungsbehörde ihn nicht in das Flugzeug lassen würde, weil er keine Arbeitserlaubnis besaß. Aber er hatte gesagt, darauf sei er vorbereitet, und so war es wohl auch. Man musste nur die richtigen Tricks kennen, hatte er gesagt.

Der erste Tag ohne John Michael verging, und am Abend des zweiten redete Bat Quinn wieder vom großen Geld, seine Schweinsäuglein in dem roten, fetten Gesicht auf Fina gerichtet. Nur Jamesie O'Connor sei bislang zurückgeschickt worden, sagte er, wegen seines lahmen Beins. »Mach dir keine Sorgen, Mädel«, tröstete Bat Quinn sie und fing von dem Schoner an, der auf die Felsen aufgelaufen war, er selbst war damals fünf; zwölf fremde Männer hatte man geborgen und beerdigt. »Soll er warten, bis ihm hier was Ähnliches passiert? Da ist er im Land des mächtigen Dollars wirklich besser dran.« Bat Quinn wusste mehr Geschichten zu erzählen als jeder, der sonst in die Ladenkneipe kam. Wenn sein Thema nicht Exil oder Schiffbrüche waren, dann die Fronleichnamsprozession in Kinard, zu der er als Kind zu Fuß gegangen war, dreiundzwanzig Meilen hin, dreiundzwanzig zurück; oder ein alter Priester, der immer die Hurlingschläger seiner Lieblingsmannschaft segnete; oder der Brandanschlag auf Lisreagh House. Auch Bat Quinn war Fischer gewesen und über fünfzig Jahre mit den Booten ausgefahren. In seinem ganzen Leben hatte er noch keinen Kragen und keine Krawatte getragen, er rasierte sich einmal pro Woche, und eine Frau hatte ihm nie gefehlt; seine Sachen wusch er, wenn sie es nötig hatten.

All das erzählte Bat Quinn jedem und scheute sich nicht, es zu wiederholen. Er war zu Hause geblieben, als die anderen Männer fortgingen, was ihn aber nicht davon abhielt, zu behaupten, dass die langen, geraden Straßen von Boston einem Wunder glichen, wenn die Abendsonne auf sie schien. Man ging ins McDaid's, wo der Klee in Blumentöpfen wuchs und ein Foto von Christy Ring hing. Er wusste aus erster Hand, dass Donoghue es zu großem Reichtum gebracht hatte, ehe man ihn in einem grün ausgeschlagenen Sarg zu Grabe trug. Artie Hiney machte seinen Reibach auf den Weizenfeldern von Kansas. Big Reilly arbeitete sich bei der Polizei in Frisco hoch und wurde am Ende ihr Chef.

Du hast mir von der ersten Minute an gefehlt, schrieb John Michael. Jede Menge gebe es zu erzählen, hieß es weiter in seinem Brief, der dennoch recht kurz war. Briefe schreiben sei nicht seine Stärke, hatte er ihr vor der Abreise gesagt, aber er werde sein Bestes tun. *Ich arbeite bei einer Gang*, schrieb er nach weiteren drei Wochen, und Fina dachte unwillkürlich an Gangster. Sie lachte, als sei John Michael da, um mit ihr zu lachen.

Letzte Woche waren hier Touristen, schrieb sie an ihn. *Italiener, die Mary Doleen fragten, ob es heute Fisch gebe. Als sie in den Laden kamen, dachten wir, es sind Deutsche, aber sie sagten, sie kommen aus Italien. Eigentlich wollten sie am nächsten Morgen wegen der Fische wiederkommen, aber sie ließen sich nicht mehr blicken. Bat Quinn war am Anleger und hat auf sie gewartet, weil er wissen wollte, ob sie aus Rom kamen. Es waren die ersten Italiener hier, sagte er, die an Land gespülten Schiffbrüchigen damals waren Spanier. An den nächsten Tagen wartete er morgens immer unten am Anleger, aber sie kamen nicht mehr wieder.*

John Michael antwortete sogleich darauf und schrieb, er arbeite bei einem Italiener, kenne aber nicht dessen Namen. Die Arbeit sei hart. »Lass ihm Zeit, Mädel«, riet Bat Quinn, aber in den folgenden Wochen erzählte er nichts von den Straßen in Boston oder den Weizenfeldern in Kansas. Dann kam ein Brief, in dem Fina gebeten wurde, nicht zu schreiben, weil es eine Zeit lang keine Adresse geben werde, an die sie schreiben könnte. John Michael wollte sie wissen lassen, wenn er wieder eine hatte.

Auf diese Weise verloren Fina und John Michael langsam den Kontakt zueinander. Man müsse wohnen, wo man unterkam, hatte John Michael erklärt; wenn man regulär Miete zahle, würde man keinen Penny verdienen. Fina verstand das nicht ganz. Ihr wollte nicht in den Kopf, dass man irgendwo wohnen konnte, ohne Miete zu zahlen, aber jetzt war es zu spät, um zu fragen. John Michael musste nehmen, was sich ihm bot, das leuchtete ihr natürlich ein. Und wenn ständiges Umziehen die einzige Möglichkeit war, dann musste er eben ständig umziehen; er musste es schließlich wissen.

Ein kalter, sonniger November begann, doch die Tage verliefen fast immer im gleichen Trott. Fina bediente im Laden, schnitt an der Maschine Speck in Scheiben, addierte Rechnungen, packte gelieferte Waren aus – die Marmeladen und Brotaufstriche und Konserven, Hafergrütze und Trockenwaren, die Backzutaten in den sperrigen Kartons. Dienstags und freitags brachte O'Briens Lieferwagen Brot aus Kinard, Milch kam alle zwei Tage, und wenn sich die Lieferung verzögerte, wie es bisweilen vorkam, gab es immer noch H-Milch. Die Familie kannte ihr Geschäft aus Erfahrung und wusste, wann was zu bestellen war und was im Laden oder in der Kneipe vorrätig sein musste. Wenn man nicht aufpasste, konnte man leicht dumm dastehen, sagte Finas Mutter oft; die Sachen blieben ewig im Regal liegen, oder sie gingen einem aus, weil man nicht vorausschauend gehandelt hatte. Ihre Mutter führte den Laden, und abends, wenn die Männer in die Bar kamen und Finas Vater das Kommando übernahm, ruhte sie sich aus. Sie war zierlich wie ihre Tochter, klein und flink, wusste immer, welche Dinge wo auf den überladenen Regalen des Lebensmittelladens zu finden waren, eine schnelle Rechnerin, die Brille an einer Kette um den Hals gehängt. Finas Vater – dem sie in der Kneipe genauso zur Hand ging wie ihrer Mutter im Laden – war groß und schwerfällig, langsam in seinen Bewegungen und im Denken, mit silbergrauem Haar, immer mit aufgerollten Hemdsärmeln. Zur Messe zog er einen schwarzen Anzug an, dazu eine Krawatte mit Nadel, und auf dem Weg durchs Dorf setzte er einen Hut auf. Auch Finas Mutter machte sich sorgsam zurecht und ging in Mantel und Hut, die sie nur zu diesem Anlass trug. Sonntags gingen sie zu dritt, zur Beichte oder Bruderschaft getrennt.

John Michael schrieb nicht, als er keine Adresse hatte, und so suchte Fina Hilfe bei ihrer Vorstellungskraft. Das große, weite Amerika, von dem sie und John Michael so lange geredet und geschwärmt hatten, wurde mit dem Seemannsgarn von Bat Quinn ausgeschmückt, seine Übertreibung und Phantasie durch Fakten korrigiert, an die sie sich aus der Schulzeit erinnerte, als Mr. Horan die Landkarte entrollte und an die Tafel hängte. Die einzelnen Bundesstaaten waren auf der glänzenden Oberfläche in Braun- und Grün- und Gelbtönen abgebildet, die Großen Seen in Blau. Eisen kam aus Minnesota und Michigan und Pennsylvania, Uran aus Colorado. Baumwolle und Tabak gehörten zum Süden.

Die Spitze von Mr. Horans Rohrstock zeigte in einer geraden Linie auf und ab, trennte Nebraska von South Dakota, Oregon von Idaho. Sie klopfte den Rhythmus der Beitrittsdaten der einzelnen Bundesstaaten zur Union, folgte dem langen Lauf des Mississippi, streifte die Rockies. Man hörte zu, weil man musste, unterdrückte ein Gähnen und vergaß zum Glück, was sich hinter dem »Louisiana Purchase« verbarg. Der Scherenschwanz war der Staatsvogel von Oklahoma, die Pfingstrose die Blume von Indiana. In Milwaukee war Donoghue zum reichen Mann geworden.

Der abgenutzte Schulstock, mit dem die Fakten hervorgehoben wurden, hatte keine bleibenden Bilder heraufbeschwören können. Und Bat Quinns Informationen aus zweiter Hand beflügelten Fina nicht in dem Maße wie John Michael. Für beide aber lebte Amerika auf dem Bildschirm über der Theke oder auf dem in John Michaels Küche. Denn zwei Jahre lang, bis zu ihrem Tod, hatte seine Mutter jeden Abend ins Bett gebracht werden müssen, und Fina hatte dabei geholfen, sooft sie konnte. Hinterher saß sie mit John Michael in der Küche, bei Tee und Mikado-Keksen und leise gestelltem Ton. Sie sahen Amerika, hörten seine Stimmen. Sie sahen die Baseballhelden, steif in ihren Schutzpolstern und Helmen, die sich auf dem Spielfeld Schlachten lieferten. Den Dampf, der nachts über den Gitterrosten der Straßen schwebte. Die Gangster, die mit erhobenen Händen, gespreizten Beinen und ausdruckslosem Blick an der Wand eines Polizeireviers lehnten.

Fina fand es schön, wenn die Portiers die gelben Taxis empfingen, die kurzen Wortwechsel in den Aufzügen von Wolkenkratzern, die weihnachtliche Stimmung in den Geschäften. Sie mochte den einsamen Autofahrer auf dem Highway, wenn Musik im Radio lief, die Tankstelle, an der er anhielt, den Tankwart, der Fliegen totschlug. Ihr gefiel der junge Mann, der zu nah an der alten Ranch nach Öl bohrte, wie sich alles veränderte, weil nur noch die Ölquelle zählte, und der junge Mann am Ende ein richtiger Millionär war. College-Zeit, Thanksgiving, Robert E. Lee – das alles gefiel ihr. »Möchtest du das?«, flüsterte John Michael ihr zu, und Fina nickte immer, ohne zu zögern.

Ich arbeite in einer Wäscherei, hieß es im nächsten Brief, der lange auf sich warten ließ. Bat Quinn wiegte den Kopf voller Bewunderung, als er die Neuigkeit hörte. Keine Frage, im Wäschereigeschäft lag das große Geld. Die Hemden des Präsidenten mussten schließlich gewaschen und gebügelt werden. Bat Quinn drehte sich auf seinem Barhocker um und verkündete laut, dass John Michael Gallagher für die Hemden des Präsidenten der Vereinigten Staaten zuständig sei. »Eins sag ich dir, Mädel, mit John Michael Gallagher, da hast du das große Los gezogen.«

Das alles schrieb Fina in einem Brief und machte einen Scherz daraus, wie sie es früher getan hätten. Es war ein langer Brief, angereichert mit Nachrichten aus der Zeit, als sie nicht in Verbindung gestanden hatten: O'Briens Brotauto war liegen geblieben, die Boote konnten vier Tage lang nicht ausfahren, bei der Totenwache von Martin Shaul hatte die Witwe getanzt. Sie fragte sich, ob John Michael inzwischen mit einem Akzent sprach, wie ihn, wenn man Bat Quinn glaubte, Matt Cready seinerzeit angenommen hatte.

Im Januar kam eine Weihnachtskarte und vierzehn Tage darauf ein Brief mit einer Adresse, 2a Beaver Street, ein Zimmer, das für sie beide groß genug war. *Inzwischen habe ich es gestrichen*, schrieb John Michael. *Und die Fenster sind geputzt.* Einundneunzig Tage waren verstrichen, und die Tage, die jetzt vergingen, zogen sich ziemlich in die Länge. Vor einer Woche hatte Fina in Kinard den Stoff für ihr Hochzeitskleid ausgesucht. Ständig sagte sie sich, dass es nicht mehr allzu lange dauern werde, bis das erste Aufgebot bestellt wurde.

An dem Morgen, als der Brief wegen des Zimmers kam, lag eine eisige Kälte in der Luft, während sie am Strand spazieren ging und an das Aufgebot und an die Beaver Street dachte. Sie sah eine im Zickzack verlaufende Feuerleiter an einer Außenwand vor sich, ein riesiges Eisengerüst, wie sie es aus Filmen kannte, auf das sich einzelne Fenster öffneten. Sie stellte sich ein ärmliches Viertel vor, denn mehr konnte John Michael sich nicht leisten, mit spindeldürren Bäumen, die ein kümmerliches Dasein an einem Gehweg fristeten. Aber gegen ein ärmliches Viertel gab es nichts einzuwenden, schließlich wusste sie ja, er tat sein Bestes.

Der Strand war an jenem Morgen menschenleer. Die Fischerboote waren noch draußen, bei der Anlegestelle war niemand gewesen, als sie daran vorbeiging. Im sauberen, feuchten Sand lagen eingebettet frische Muscheln, umspült von Wellen, die sanft über sie hinwegschwappten. Vor langer Zeit, so ging eine Geschichte, die man sich im Dorf erzählte, war eine Frau ihrem Geliebten gefolgt und hatte den ganzen Weg nach Galway zu Fuß zurückgelegt. Fina, die John Michael mehr denn je vermisste, obwohl sich die Wartezeit mit jedem Tag verkürzte, konnte die Frau jetzt gut verstehen. Auf ihrem langsamen Rückweg ins Dorf stand ihr das Zimmer, das er für sie gefunden hatte, lebhafter vor Augen als alles, was sie ringsum sah.

Fina wusste sofort Bescheid, als ihr Vater sie rief. Durch das Stimmengemurmel hatte sie das Telefon läuten hören, dann die überraschte Reaktion ihres Vaters. »Ja, heiliger Strohsack! Wie geht's dir denn?« Sie schob das Glas, das sie eben gefüllt hatte, über die Theke. »Moment, ich hol dir Fina«, hörte sie ihren Vater sagen, und als sie den Hörer nahm, war da gleich John Michaels Stimme.

»Hallo, Fina.«

Er klang nicht weit entfernt, nur ungewohnt, weil sie in der ganzen Zeit ihrer Freundschaft nie miteinander telefoniert hatten.

»John Michael!«

»Hast du meinen Brief gekriegt, Fina? Den wegen unseres Zimmers?«

»Gestern ist er gekommen.«

»Alles in Ordnung bei dir, Fina?«

»Aber ja, natürlich. Und bei dir?« Telefonieren könne er in Zukunft nicht mehr, sagte er, bevor er auflegte, und sie stimmte ihm zu: Telefonanrufe verschlangen das wenige, das er verdiente. Aber seine Stimme zu hören war jeden Penny wert, den sie verloren.

»Mir geht's gut, Fina.«

»Schön, dich zu hören.«

»Hör zu, Fina, eins müssen wir noch mal überdenken.« Er machte eine kurze Pause. »Im Mai, das wird schwierig, Fina.«

»Schwierig?«

»Mit dem Zurückkommen.«

Wieder stockte er, und dann musste er einiges, was er sagte, wiederholen, weil sie ihm nicht folgen konnte. Deswegen hatte er also angerufen. Weil er wusste, es würde kompliziert klingen, aber eigentlich war es das nicht: Es wäre das

Beste, nicht im Mai zur Hochzeit zu kommen, denn wenn man es erst mal so weit wie er geschafft und eine feste Arbeit gefunden hatte, konnte man nicht einfach kommen und gehen, wie es einem passte. Eigentlich dürfte er überhaupt nicht arbeiten. Wie die Geier passten sie auf, sagte er.

»Verstehst du, Fina?«

Sie nickte in dem dunklen Laden, wo das Telefon stand. Es roch nach Speck, aus der Kneipe wehte der Geruch von Stout und Schnaps herüber. Die Gefriertruhe fing an zu brummen und registrierte ihren regelmäßigen Stromverbrauch. *Chef soups*, stand auf einem Werbeschild, nahe genug, um es zu erkennen, der Rest der Botschaft verlor sich im Dunkel.

»Wenn ich rüberkomme, lassen sie mich nicht mehr wieder rein.«

Am besten sei es, wenn sie in Amerika heirateten, wenn sie käme und er bliebe, wo er war. Er fragte sie, ob sie das verstehe, und sie kam sich vor wie in einem sinnlosen Traum, in dem sie herumstolperte, aber trotzdem sagte sie, dass sie es verstand.

»Ich muss immer an dich denken, John Michael. Ich liebe dich.«

»Mir geht es genauso. Wir finden eine Lösung. Es ist eben nur anders, als wir dachten.«

»Anders?«

»Ständig denkst du, sie erwischen dich und schicken dich zurück.«

»Dann heiraten wir eben in Amerika, John Michael.«

»Ich muss auch immer an dich denken, Fina. Ich liebe dich auch.«

Sie würden eine Lösung finden, sagte er wieder, und dann machte es *klick*, als der Hörer eingehängt wurde. Wo er wohl jetzt gerade war, in was für einem Zimmer? Stand auch er noch am Telefon, genau wie sie? Einmal waren Stimmen im Hintergrund zu hören gewesen. In Amerika war es jetzt halb fünf, immer noch hell, und sie fragte sich, ob er gerade in der Reinigung gearbeitet und es riskiert hatte, einfach das Telefon zu benutzen.

»Wie geht's John Michael Gallagher?«, fragte Bat Quinn, auf dem Hocker in seiner Ecke kauernd, die im Lauf der Jahre zu seinem Stammplatz geworden war. Im schummrigen Licht der Kneipe verlor sich sein Gesichtsausdruck wie die Worte auf dem Werbeschild für *Chef*-Suppen, aber Fina konnte ihn sich gut vorstellen: Die Schweinsäuglein strahlten begeistert, weil John Michael Gallagher in weiter Ferne auf den Spuren des Erfolgs wandelte.

»Bei dem läuft's bestens, Mädel. Ist das nicht schön für euch?«

In der Nähe der Kneipentür wurde Siebzehnundvier gespielt. Die Männer, mit denen John Michael gefischt hatte, sagten nichts, wie so oft. Finas Vater wusch Gläser ab.

»Er kann nicht zur Hochzeit kommen«, sagte Fina zu Bat Quinn. Sie trat näher zu ihm, fühlte sich zu ihm hingezogen, weil er mit seinem Wissen über Amerika nachempfinden konnte, welche Sorgen John Michael bedrückten.

»Verständlich«, sagte Bat Quinn.

Er trank sein Porter aus und schob das Glas auf der blank gescheuerten Theke in ihre Richtung. Fina schenkte nach und klaubte die abgezählten Münzen auf.

»Es ist nie so einfach, wie sie es sich vorstellen«, sagte Bat Quinn.

Der Zufall hätte immer eine Rolle gespielt, seit den Jahren der Großen Hungersnot, jenem ersten Exodus aus dem Land; schwimmende Särge hätte man die Schiffe damals genannt. Auch wenn alles sein Gutes hatte, so gab es doch immer auch Pech und Verzweiflung und Scheitern.

»Es war nie einfach und wird es auch nie sein, Mädel.«

»Ob sie ihn wohl zurücknehmen?«, fragte Finas Mutter und meinte den Stoff für das Hochzeitskleid. Bis auf den Meter, aus dem sie die Ärmel zugeschnitten hatte, war nichts verbraucht. Scally würde nicht den vollen Preis erstatten, denn was übrig war, müsste als Rest verkauft werden. Von einem Geschäftsmann wie Scally konnte man nicht den vollen Preis erwarten, aber vielleicht ließ sich eine Einigung finden, als Ausgleich für die Enttäuschung. Finas Mutter hatte eine Weile schweigend dagesessen, als sie die Nachricht hörte, und dann seufzte sie und wurde wieder vergnügter, wie es ihre Art war. Zuerst hatte sie angenommen, dass sie das Kleid trotzdem nähen sollte, weil Fina es brauchen würde, wenn sie John Michael in Amerika heiratete. Aber Fina erklärte ihr, es werde jetzt eine andere Hochzeit.

»Vor einiger Zeit haben sie eine Amnestie erlassen«, sagte Finas Vater. Er erinnerte sich an eine Zahl, um die hundertzwanzigtausend irische Einwanderer, die nicht in New York registriert waren. Aber bis zur nächsten Amnestie könnte es wohl eine Weile dauern. »Nimm's nicht so schwer, Fina«, riet er, ohne es näher auszuführen. »John Michael, der denkt sich schon was aus«, sagte ihre Mutter.

Zehn Tage später rief John Michael wieder an. Er hätte genauer über alles nachgedacht, und während Fina ihm zuhörte, wurde ihr klar, es ging nicht nur darum, dass er nicht zur Hochzeit zurückkam.

»Willst du mich nicht mehr?«, fragte sie und wollte eigentlich noch etwas hinzufügen, wollte ihn fragen, ob er es sich mit ihrem Kommen anders überlegt habe. Aber sie beließ es dabei, und John Michael beruhigte sie. Er frage sich einfach nur, ob ihnen nicht alles über den Kopf wachsen werde, die Ungewissheit, das ewige Versteckspiel; ob das nicht jeder Frau zu viel wäre, das frage er sich ständig. Für einen jungen, allein stehenden Mann sei es in Ordnung, der finde immer ein Schlupfloch, um etwaigen Schwierigkeiten aus dem Weg zu gehen. Wenn sie jetzt bei ihm wäre, könnte sie verstehen, was er meinte, und genau das stellte Fina sich vor: Sie und er in dem Zimmer mit den sauberen Fenstern und den frisch gestrichenen Wänden, alles war bereit für sie.

»Ich komme zurück«, sagte John Michael.

»Aber du hast doch ge…«

»Ich komme für immer zurück. Ich komme zurück, und wir bleiben da, wo wir hingehören.«

Ihr verschlug es die Sprache. Sie wollte etwas sagen, aber die Worte gerieten ihr ständig durcheinander, ehe sie sie aussprechen konnte. John Michael sagte:

»Ich liebe dich, Fina. Und ist es nicht am wichtigsten, dass wir uns lieben?«

Sie gab ihm Recht, natürlich war das am wichtigsten.

»Ich arbeite noch so lange, wie man mich angeheuert hat.«

Sie verabschiedeten sich. Ein Schock sei die Nachricht für sie, sagte er, und es täte ihm Leid. Aber es sei besser so, ganz bestimmt, viel besser. Wieder beteuerte er ihr seine Liebe, und dann war die Leitung tot.

Der Hof seines Onkels, darauf lief alles hinaus. Fina ahnte es, auch wenn er es nicht ausgesprochen hatte. Sie würden alles auf Vordermann bringen, und sein Onkel würde bei ihnen wohnen, bis er starb. Diese Lösung wäre John Michael lieber als die Fischerei oder in der Ladenkneipe ihrer Eltern zu stehen.

»Klar, der eine oder andere kommt zurück«, sagte Bat Quinn, der Finas Beitrag zum Telefongespräch mitgehört hatte.

Fina nickte und sagte nichts, aber noch in derselben Woche machte sie sich auf den Weg zu John Michaels Onkel. Sie nahm den Bus nach Kinard und ging die letzten zwei Meilen von der Haltestelle zu Fuß. Die Schäferhunde bellten, als sie in den Hof einbog, doch der alte Mann ignorierte den Lärm, als interessiere es ihn nicht, dass jemand gekommen war, als sei jegliche Neugier auf Besucher längst verschwunden. Gras wuchs durch das Kopfsteinpflaster, ein einsames Huhn pickte am Rand eines Misthaufens.

»Wollte mal sehen, wie's dir geht«, sagte Fina in der Küche, und das von der Arbeit auf dem Hof zermürbte Gesicht hob sich von der Lektüre eines *Ireland's Own*. Gekochte Kartoffeln lagen auf einer Zeitung, die Schalen der bereits gegessenen auf einem Haufen; in einer Dose waren übrig gebliebene Erbsen. Ein Teller mit Messer und Gabel stand an der Seite.

»Setz dich, Fina«, forderte der alte Mann sie auf. »Ich mach uns einen Tee.«

Das Leben schien in ihn zurückzukehren, als er den Wasserkessel zur Hälfte füllte und auf eine Platte des Elektroherds stellte. Er löffelte Tee in eine nicht vorgewärmte Kanne, stellte Tassen samt Untertassen hin, dazu ein Milchkännchen. Er bot ihr Brot an, aber Fina schüttelte den Kopf. Aus einem Fliegenschrank auf der Anrichte holte er ein Stück Butter.

»John Michael ist rübergegangen«, sagte er.

»Ja, stimmt. Schon vor einiger Zeit.«

»Dann hat er sich wohl eingelebt.«

»Ihm fehlen die richtigen Papiere«, sagte Fina.

Die Butter wurde auf eine Scheibe Brot gestrichen und Zucker darüber gestreut. Die Küche zu renovieren würde nicht lange dauern. Man musste nur die schmuddelige Decke streichen, das Linoleum herausreißen und verbrennen, jede Tasse und jedes Messer und jede Gabel waschen, das Fett von der hölzernen Tischplatte schrubben, die aus der Wand hängenden Wasserhähne befestigen, den schmutzigen Sessel ersetzen.

»Du bist zum ersten Mal hier«, sagte der alte Mann und führte sie nach oben in feuchte Schlafzimmer, ein Bild der Jungfrau Maria hing an der Wand gegenüber von jedem Bett. Eine vergessene Katze sprang fauchend von einem Fensterbrett. Elektroleitungen hingen schief von der abgesackten Zimmerdecke, auf den verblassten Tapetenblumen wuchs grauer Schimmel. Unten wucherte Efeu über die Fensterscheiben.

Ein Bagger könnte die Steine entfernen, dachte Fina, als sie die Felder betrachtete. Einen halben Tag würde es mit einem Bagger dauern. John Michaels Onkel sagte, sie seien jederzeit willkommen, falls sie ernsthaft daran dächten. Nach der Hochzeit, meinte er, wenn sie wieder klar denken konnten.

»Dieser Tage gibt es andere Gründe, warum man das Land verlässt«, sagte Bat Quinn an der Theke. »Man hat eine ganz andere Haltung dazu.«

Heutzutage war es eine persönliche Entscheidung. Dem Land ging es gut, so konnte man bleiben, wo man war, oder weggehen. Das war früher vollkommen anders gewesen, da hatte man gar keine Wahl.

»Ja«, sagte Fina.

Ich habe mir den Hof angesehen, schrieb sie. *Bestimmt könnten wir den wieder in Schuss bringen. Mit ihm hätten wir keinen Ärger.* Ihre Mutter nähte das Hochzeitskleid fertig. Fina stellte sich vor, wie John Michael mit der roten Reisetasche, die sie zusammen in Kinard gekauft hatten, hereinspaziert kam. Ihre hatten sie bei der Gelegenheit auch gekauft, in der gleichen Farbe und Größe. Sie stellte sich vor, wie sie und John Michael zu Scally gingen und ihm erklärten, sie wollten die Tasche nun doch nicht. John Michael würde das besser können als sie.

Fina fühlte sich verunsichert. Unablässig hoffte sie, das Telefon möge aus heiterem Himmel klingeln und John Michael würde sagen, alles sei gut, er habe sich eine Arbeitserlaubnis besorgt, der Boss, für den er arbeite, habe ein Wort für ihn eingelegt, es habe eine weitere Amnestie gegeben. Doch dann verging wieder eine Weile, und sie verlor jegliche Hoffnung. John Michael würde hereinkommen, und sie würde sich ihm gegenüber gehemmt fühlen, wie es früher nie der Fall war. Sie sah sich auf dem Hof, so wie sie sich eine Zeit lang in dem von John Michael beschriebenen Zimmer gesehen hatte, sie stellte sich die Stille der Felder anstelle des Lärms auf den Straßen und der vorbeibrausenden gelben Taxen vor. Als sie sich fragte, ob sie John Michael noch liebte, mahnte sie sich zur Vernunft. Er hatte Recht, wenn er sagte, wichtig sei nur, dass sie einander liebten. Doch dann ging die Verwirrung von vorn los.

Es kam kein Anruf mehr. *Wir regeln alles, wenn ich zurück bin*, hieß es in einem weiteren Brief. *Bis zur Hochzeit haben wir das erledigt*. Das Aufgebot war seit langem bestellt. Die Ladenkneipe würde für jenen Tag schließen. Man hatte Gäste ins Haus eingeladen. Wenn sie eine Nummer hätte, würde sie ihn anrufen, dachte Fina, aber nicht davon sprechen, wie sie sich fühlte. Mitten in der Nacht wachte sie auf und hatte Angst. In der Dunkelheit spürte sie, dass sie John Michael nicht mehr liebte.

Ich mach dir nur alles kaputt, schrieb sie, als ihm kaum noch Zeit blieb, den Brief vor seiner Abreise zu erhalten. *Mir geht das ständig durch den Kopf, John Michael.* Auf einem Spaziergang allein am Strand hatte sie beschlossen, es ihm so zu sagen. Fünf Tage später, zwei vor seiner erwarteten Rückkehr, rief John Michael an. Er habe ihren Brief bekommen, sagte er, und dann, dass er sie liebe.

»Auf immer und ewig, Fina.«

Er ahnte es schon, das hörte sie an seiner Stimme. Er begriff immer schnell, war immer empfänglich für ihre Stimmungen, selbst in einem Brief, selbst aus der Ferne am Telefon – er wusste mehr als sie.

»Ich weiß nicht, woran es liegt«, sagte sie.

»Du bist dir nicht mehr sicher.«

Sie wollte sagen, das sei es nicht, aber sie stockte und zögerte. Am liebsten hätte sie geweint.

»Du musst auf deine innere Stimme hören, Fina. Du hast Zweifel wegen der Hochzeit.«

Sie wiederholte, was sie ihm schon geschrieben hatte, dass sie ihm alles kaputtmache. »Es wäre nicht richtig zu warten, bis du hier bist.«

»Trotzdem sollten wir abwarten«, sagte er. »Jetzt dauert es nicht mehr lang.«

»Ich möchte nicht, dass du kommst.«

»Liebst du mich denn nicht, Fina?«

Als sie nicht antwortete, fragte er sie wieder.

»Ich weiß nicht«, sagte sie.

John Michael kam nicht zurück. Bei Fina hielt der Schmerz über die leeren Wochen an, die dem anberaumten Hochzeitstag folgten, und dann noch den ganzen Sommer lang. Der September war mild, ein Monat mit klarem blauem Himmel, die Tage verstrichen leise und wurden kürzer. Im Oktober jährte sich der Todestag von John Michaels Mutter. Zu dieser Zeit kamen keine seiner kurzen Briefe mehr.

»Irgendwann wird er hereinspazieren«, sagte Bat Quinn an einem Abend, als er mehr getrunken hatte als sonst. Mit verschwommenem Blick sah er zu ihr auf und fügte hinzu, als gehörten die beiden Äußerungen irgendwie zusammen: »Hast ein geschicktes Händchen, wie du das Stout einschenkst, Mädel.«

»Ja, stimmt.«

Bat Quinn hatte Recht. Irgendwann, wenn John Michael sein Geld verdient hatte, würde er höchstwahrscheinlich zurückkommen, um alles in Augenschein zu nehmen und sich zu erinnern.

»Mit der nächsten Amnestie wird er kommen«, sagte Bat Quinn und erhob sich mühsam vom Hocker, um den allgemeinen Aufbruch aus der Kneipe einzuleiten. »Dann mal gute Nacht, Mädel.«

Sie verstand sich besser aufs Stout einschenken als ihr Vater, obwohl der schon länger hinter der Theke stand. Ihre Hände waren ruhiger, noch nicht so rau. Sie hätte die Feinfühligkeit der Jungen, hörte sie ihre Mutter sagen, als sich die Enttäuschung mit John Michael herumgesprochen hatte.

»Gute Nacht, Fina«, riefen die Männer einer nach dem anderen, ehe sie gingen, und als der Letzte fort war, verriegelte sie die Tür und drängte ihren Vater, nach oben ins Bett zu gehen. Sie räumte die Gläser weg und klopfte den

Inhalt der Aschenbecher in eine Schüssel. Ob sie wohl Mitleid mit ihr hatten, Bat Quinn und die Männer, mit denen John Michael gefischt hatte, ihre Mutter und ihr Vater? Dachten sie jetzt, dass sie bei ihnen festsaß, von einer Flutwelle der Umstände angespült und allein, weil sie die Art ihrer Liebe falsch verstanden hatte?

Sie konnten nicht wissen, dass sie sich weniger allein fühlte, als wenn sie jetzt mit John Michael zusammen wäre. Die lange Freundschaft, ihre Zukunftspläne, die leidenschaftlichen Umarmungen, dies alles stand in ihrer Erinnerung im Zeichen einer Wehmut, aus der der Stachel gezogen war. Was sie geliebt hatten, und zwar zu sehr, war Amerika. Amerika hatte die Träume der Liebe beflügelt, Amerika hatte das Glück, das sie in der Nähe des anderen empfanden, bereichert. John Michael würde ihr zustimmen, wenn er zurückkam, nachdem er sein Geld verdient hatte. Sie würden wieder am Strand spazieren gehen, ohne die Zerbrechlichkeit der Liebe zu erwähnen oder das Unglück, das sie abgewendet hatten, als sie noch jung waren.

Auf den Straßen

Arthurs bestellte Leber mit Erbsen und Kartoffelbrei in der Strode Street. Als das Essen kam, schmeckte die Leber nicht gut. Ein Fettfilm bildete sich schon auf der Soße, die nicht von den Kartoffeln aufgesogen worden war. Die leuchtend grünen Erbsen waren halbwegs in Ordnung.

Er war ein dunkelhaariger Mann Mitte fünfzig, mit einem spitzen Haaransatz und schmalen Gesichtszügen, die zu seiner hageren Figur passten; seine knochigen Handgelenke ragten aus durchgescheuerten weißen Manschetten vor. Er trug einen Anzug, dessen schwarze Hose, kombiniert mit einer adretten weißen Jacke, bei seiner Arbeit als Frühstückskellner erforderlich war.

»Wollen Sie einen Tee dazu?«, fragte die betagte Frau, die ihm den Teller mit der Leber gebracht hatte. Sie kam extra an seinen Tisch, um ihn das zu fragen; er war ihr einziger Kunde um diese Nachmittagszeit.

Arthurs sagte ja. Die Frau war keine richtige Kellnerin, sie trug keine Uniform, nur eine geblümte Kittelschürze, die um den Bauch herum spannte. An die siebzig mochte sie sein, schätzte er, eine Frau, die an einem Kamin sitzen und von der Wärme rote Flecken auf den Beinen haben sollte. Er spürte ihre Erschöpfung und überlegte, ob sie darüber sprechen würde und ob sich vielleicht eine Unterhaltung entwickeln könnte.

»Sie machen sicher bald Schluss«, sagte er, als sie den Tee

brachte, so als würde er sie gut kennen, seinem Tonfall nach zu urteilen gab es eine Vergangenheit in ihrer Beziehung, die nie vorhanden war.

»Um halb vier ist Feierabend.«

»Dann bleiben Sie heute Abend bestimmt zu Hause?«

»Was?« Leicht beunruhigt sah sie Arthurs mit ihren müden Augen an. Ihre Haare waren gelblich gefärbt, am Hals schwabbelte ein fettes Doppelkinn. Wahrscheinlich Witwe, dachte er bei sich.

»Ich geh jedenfalls heute nicht mehr aus«, sagte er. »Ist am besten, wenn man zu nichts so recht Lust hat.«

Die Frau ging nicht darauf ein. Er überlegte, ob er ihr folgen sollte, wenn sie Feierabend hatte. Im Augenblick war es zwanzig nach drei, und bis um halb wäre er startbereit. Er halbierte den Garibaldi-Keks, den sie mit dem Tee gebracht hatte. Seit seiner Kindheit war er Leuten auf den Straßen gefolgt, um zu sehen, wo sie wohnten, um sich die Adresse und ein paar Einzelheiten zu notieren, die ihn an die Person erinnerten. Manchmal drängte es ihn immer noch danach, aber nicht heute, das spürte er.

»Natürlich gibt es das Fernsehen«, sagte er, »wenn man sonst weiter nichts vorhat.«

»Dieser Tage kommt doch sowieso bloß noch Schrott«, sagte die Frau als einzigen Kommentar.

»Da geht man freiwillig früh ins Bett, oder?«

Wieder trat Panik in ihren Blick. Sie fuhr sich mit der Zungenspitze über die Lippen und wischte den zurückgebliebenen Speichel weg. Dann stapfte sie schweigend davon.

Die Rechnung belief sich auf ein Pfund und ein paar Pence, als die Frau sie ihm brachte, das Essen war hier billiger, wenn die betriebsame Mittagszeit vorüber war. Aber er hatte ja gewusst, dass es billiger wäre, dachte Arthurs bei sich.

Mr. Warkely kam herein und sagte: »Fangen Sie keinen neuen Stapel an, sonst gibt es im Versandraum einen Stau.« Deshalb schaltete Cheryl die Maschine ab und sah, wie Mr. Warkely auf die Uhr spähte und die Zeit auf einen Block notierte. Dass sie eine Viertelstunde früher aufhörte, musste bei der Abrechnung am Wochenende selbstverständlich berücksichtigt werden.

Das bescheidene Geschäft der Warkelys – sie vertrieben Postkarten in kleinen Mengen – war vor drei Jahren in einem Keller eröffnet worden. Cheryls Aufgabe bestand darin, eine Maschine zu bedienen, die jeweils sechs verschiedene Karten zusammen mit der einen, auf der sämtliche Motive klein abgebildet waren, in eine kräftige Plastikfolie einschweißte. Es war eine Teilzeitarbeit, zwei Stunden an drei Tagen in der Woche; außerdem saß sie, nur vormittags, bei Costcutter an der Kasse, und abends ging sie Büros putzen.

Die Warkelys beschäftigten keine weiteren Angestellten: Mrs. Warkely kümmerte sich um die Bücher, adressierte Etiketten und erledigte die Korrespondenz; Mr. Warkely packte die eingeschweißten Postkarten in Pappkartons und fuhr einen Lieferwagen mit der Aufschrift *WPW Grußkarten*. Im so genannten Versandraum sahen die Warkelys fern und aßen ihr Abendbrot vom Tablett, der Beweis für ihr Geschäft stapelte sich ringsum an den Wänden.

»Dann bis Donnerstag«, sagte Cheryl, ehe sie ging, worauf Mrs. Warkely von irgendwo zurückgrüßte und Mr.

Warkely etwas brummelte, weil er seinen Kugelschreiber im Mund hatte. »Danke«, sagte Cheryl, wie immer, wenn sie aus dem Keller ging. Ihr war nicht klar, warum sie das machte, aber sie fand, ein Ausdruck der Dankbarkeit rundete die zwei Stunden irgendwie besser ab, als nur »Wiedersehen« zu sagen.

Sie ließ die Tür hinter sich ins Schloss fallen und stieg die Stufen zur Straße hoch, eine dünne, eher kleine Frau, die Haare inzwischen von Grau durchzogen, um Augen und Lippen zeigten sich erste Falten. Früher war sie schön gewesen, und man sah es ihr trotz der einundfünfzig Jahre durchaus noch an. In ihrem schäbigen braunen Mantel, den sie einst so geliebt hatte und nun nicht mehr mochte, eilte sie auf unbequemen hochhackigen Schuhen die Straße entlang. Es gab keinen Grund zur Eile, das wusste sie, aber sie beeilte sich trotzdem, weil sie es sich angewöhnt hatte, so zu gehen.

»Ist bei dir alles in Ordnung?«, fragte eine Stimme von hinten, die dem Mann gehörte, mit dem sie einmal verheiratet war und den sie seither als Fehler in ihrem Leben betrachtete. Immer stellte er die gleiche Frage, wenn er plötzlich auf der Straße erschien. Sie drehte sich um.

»Willst du was von mir?«, sagte sie streng, und er entfernte sich sofort, ihr Tonfall verletzte ihn. Sie kannte das alles, denn es kam nicht zum ersten Mal vor. Obwohl sie ihm nie erzählt hatte, wann sie bei den Warkelys arbeitete, wusste er Bescheid. Er wusste auch, wo sie putzen ging und in welcher Costcutter-Filiale sie kassierte. Fünf Monate hatte die Ehe gedauert, dann packte sie ihre Habseligkeiten und ging, gab sogar eine Vollzeitstelle bei Woolworth auf, weil sie es für besser hielt, in einen anderen Stadtteil zu ziehen.

Sie stand da, wo er sie verlassen hatte, und sah ihm nach, bis er um die Ecke bog. »Du hättest mich besser nicht heiraten sollen«, hatte sie gesagt, was halbwegs dem entsprach, was ihr Daph, mit der sie bei Woolworth hinter der gleichen Verkaufstheke arbeitete, seit der Hochzeit gnadenlos immer wieder vorgehalten hatte, auch wenn sie vor Daph nie zugab und auch nicht zugeben wollte, dass es in ihrer Ehe nicht stimmte.

Sie merkte, dass sie auf dem Gehweg zwei älteren Frauen im Weg stand, die an ihr vorbei wollten. »Entschuldigung«, sagte sie zu den Frauen, die erwiderten, es sei nicht schlimm.

Sie ging weiter, etwas langsamer als zuvor. Nach der Hochzeit war sie zu ihm nach oben gezogen, in seine zwei Zimmer mit Küchen- und Badbenutzung, er hatte die Wohnung zu Ehren der Veränderung in ihrer beider Leben frisch gestrichen, das alte Linoleum durch einen Teppich ersetzt. Als sie ging, war die Farbe immer noch frisch und der Teppich fleckenlos; sie hatte sich nie Mrs. Arthurs genannt.

Obwohl Arthurs kein Trinker war, ging er später am Nachmittag in ein Pub, das er nicht kannte, genauso wenig wie das Lokal, in dem er vorher zu Mittag gegessen hatte: Er mochte neue Orte.

Mit dem Bier, das er bestellte, zog er sich in eine Ecke des fast leeren Barraums zurück, wo die Spielautomaten still standen und die Lautsprecher schwiegen. Der Raum hatte etwas Schmuddeliges und Düsteres, was auch die unzureichende Beleuchtung nicht verbannen konnte. An der Theke, auf Barhockern, saßen verdrießlich zwei Männer und redeten nicht miteinander. Ein Barmann in Hemdsärmeln blätterte im *Star*.

Die Lustlosigkeit, die Arthurs in dem Café erwähnt hatte, erfüllte ihn mittlerweile ganz, er empfand sie fast wie eine Infektion, die in ihm wuchs und an ihm haftete, eine ungesunde Beklemmung. Er trank sein Bier und fragte sich, warum er hier eingekehrt war und Geld verschwendete. Es gab Zeiten, da wäre er zu den Hunderennen in Wimbledon oder White City gegangen. Unter Menschen und mit anderen Gedanken im Kopf hätte er die Stimmung abschütteln können. Vielleicht wäre er sie auch losgeworden, wenn er sich mit einem Flittchen unterhalten hätte. Nicht, dass ihm ein Flittchen jemals gut getan hätte, ebenso wenig wie vorhin die alte Kellnerin. Er schloss die Augen und unterdrückte die Enttäuschung über ihre Frage, ob er was von ihr wolle, dabei versuchte er doch nur, freundlich zu sein. Sie hätten sich irgendwo im Park auf eine Bank setzen können, wo die Blumen gerade zu blühen anfingen und Vögel auf dem Wasser schwammen. Sie wusste, was passiert war; sie wusste, dass er heute endlich dort gewesen war. Nach ihrer kurzen Begegnung musste sie es ahnen.

Langsam kamen mehr Gäste in den Barraum, noch ein Mann, Pärchen. Arthurs beobachtete sie und suchte die aus, die ihm sogleich unsympathisch waren. Er überlegte, ob er im Mastyn's anrufen und sagen sollte, dass er morgen früh nicht kommen werde. Eine Magenverstimmung, könnte er sagen. Aber dann würde ihm die Zeit lang werden, weil er ohnehin zwanzig nach fünf aufwachte, darauf war er programmiert. Und es gab nichts, was den Spaziergang zur U-Bahn und die Fahrt selbst und das letzte Stück Fußweg zum Hotel ersetzen würde; und nichts, was die dreieinhalb Stunden im Speiseraum ersetzen würde, bis er um halb elf seine weiße Jacke aufhängen und die schwarze

Fliege abnehmen konnte. Seit seine Arbeitszeit im Mastyn's verkürzt worden war, reichte sein Verdienst als Frühstückskellner nicht mehr zum Leben, aber er machte den Mangel auf andere Weise wett. Er hatte seit seiner Kindheit gestohlen.

Gegenüber an der Bar war ein Telefon, halb verdeckt durch einen Vorhang, der vom Eingang zur Damentoilette zurückgezogen war. Als er es entdeckte, war er wieder versucht. Aber wer immer an der Rezeption abheben würde, würde meckern und ihm raten, bis morgen abzuwarten, um zu sehen, wie es ihm ginge. Das Gespräch wäre unbefriedigend, man würde die für den Speiseraum zurückgelassene Botschaft vermutlich vergessen und es ihm ankreiden, wenn er nicht auftauchte, obwohl er sich so verhalten hatte, wie man es es von ihm erwartete. Das alles war es nicht wert.

Warum hatte sie ihn so angeblafft? Warum war ihre Stimme so schroff geworden, als sie ihn fragte, ob er was von ihr wolle? Noch nie, nicht ein einziges Mal, hatte er sie um Geld gebeten, aber ihrem Ton nach hätte man meinen können, dass er ständig diesbezüglich Andeutungen machte. Musik setzte ein, wurde leise gedreht, war aber dennoch zu laut, denn für ihn war Musik nichts weiter als Krach. Auch das letzte Paar, das hereingekommen war, lachte lauter als unbedingt nötig, beide trugen sie dunkle Brillen, obwohl den ganzen Tag keine Sonne zu sehen war. Eigentlich hatte er sie nur fragen wollen, ob sie vielleicht kurz in ein Café gehen könnten. Nichts weiter sonst, zehn Minuten von ihrer Zeit.

Arthurs starrte in das Bier, das er nicht getrunken hatte, auf die sich auflösende Schaummasse. Ihre große Stärke war das Einfühlungsvermögen, das sie aufbringen konnte, erstaunlich bei einer Frau, die nicht klug war. Schon am ersten Tag war ihm das aufgefallen, als sie auf der Treppe ins Gespräch kamen, weil er zufällig vorbeiging. »Möchten Sie vielleicht einen Tee?«, hatte sie ihm angeboten, ihr Schlüssel steckte schon im Schloss; und er hatte gesagt, den Tee mit zwei Löffeln Zucker, als sie in ihrem Zimmer waren. Er erzählte ihr von der Beschwerde beim Mittagessen im Speiseraum des Hotels, weil es sich fast von selbst ergab; sie sagte, sie hätte sich gewundert, warum er so durcheinander aussah, und fügte dann hinzu, das wäre wohl jeder, bei einer so schrecklichen Sache. Er wiederholte die Bemerkungen, die gefallen waren, wie er dagestanden hatte und zuhören musste, wie der Mann nach dem Geschäftsführer verlangt und, als Mr. Simoni kam, gesagt hatte: »Tut uns Leid, dass wir Sie bemühen.« Mr. Simoni hatte ihnen die Hand hingestreckt, aber sie schlugen nicht ein.

Arthurs überlegte kurz, ob er ihr, an jenem ersten Tag oder später, auch das erzählt hatte – dass Mr. Simonis ausgestreckte Hand ignoriert wurde. Er konnte sich nicht daran entsinnen, es gesagt zu haben. Eine gepunktete Fliege hatte der Mann getragen, weiße Punkte auf Rot, dazu ein dunkles Hemd mit weißen Streifen. Der Pfeffer sei ihr mit einem Murren über das Risotto gemahlen worden, das unverschämt klang, sagte die Frau. Der Kaffee sei kalt gewesen. »Nun, der Kaffee wird selbstverständlich nicht berechnet«, erwiderte Mr. Simoni sofort. Etwas Besonderes sollte es werden, dieses Mittagessen, sagte der Mann, und die Frau nannte das Ganze eine Katastrophe, bevor sie ihre Serviette zu Boden warf. Dann rauschten sie davon, nicht ahnend, was sie hinterließen. »Nach diesem Vorfall nur noch Frühstück«, zischelte Mr. Simoni, während er vor den mittlerweile verstummten Gästen an den anderen Tischen dienerte und Kratzfüße machte. »Ob Ihnen das passt oder nicht.« Unter der weggeworfenen Serviette lag ein Brief, der angefangen und dann abgebrochen worden war, mit einer Einkaufsliste, deren einzelne Posten mit Bleistift auf dem verbliebenen Platz geschrieben waren. *Sehr geehrte Damen und Herren, ein elektrisches Heizgerät, das ich bei Ihnen gekauft habe, ist defekt* war mit einer gezackten Linie durchgestrichen; am oberen Seitenrand stand in der gleichen Handschrift ein Datum und eine in blauen Reliefbuchstaben eingeprägte Adresse.

Arthurs griff in eine Brusttasche und holte ebenjenes Blatt Papier heraus, nunmehr auf ein Viertel seiner Größe zusammengefaltet. Es war an den Rändern ausgefranst, mit Eselsohren und Schmutzflecken, eine der Falten ging schon fast ab, und er öffnete es nicht, aus Angst, es noch mehr zu beschädigen: Ihm genügte es, das Papier einen Augenblick zwischen Daumen und Zeigefinger zu halten, um zu wissen, was es für ihn bedeutete, er trug es immer bei sich. Vor einem Jahr war er in ein Kall-Kwik gegangen und hatte es zweimal fotografieren lassen, weil er befürchtete, das Original könnte ihm eines Tages irgendwie abhanden kommen: Er misstraute seit jeher der Zukunft und allem, was sie mit sich bringen könnte. Er kannte die Adresse auswendig, noch im Schlaf, in seinen Träumen; aber wer konnte schon wissen, was dem Gedächtnis widerfuhr? Wobei das jetzt natürlich nicht wichtig war.

Er steckte das gefaltete Papier zurück in die Tasche und stand auf. Um sieben war sie mit den Büros fertig, zehn nach war sie wieder unterwegs. Jetzt war es fünf vor sechs, er konnte also noch eine Weile sitzen bleiben und über sie nachdenken. Er hatte sie schon lange kommen und gehen sehen, bevor sie ihn in ihre Wohnung einlud. Oft waren sie sich auf der Treppe begegnet, weil er einen Stock über ihr zwei Zimmer bewohnte, die wegen ihres schlechten Zustands billiger waren als die anderen. Er hatte nicht gewusst, dass sie Witwe war und sie für ledig gehalten, seit sie vor ungefähr einem Jahr eingezogen war. Ihr Mann war Fahrkartenkontrolleur in der U-Bahn gewesen.

Er ließ sein Bier stehen und schob das Glas beiseite, damit er es nicht mit dem Ärmel erwischte, wenn er den Mantel anzog. Langsam knöpfte er den Mantel zu – er war schwarz wie seine Hose –, dann durchquerte er den Barraum und trat hinaus in die Abenddämmerung. Eigentlich sollte er das gefaltete Papier nicht länger aufbewahren, aber ihm war klar, dass er es nicht wegwerfen konnte. Die Einkaufsliste, auch das wollte er ihr sagen, wäre immer ein Andenken.

Die Begegnung mit ihrem Ex-Mann hatte Cheryl nicht besonders erschüttert, dazu war sie zu sehr an seine plötzlichen Auftritte gewöhnt. Während sie Papierkörbe leerte und Plastikbecher aufsammelte, die lange Schnur an ihrem Staubsauger entrollte und mit den Böden begann, machte sie sich wieder Vorwürfe. Dämlich war sie gewesen. Auch einsam, nahm sie an; weil ihr fehlte, was der Tod ihr genommen, hatte sie den Mann in einem anderen Licht gesehen; es war ihr leicht gefallen, ja zu sagen. Daph war beim Standesamt Trauzeugin gewesen, zusammen mit einem Mann, den sie von der Straße holten. Hinterher saßen sie mit Daph im Queen's Regiment in der hinteren Bar, und als später ein paar Leute aus dem Haus dazustießen, gingen sie in einer Gruppe zu Bruce's Platter über dem Prudential Office. Die anderen nannten sie ständig

Mrs. Arthurs und machten sich einen Spaß daraus, als der Wein Wirkung zeigte, aber er war die ganze Zeit sehr still, bis sie hörte, wie er Daph von der Beschwerde beim Mittagessen erzählte und wie Daph – die kein Blatt vor den Mund nahm, wenn sie zu viel getrunken hatte – alle paar Minuten sagte, solche Leute verdienten es nicht zu leben. »Hast du gehört, was deine Freundin gesagt hat?«, fragte er sie hinterher.

Damals fand sie es ziemlich sonderbar, dass er den Vorfall einer Fremden gegenüber erwähnte, dass jenes schreckliche Mittagessen so lange in ihm bohrte, die Wunde der Demütigung so langsam heilte. Sie hatte ihn gedrängt, im Mastyn's Hotel zu kündigen und sich eine Stelle in einem Restaurant oder einem anderen Hotel zu suchen, aber er wollte nicht, aus welchem Grund auch immer, und hielt stoisch daran fest, dass er sein Leben von jetzt an eben als bescheidener Frühstückskellner fristen würde. Sie verstand ihn nicht, aber sie glaubte, wenn man in einer Ehe die Bürde des anderen mittrug, wären eines Tages alle rundum geheilt.

Doch am Abend ihrer zweiten Hochzeit erwies sich die Bürde, die sie auf sich geladen hatte, mit einem Mal als etwas komplizierter. Nach ihrer Rückkehr von der Feier im Queen's Regiment und Bruce's Platter wollte der Mann, mit dem sie einen halben Tag verheiratet war, nicht ins Bett gehen. Er sagte, es lohne sich kaum noch, da er kurz nach fünf aufstehen müsste. Aber es war noch nicht einmal elf, als er das sagte.

Cheryl, die immer noch Büroböden staubsaugte, erinnerte sich an den unaufgeregten Tonfall seiner Stimme, als er ihr diese Erklärung bot, an die Sachlichkeit, die ihr ziemlich unvermittelt einen kalten Schauer über den Rücken jagte. Sie erinnerte sich, wie sie die einzige Röhre des Heizkörpers eingeschaltet hatte, den sie aus dem Zimmer mitgebracht hatte, in dem sie nicht mehr wohnte. Sie erinnerte sich, wie sie wach gelegen und sich gefragt hatte, ob ihn die Dunkelheit im Schlafzimmer zu ihr treiben würde, ob er so ein Typ von Mann war, auch wenn sie noch nie gehört hatte, dass es solche Männer gab. Aber es tat sich nichts, bis auf ihre Gedanken und die klare Erkenntnis, dass sie einen Fehler gemacht hatte.

Während sie den Staubsauger in Ecken und unter Schreibtische schob, ging ihr dies alles wieder durch den Kopf, wie so oft, wenn ihr Ex-Mann ein weiteres Mal versuchte, in ihr Leben zu treten. In der Zeit, als sie einander kennen lernten, hatte sie ihn als verletzlichen Menschen empfunden. Sie hatte ihm von ihrer Kindheit erzählt, von ihrer Ehe und dem Schock, Witwe zu sein; er hatte ihr von der Missbilligung erzählt, der er sich schon immer ausgesetzt fühlte, und die in der Beschwerde beim Mittagessen, die ihm so schwer zusetzte, ihren Höhepunkt gefunden hatte. Kleine Verweise, Schmach und Tadel in den verschiedensten Formen trafen ihn, da war sie sicher, mehr als eigentlich beabsichtigt; das war ihr schnell klar geworden, als er ihr immer neue Facetten seines aufgestauten Schmerzes anvertraute. Allerdings hatte sie auch geglaubt, der Schmerz würde nachlassen, denn wenn sie bei ihm war, sah es so aus. Aber noch ehe sie ihre Sachen packte und ging, sagte Daph: »Dein Kerl hat 'ne Klatsche.«

Cheryl schaltete den Staubsauger aus und wickelte die Schnur wieder auf. Sie stellte die Stühle, die sie aus dem Weg hatte räumen müssen, ordentlich an ihren Platz zurück, machte die Büros nacheinander fertig und schloss von jedem die Tür hinter sich. Dann nahm sie Mantel und

Schal von der Garderobe im Gang und schleppte den schwarzen Plastiksack mit dem eingesammelten Müll nach unten. Sie stellte die Alarmanlage wieder ein, ließ die Tür hinter sich ins Schloss fallen und ging langsam davon.

»Sie haben Mr. Simoni ignoriert«, sagte er in die leere Dunkelheit. »Mr. Simoni wollte ihnen die Hand geben, aber die Mühe hätte er sich sparen können.«

Sie sah ihn ausdruckslos an. Kein Flackern, dass sie Mann und Frau waren, als hätte sie es vergessen. Sie hatte ihm alles bedeutet, das hätte sie an seinem Verhalten ihr gegenüber spüren können. Bei ihrem zweiten Spaziergang hatte sie ihm eine Hand auf den Arm gelegt. An einem Sonntag war das gewesen, einem kalten Nachmittag, rotblaue Handschuhe hatte sie getragen. Nur ein leichter Druck ihrer Finger, kaum spürbar, nicht aufdringlich, aber er hatte ihr Verständnis gespürt. Ein Kellner konnte sein Gegenüber durchschauen, hatte er ihr ein andermal erklärt. Sie hätte keine Ahnung, nicht die geringste, wie verletzend die Höhe eines Trinkgeldes war, das jemand neben dem Teller liegen ließ. Wobei ein Frühstückskellner überhaupt nichts bekam.

»Ich will hier nicht stehen und dir zuhören«, sagte sie, und dann, er solle sich Hilfe suchen und sie endlich in Ruhe lassen.

»Ich habe mich einfach nur gefragt, ob ich dir schon mal erzählt habe, dass Mr. Simoni seine Hand angeboten hat.«

»Bitte lass mich in Ruhe«, sagte sie und ging weiter.

Jeder Appell an ihn war eine Wiederholung, schal geworden, bevor sie ihn aussprach, und wenn sie es dann tat, klang es müde. Nach ihrem Umzug in ein anderes Viertel war ihr Kontakt zu Daph eingeschlafen, aber sie hatte ihrer Freundin versprechen müssen, zur Polizei zu gehen, wenn sie sich vor ihm fürchtete.

»Man sah ihr gleich an, dass sie eine von den Frauen war, die sich beschweren«, sagte er. Er habe ihr den Kaffee serviert, damit sie ihn einschenken konnte, und als er sich entfernte, rief sie ihm nach, er sei kalt. Einen Kellner mit schmutzigen Manschetten, das hätte sie in diesem Speiseraum nicht erwartet, sagte sie, als Mr. Simoni kam.

Cheryl versuchte zu übersehen, wie er nach seiner Brieftasche suchte. Das fand sie immer am schlimmsten, wenn er das dreckige Papier aus der Brieftasche holte, vorsichtig auseinander faltete und ihr die zerfledderten Ränder und die blauen Buchstaben der Adresse hinhielt wie ein Geschenk. *Sehr geehrte Damen und Herren, ein elektrisches Heizgerät, das ich bei Ihnen gekauft habe, ist defekt* … In der Dunkelheit konnte sie nichts sehen, aber sie wusste, das stand da, genau wie einst die Einkaufsliste, deren mit Bleistift geschriebene Posten irgendwann gänzlich verschwunden waren.

»Bitte lass mich in Ruhe«, sagte sie.

Er ging mit ihr und sagte, das Café neben dem Waschsalon sei durchgehend geöffnet, die Leute warteten dort, bis ihre Wäsche fertig war. »Ruhig«, sagte er. »Da ist es immer ruhig, in dem Café.«

An den Bewegungen neben ihr merkte sie, dass er das Papier wieder zusammenfaltete und ins rechte Fach seiner Brieftasche zurücksteckte. Seine Brieftasche war klein und schwarz, die Plastikschicht stellenweise abgewetzt.

»Es liegt doch fast auf deinem Weg«, sagte er.

Außer ihnen war niemand auf der Straße, schon seit sie ihn hinter sich hatte sagen hören, dass die Leute, die sich beschwert hatten, Mr. Simonis versöhnlich ausgestreckte Hand ignoriert hatten. Immer sprach er sie von hinten an, seine Schritte auf der Straße waren lautlos.

»Ich dachte mir schon, dass wir uns heute über den Weg laufen«, sagte er. »Bestimmt will sie wissen, was heute Morgen war, dachte ich.«

Er schlug einen Tee vor, worauf sie erwiderte, um diese Tageszeit möge sie keinen Tee. Und dann fiel ihr ein, dass sie in einem Café laut werden und darauf aufmerksam machen konnte, wie er sie belästigte. Aber sie verspürte keine Lust, mit ihm in ein Café zu gehen. Als sie Sachen fand, die er gestohlen hatte, sagte er nichts, schüttelte nicht mal den Kopf. Auch als sie ihre Habseligkeiten packte, schwieg er, als hätte er nichts Besseres verdient und sich die Erniedrigung selbst zuzuschreiben.

»Heute Vormittag, gleich nach der Arbeit im Hotel, bin ich rausgefahren«, sagte er.

Er erzählte ihr von den Frühstücksgästen im Hotel, ein flauer Vormittag, weil Montag war. Er erinnerte sich noch an die Bestellungen, das konnte er hinterher immer, auch wenn viel Betrieb war, er nannte das die Gabe eines Kellners. Er erzählte ihr von der Busfahrt durch Shepherd's Bush und Hammersmith, von den grünen Bäumen und Wiesen hinter Castelnau. Jemand wollte beim Red Rover aussteigen, und der Fahrer rief zurück, den gebe es schon seit Jahren nicht mehr. An der Upper Richmond Road war ein Verkehrsstau, und er stieg aus, um ein Stück zu Fuß zu gehen. Er sei schon vorher dort gewesen, sagte er: Priory Lane, dann beim Briefkasten links. Er hätte sich schon einige Male umgesehen, sagte er.

Als sie um eine Ecke bogen, war das erleuchtete Fenster des Waschsalons zu sehen. Im selben Moment erinnerte sie sich an das Café, von dem er sprach, ein Stück weiter unten, mit einem 7-Up-Schild im Fenster.

»Ich muss noch was waschen«, sagte er.

Sie begleitete ihn nicht in den Waschsalon. Während er dort war, hätte sie schnell am Café vorbei und zur Bushaltestelle gehen können. Sie hätte irgendeinen Bus nehmen können, auch einen, der in die falsche Richtung fuhr. Aber in dem Café, wo ein älterer Mann und zwei einzelne Frauen die einzigen Gäste waren, holte sie eine Kanne Tee mit zwei Glastassen und -untertassen von der Theke, dann ging sie noch einmal zurück, um Milch zu holen.

Sie wartete, starrte ausdruckslos in ihren Tee, trank einen kleinen Schluck, schmeckte nichts. Ihr Kopf war leer. Sie kam sich nicht vor wie in einem Café, fühlte sich nur allein, sie hätte überall sein können. Dann setzte ihr Denken wieder ein. Sie hatte sich zu ihm hingezogen gefühlt, diese Erinnerung hallte nach, eine andere Erklärung gab es kaum.

Sie sah, wie er hereinkam und die Tür sich langsam hinter ihm schloss. Er blickte sich um und wusste, dass sie auf ihn wartete, wusste, dass sie nicht verschwunden war.

Auf dem Tisch breitete er die Sachen aus, die er aus der Tasche geholt hatte, bevor er die Jacke in die Waschmaschine steckte: Schlüssel, seine Brieftasche, einen Kugelschreiber. Eigentlich hatte er damit gerechnet, sie würde ihn fragen, wo seine Jacke war, warum er sie nicht anhatte, aber sie fragte nicht. Er rührte den Tee um, den sie ihm eingeschenkt hatte. Er fand es nicht schlimm, dass sie nicht fragte; sein Mantel stand offen, sie konnte sehen, dass die Jacke nicht da war.

»Vor drei Stunden hat er sie gefunden«, sagte er. »Um Viertel nach sieben kommt er abends immer zurück.«

Cheryl fixierte einen Brandfleck auf dem Tisch, während er ihr alles erzählte: Er hatte geklingelt, und die Frau hatte ihn nicht erkannt, als sie die Tür öffnete. Er gab vor, einen Zähler ablesen zu wollen, sagte aber nicht, welchen. Der Gasmann sei doch erst da gewesen, vor einer knappen Woche, hatte die Frau gesagt, worauf er sich bei ihr entschuldigte, dass sein Namensschild nicht zu sehen war. Er zog seinen Mantel beiseite, um die Dienstmarke der Elektrizitätswerke am linken Revers zu zeigen. Die Frau hatte die Tür nicht zugemacht, als er in den Flur getreten war. Gute zehn Minuten stand sie offen, ehe er die Hände frei hatte, um sie zu schließen.

»Ich bedaure, dass ich so leichtsinnig war«, sagte er. Alles andere bedauere er nicht, fügte er hinzu. Er habe dagestanden und nicht bedauert, dass er sich daran erinnerte, wie die Frau gesagt hatte, seine Manschetten seien schmutzig und der Kaffee kalt. Er habe dagestanden und ihre Stimme gehört, dann klingelte das Telefon auf einem Tischchen neben der Flurgarderobe. Als es aufhörte, ging er sich die Hände in der unteren Toilette waschen, wo Mäntel, eine Mütze und die Hüte des Mannes an Haken hingen. Im Flur wischte er die Klinke mit einem Papiertuch ab, ehe er die Tür öffnete, und hinterher warf er das zerknüllte Tuch in einen Papierkorb an einem Laternenpfahl.

Cheryl sagte nichts, wie immer. Sie sah zu, wie der Mantel zugeknöpft wurde, nachdem sie wahrgenommen hatte, dass er keine Jacke trug. Ein Blutspritzer aus dem Mund der Frau sei auf dem Ärmel gelandet, sagte er, was mit dem bloßen Auge leicht zu übersehen, unter einem Mikroskop aber durchaus erkennbar war.

Einmal hatte er ihr einen blauen Fleck gezeigt, den er sich an einem Finger zugezogen hatte, als er sein Verbrechen beging, ein andermal das Papiertuch, mit dem er die Türklinke abgewischt und es dann den ganzen Tag in seiner Tasche vergessen hatte. Einmal behauptete er, die zweite Post sei gekommen, während er dort war, hauptsächlich braune Umschläge, die durch den Briefkasten rutschten. Während die Frau auf dem Boden lag, hörte er, wie der Briefträger pfeifend fortging.

»Ich bin nicht mit dem Bus gefahren«, sagte er. »In einem Bus sitzen, das wollte ich nicht. Hinterher aß ich Leber mit Erbsen.«

Beim letzten Mal war es eine Packung Chips gewesen, dann wieder ein Chickenburger. Cheryl hörte still zu, während seine Stimme weitersprach, während er ihr erklärte, dass sie seit jenem Morgen seine einzige Freundin war, seit er sich die Hände gewaschen hatte, bei den Mänteln des Mannes, die auf Kleiderbügeln hingen, und der parfümierten Seife in einer eigenen kleinen Porzellanschale. Draußen war eine Katze aufs Fensterbrett gesprungen und fing an zu miauen, als wüsste sie, was passiert war. Er hatte überlegt, ob er die Hintertür aufmachen sollte, um sie hereinzulassen, damit sie, wenn der Mann zurückkam, im Flur wäre und ihre blutigen Pfotenspuren überall im Haus verteilt.

Daph gegenüber hatte sie nie erwähnt, dass sie keine Angst empfand, wenn sie bei ihm war, ja nicht einmal Unruhe. Sie hatte auch nie erwähnt, dass hinter den Geschichten über das nicht begangene Verbrechen eine gewisse Gerissenheit steckte, auch wenn es nicht so aussah, weil er so wenig von ihr verlangte. Sie hatte nie gesagt, dass es ihrem Wesen entsprach, sich zu den Spaziergängen mit ihm hinreißen zu lassen und seine zurückhaltende Umarmung anzunehmen, dass ihr Mitgefühl seine Nahrung war. Mit

Daph hatte sie nie über ihn reden wollen. Und die Warkelys wussten nicht einmal, dass er existierte.

Er hob die Glastasse an die Lippen. Sie schwieg immer noch. Sie musste auch nichts sagen, nur ein wenig länger bleiben, das Schweigen gehörte dazu, wenn sie mit ihm zusammen war. Als sie aufstand und sich entfernte, ging er nicht hinter ihr her.

Er würde seinen Tee austrinken und sich noch eine Tasse einschenken, das stellte sie sich vor, als sie wieder auf der Straße war. Im Waschsalon würde er die Tür der Maschine öffnen und seine triefnasse Jacke aus der Trommel holen. Er würde die Ärmel ausbreiten und den Stoff wieder in Form ziehen, bevor er sich auf den Weg zu der Wohnung machte, in der sie so kurz miteinander gelebt hatten. Heute Abend würde ihm das grelle Neonlicht, unter dem sie gerade ging, nichts ausmachen. Und auch nicht die Autos, die auf der Suche nach dem, was die Nacht zu bieten hatte, langsam dahinfuhren. Und auch nicht die Stimmen der Paare, die eng umschlungen an ihm vorbeigingen. Heute Abend schenkten ihre Tränen ihm Frieden.

Die Musik des Tanzlehrers

Brigids Bereich waren die Spülräume, dort fing man an, wenn man ein Mädchen war, wenn nicht, im Besteckraum oder in der Stiefelkammer. Brigid fing mit vierzehn an, und sie war noch vierzehn, als sie von dem Tanzlehrer hörte. Mr. Crome erwähnte ihn zuerst, sein langsamer, schwermütiger Bericht drang aus der Küche durch die offene Tür des Spülraums. Lily Geoghegan sagte, sobald Mr. Crome den Mund aufmache, halte er einen Vortrag.

»Wir dürfen annehmen, dass es sich um einen Italiener handelt. Aus der italienischen Stadt Neapel. Ein reisender Musiker.«

»Also wirklich, so was«, warf Mrs. O'Brien ein, und Brigid merkte gleich, dass sie mit etwas anderem beschäftigt war.

Die Spülräume waren niedrig, Kochtöpfe und Kessel hingen an Haken, und die nicht oft benutzten Schüsseln, Teller und Marmeladenschälchen standen gedrängt auf dem langen Regalbrett, das sich vom einen Spülraum in den zweiten zog, obwohl ein Türrahmen dazwischen war. Die dazugehörige Tür hatte man vor Jahren aus den Angeln gehoben, weil sie störte, aber die Angeln, mittlerweile zu fest, um sich noch bewegen zu lassen, waren noch da. Vier Schieferbecken, flankiert von breiten Abtropfflächen, erstreckten sich unterhalb der von außen vergitterten Fenster, und wenn die Scheiben nicht beschlagen waren, sah

Brigid die Hofschuppen und die Pumpe. Hin und wieder goss einer der Gärtnerjungen eimerweise Wasser auf die Pflastersteine und schrubbte sie sauber.

»O ja«, fuhr Mr. Crome fort. »Doch, wirklich. Eine legendäre Stadt.«

»Bringt er ihnen italienische Schritte bei, Mr. Crome?«

»Wir müssen annehmen, dass die Schritte österreichischen Ursprungs sind. Wien, wie mir zu Ohren kam. Auch dies eine berühmte Stadt.«

Dann begann Mr. Cromes Vortrag über die Geschichte des Walzerschritts, und Brigid hörte nicht mehr zu. Am Geräusch der Luftklappen, die reguliert wurden, und der sich öffnenden und schließenden Herdtür erkannte sie, dass Mrs. O'Brien auch nicht zuhörte.

Niemand hörte richtig zu, wenn Mr. Crome ins Schwadronieren kam. Nur wenn er böse war und sich beschwerte, dass Staub zwischen den Geländerstreben lag oder auf dem Wasser in den Karaffen ein schaler Schleier schwamm, dann hörte man zu, egal, wer man war.

Jeden Morgen, in aller Frühe, ging Brigid zu Fuß von Glenmore über Skenakilla Hill zum Skenakilla House. An der Hintertür wartete sie, bis John oder Thomas ihr öffneten. Wenn Mr. Crome sie behielt, wenn sie zufrieden stellend und gewissenhaft arbeitete, wenn sie sich für die Aufgaben in der Spülküche als geeignet erwies, würde man sie einquartieren. Das hatte Mr. Crome gesagt und dabei genau diese Worte benutzt. Sie war froh, dass sie nicht gleich in dem fremden Haus wohnen musste.

Brigid war groß für ihr Alter, Mr. Crome staunte, als sie es ihm nannte. Sie war die älteste von fünf Geschwistern, blond und sommersprossig, ein Mädchen vom Land, das jenseits des Hügels wohnte. »Rein äußerlich macht sie nicht viel her«, vertraute Mr. Crome dem Personal in der Küche an, nachdem sie sich bei ihm vorgestellt hatte. An ihre Mutter erinnere er sich gut, denn auch sie hatte früher in den Spülräumen gearbeitet, dann aber leider Ranahan geheiratet, statt beruflich voranzukommen, und jetzt war sie – so erzählte Mr. Crome es Mrs. O'Brien – durch Armut und Schwangerschaften ausgezehrt. Ranahan war nie nüchtern.

Am Anfang war Brigid schüchtern. Die anderen warfen einen Blick in die Spülräume, wenn sie vorbeigingen, oder sahen nach ihr, wenn sie es nicht eilig hatten. Wenn die Bediensteten mit ihr sprachen, spürte sie, wie ihr die Röte ins Gesicht stieg, und je bewusster sie sich dessen war, desto schlimmer wurde es, was sie verwirrte und manchmal Dinge sagen ließ, die sie gar nicht sagen wollte. Doch nach einigen Wochen fiel ihr alles leichter, und als der Tanzlehrer ins Haus kam, empfand sie selbst die Tischzeit nicht mehr so sehr als Tortur wie am Anfang.

»Wo liegt Neapel, Mr. Crome?«, fragte Thomas an dem Tag, als Mr. Crome zum ersten Mal über Italien sprach, im Speiseraum der Bediensteten. »Wo genau liegt das auf der Landkarte, Mr. Crome?«

Er wollte Mr. Crome hereinlegen. Brigid sah, dass Annie-Kate zur Seite blickte, falls sie kichern musste, und John stupste Lily Geoghegan mit der Spitze seines Ellbogens am Arm an. Die alte Mary nickte und lächelte beim Kauen, war taub für alles, was gesagt wurde, aber die Spuren einstiger Schönheit leuchteten noch in ihren Zügen; sie saß am anderen Ende des langen Tisches, über den Mr. Crome wachte. Neben ihm sorgte Mrs. O'Brien dafür, dass immer Kartoffelbrei auf seinem Teller lag, extra püriert, denn Mr. Crome aß Kartoffeln nur in dieser Form. Die

Witwe Kinawe, die montags und donnerstags die Wäsche machte und manchmal auf der Allee hinterm Haus war, wenn Brigid morgens kam, saß neben ihr am Tisch, auf der anderen Seite Jerety aus dem Garten und neben ihm die Gartenjungen.

»Neapel liegt an den Gestaden des Meeres«, sagte Mr. Crome.

»Ich meine, ich hätte was von einem Fluss gehört, Mr. Crome. Liegt es nicht eher an den Gestaden eines Flusses?«

»Wahrscheinlich hast du von dem Fluss Donau gehört, mein Junge. Die Donau liegt ganz woanders.« Und Mr. Crome zeichnete den Verlauf jenes großen Flusses nach und nahm sich dabei die eine oder andere Freiheit. Ein Walzer sei nach dem Fluss benannt, deshalb hätte Thomas wohl davon gehört.

»Also, das übertrifft wirklich alles!«, sagte Mrs. O'Brien.

Mrs. O'Brien sagte das oft. Im Speiseraum neben der Küche drehten sich die Gespräche gewöhnlich um Ereignisse im Haus, um Ankünfte und Abreisen, um eingetroffene Nachrichten, um Ankündigungen, Erwartungen; dabei wurde Mrs. O'Briens Ausdruck des Staunens oft strapaziert. John und Thomas oder die zwei Zimmermädchen oder Mr. Crome persönlich berichteten regelmäßig von den Machenschaften, die sie in den oberen Räumen nach einem Gespräch im Salon oder einer Unterhaltung im Esszimmer oder sonst wo heraushörten. »Machenschaften« war Mrs. O'Briens Wort, es stand für den Anteil der Dienerschaft am Hausklatsch.

Es war Winter, als Brigid in den Spülräumen begann und der Tanzlehrer ins Haus kam. Jeden Abend ging sie im Dunkeln über den Hügel zurück, aber nach den ersten paar Malen kannte sie den Weg gut und hielt sich an den steinigen Pfad, dankbar, wenn der Mond schien. Alle vier Wochen trug sie den geringen Lohn bei sich, den Mr. Crome ihr zahlte, mit mehr durfte sie erst rechnen, wenn sie ausgebildet war. Bei Regen schützte sie sich, so gut sie konnte, und trocknete ihre nassen Sachen am Kamin, sobald sie nach Hause kam, das Feuer hatte man für diesen Zweck extra unterhalten. Wenn es morgens regnete, spürte sie den ganzen Tag die Feuchtigkeit am Leib.

Was Brigid über Skenakilla House wusste, kam von den Bediensteten. Sie hörte von Mr. Everard, dem Master, und Mrs. Everard und der Familie, von Miss Turpin und Miss Roche, von den prächtigen Möbeln und Räumen. Brigid konnte sie sich vorstellen, hatte sie aber noch nie gesehen. Was sie über Skenakilla Hill mit nach Hause nahm, waren Beschreibungen der Dienerschaft, mit der sie gemeinsam am Abendbrottisch saß: der langgesichtige Thomas, der korpulente John, die alte Mary, die immer Gespräche anfing, auf die niemand einging, Lily Geoghegan und Annie-Kate, die in ihr Essen kicherten, die Schwermut von Mr. Crome, Mrs. O'Brien, die immer nervös war und rot wurde, wenn sie zu tun hatte. Sie erzählte von den Enttäuschungen, die das einsame Leben der Witwe Kinawe kennzeichneten, von Jerety, der stumm am Tisch saß, und seinen ebenfalls stillen Gartenjungen.

»Ach, der ist ganz klein. Und dünn wie eine Messerklinge«, lautete das Gerücht, das Brigid nach der Ankunft des Tanzlehrers mit über den Hügel nahm. »Schwarzes Haar, wie bei Italienern üblich. Und es glänzt.«

Er spiele Klavier und lehre gleichzeitig die Schritte, sagte Mr. Crome und erinnerte sich an einen anderen Tanzlehrer, einen Mann aus der Gegend, der sich eine Frau zum Klavierspielen und einen Geiger als Begleitung mitgebracht hatte. Buckley hieß der Mann, der jeden Morgen in einem kleinen Wagen mit seinem Gefolge vorfuhr.

»Trotz alledem glaube ich kaum, dass er sich mit dem Stil des Italieners messen könnte«, sagte Mr. Crome. »Buckley fehlte es an Haltung.«

Einmal hörte Brigid die Musik, ein Klimpern der Klaviertasten, das nur so lange dauerte, wie die mit grünem Tuch bespannte Tür am Ende des Küchendurchgangs offen stand. John hielt sie mit der Schulter weit auf, während er mit einem Tablett voller Tassen und Untertassen durchging. Annie-Kate zeigte Brigid gerade, wie man die Öllampen im Durchgang auffüllte, eine Aufgabe, die ihr bald zufallen sollte, wenn Mr. Crome ihre Arbeit zufrieden stellend fand. Bis zu diesem Morgen war sie noch nie im Durchgang gewesen, da sich die Spülräume auf der anderen Seite des Küchenflügels befanden. »Immer die gleiche alte Melodie«, sagte Annie-Kate. »Nie spielt er etwas Neues.« Aber Brigid hätte gern noch länger gelauscht und war enttäuscht, als sich die Tür schloss und damit die Musik verstummte. Es war das erste Mal, dass sie ein Klavier spielen hörte.

Drei Tage später sagte Mr. Crome beim Essen:

»Der Italiener ist fertig mit ihnen. Am Freitag packt er seinen Pferdewagen und fährt weiter nach Skibbereen.«

»Können sie jetzt die Schritte, Mr. Crome?«, fragte Annie-Kate in der kecken Art, die sie manchmal am Essenstisch an den Tag legte, wenn sie sich vergaß. Einmal hörte Brigid, wie Mrs. O'Brien sie frech nannte und Annie-Kate in der Küche ausschimpfte, und hinterher kam Annie-Kate mit rotem Gesicht und tränenüberströmt in die Spülräume und tupfte sich mit der Schürze das Gesicht ab, ohne sich, wie sie es bei den anderen getan hätte, darum zu scheren, dass Brigid sie sah.

»Das geht uns nichts an«, tadelte Mrs. O'Brien, aber Mr. Crome dachte über die Frage nach. Man könne gewiss davon ausgehen, sagte er schließlich, dass der Tanzlehrer erst gehen werde, wenn der Zweck seines Besuches erfüllt war. Dann fiel er John ins Wort, der etwas zu dem Thema sagen wollte, um hinzuzufügen:

»Aber eigentlich wollte ich auf etwas völlig anderes hinaus: Am Donnerstagabend soll er für uns spielen.«

»Wie meinen Sie das, Mr. Crome?« Die Nachricht verdutzte Mrs. O'Brien, und Brigid erinnerte sich, wie Lily Geoghegan einmal Annie-Kate zugeflüstert hatte, dass Mrs. O'Brien sich ärgerte, wenn Mr. Crome ihr wichtige Neuigkeiten nicht schon vorher im Vertrauen mitteilte.

»Ich will Ihnen sagen, wie ich das meine, Mrs. O'Brien. Wir werden uns alle ausnahmslos nach oben begeben, John und Thomas werden die Stühle, auf denen wir im Augenblick sitzen, in den Salon hochtragen und sie nach meinen Anweisungen aufstellen. Und dann wird man das Konzert für uns geben.«

»Und warum, Mr. Crome?«, fragte Annie-Kate.

»So ist es vereinbart worden, Annie. Zu diesem Auftritt sind wir am Donnerstagabend eingeladen.«

»Wir sitzen doch nie mit dem Master und Mrs. Everard zusammen. Und mit den Mädchen und Miss Turpin und Miss Roche. Sie nehmen uns auf den Arm, Mr. Crome!« Annie-Kate und Lily Geoghegan lachten, und John und Thomas fielen in das Lachen mit ein. Ebenso die alte Mary.

Doch Mr. Crome hatte in seinem Leben noch nie jemand auf den Arm genommen. Für den Auftritt des Tanzlehrers werde die Familie den Salon räumen, erklärte er. Die Familie werde sich das Konzert schon vorher anhören, am späten Nachmittag. Dass man den Tanzlehrer ein zweites Mal auftreten ließ, war ein Zeichen der Dankbarkeit für seine Bemühungen.

»Müssen wir uns anhören, was er sonst immer in die Tasten hämmert?«, fragte Annie-Kate. »Die Walzerschritte, meine ich, Mr. Crome?«

Mr. Crome schüttelte den Kopf. Von Miss Turpin wisse er, dass die vom Tanzlehrer ausgewählten Stücke völlig andere seien. Die Musik war dafür geeignet, sein Können am Klavier zu zeigen; sie war nicht von ihm komponiert, aber er kannte dennoch jede Note auswendig und musste nichts vom Blatt spielen.

»Also wirklich, so was«, staunte Mrs. O'Brien, nunmehr besänftigt, weil Mr. Crome seine Erklärung direkt an sie gerichtet hatte, ungeachtet dessen, von wem die Fragen kamen.

An jenem Donnerstagabend sah Brigid zwar weder den Master noch Mrs. Everard oder die Mädchen oder Miss Turpin oder Miss Roche, aber sie sah den Salon. Sie setzte sich am Ende einer Reihe neben die Witwe Kinawe auf einen der Stühle mit den runden Sitzflächen, die nach Mr. Cromes Anweisungen aufgestellt worden waren, und blickte sich um. An beiden Enden des langen schattenhaften Raums loderte ein Feuer, und an den scharlachroten Tapeten hingen goldgerahmte Porträts, fünf an einer, vier an einer anderen Wand. Auf dem Kaminsims und auf Tischen standen Lampen, in einer Ecke eine Marmorfigur, die Stühle und das Sofa, auf dem sonst die Familie saß, allesamt leer. Den Ehrenplatz nahm ein Flügel ein.

Brigid hatte noch nie ein Porträt gesehen. Sie hatte noch nie solche Möbel gesehen oder zwei Feuer in einem Zimmer. Und noch nie ein Klavier, weder einen Flügel noch ein anderes. Auf den breiten Dielenbrettern lagen Teppiche, und die Witwe Kinawe lenkte ihre Aufmerksamkeit auf die Decke, die mit stilisierten Blättern und Blumen überzogen war, ganz in Weiß.

Den Tanzlehrer, klein und dünn wie eine Messerklinge, genau wie sie ihn sich vorgestellt hatte, umwehte beim Eintreten ein schwacher Ölduft, leicht zitronig, aber mit einem Hauch von Süße. Er kam in den Salon, schloss die Tür hinter sich und ging schnell zum Klavier, ohne nach rechts oder links zu blicken. Er sagte nichts, setzte sich sogleich hin, schlug die Hände zusammen, spreizte die Finger und bewegte sie, ehe er begann. Und die ganze Zeit, während er spielte, hing der zarte Ölduft in der warmen Luft des Salons.

Bei der Totenwache von Brigids Großmutter war ein Fiedler da gewesen, ein alter Mann, der unter der Kälte litt, weswegen er sich nah ans Feuer setzte, bevor er ein bekanntes Trauerlied spielte und dann noch eins und noch eins. Es folgte die Totenklage, und hinterher ging die unmelodische Musik weiter, der Fiedler kauerte über der Glut des Torffeuers, während Brigids Großmutter, die Hände auf dem Totenkleid gefaltet, im Nebenzimmer lag. Doch im flackernden Lampenlicht und lodernden Feuerschein klang die Musik des Tanzlehrers in jeder Hinsicht anders als die des Fiedlers. Sie hüpfte und perlte, wurde leiser, ruhig, langsam. Sie tanzte über die scharlachroten Wände und den Blick der Porträtierten. Sie verweilte auf den leeren Stühlen, auf Vasen und Zierstücken. Sie schwebte zu der mit weißen Blumen überzogenen Decke. Brigid schloss die Augen, und die Musik des Tanzlehrers stahl sich in ihre Dunkelheit, die Melodien verloren sich, kehrten wieder, klangen neu. Da war der Gesang einer Drossel, weit entfernter Donner, und der Bach, an dem sie am Skenakilla Hill vorbeiging, rauschte dahin, dann plätscherte er. Als die Musik verstummte, war die Stille anders, als hätte die Musik sie verändert.

Der Tanzlehrer stand auf und verbeugte sich vor der versammelten Dienerschaft, die sich ihrerseits vor ihm verbeugte, weil sie nicht wusste, was sie sonst tun sollte. Er verließ den Salon, wieder ohne etwas zu sagen, und die Stühle mit den runden Sitzen wurden dorthin zurückgetragen, wo sie herkamen. Brigid sah flüchtig, wie Lily Geoghegan und John sich küssten, als sie sich für den Heimweg über den Hügel bereit machte. »Also, da gehört schon was dazu«, lautete Mr. Cromes Urteil über den Auftritt des Tanzlehrers, aber Thomas sagte, er hätte sich auf ein paar Jigs gefreut, und Annie-Kate klagte, dass sie in den anderthalb Stunden auf dem harten Stuhl fast gestorben wäre. Die Witwe Kinawe sagte, es sei großartig, einen derartigen Raum von innen zu sehen, dreiundzwanzig Porzellanstücke habe sie gezählt. Die alte Mary hatte zwar keinen Ton gehört, behauptete aber dennoch, nie einen schöneren Abend verbracht zu haben. »Wer war der Mann eigentlich?«, fragte sie Mrs. O'Brien, die ihre Augen einoder zweimal geschlossen hatte, aber anders als Brigid.

An jenem Februarabend, auf dem steinigen Hügelpfad, lag Frost in der Luft, und der Himmel war von Sternen übersät, und Brigid kam es so vor, als wollten auch sie die Musik feiern, die Schönheit und das Gefühl in ihr. Die Melodien, an die sie sich zu erinnern versuchte, entglitten ihr, aber irgendwie fand sie es richtig, dass man sie nicht einfach zurückholen konnte. Das Perlende und die Langsamkeit und die Ruhe der Musik, die vom Bach kam, an dem sie gerade vorbeiging, waren nicht so schön wie die Musik im Salon, als sie die Augen geschlossen hatte. Doch als Brigid über Skenakilla Hill nach Hause ging, zehrte sie noch von dem, was gewesen war, und sie zehrte noch davon, als sie am Morgen aufwachte, und auch noch, als sie wieder in den Spülräumen arbeitete.

Beim Essen sagte Mr. Crome, der Tanzlehrer habe nach dem Frühstück das Haus verlassen. Ein letztes Mal sei er die Walzerschritte durchgegangen. Dann war er nach Skibbereen aufgebrochen.

In den folgenden Wochen und Monaten drehte sich das Gespräch nur einmal um den Tanzlehrer. Mrs. O'Brien fragte, wo ihn seine Reise wohl hingeführt habe, was Mr. Crome dazu veranlasste, seine Unterhaltungen mit Miss Turpin und Miss Roche heranzuziehen. Der Tanzlehrer sei in der Tat ein Wandervogel. Wahrscheinlich sei er gerade in England oder vielleicht in Frankreich; auch von Spanien und Indien sei die Rede gewesen. Nur eines könne er mit Gewissheit sagen, versicherte Mr. Crome der übrigen Dienerschaft: Der Staub von Skibbereen haftete längst nicht mehr an den Schuhen des Tanzlehrers. »Wer wollte ihm das schon verübeln?«, murmelte Thomas, der schwer auf einem Knorpel kaute, bis er ihn verstohlen aus dem Mund nahm.

Es war das letzte Mal im Speiseraum neben der Küche oder wo immer die Bediensteten sich sonst unterhielten, dass der Besuch des Tanzlehrers in Skenakilla House erwähnt wurde. Das Ereignis verschwand in den Schatten der Erinnerung, einigen blieb das Konzert im Salon als langweilig im Gedächtnis. Andere Vorfälle stießen auf größeres Interesse: Hitzewellen und Gewitter, Winternächte, in denen die Pumpe im Hof zufror, zwei der Kirschbäume brauchten Stützen.

Aber Brigid blieb der Musik treu und die Musik ihr. Der Tanzlehrer spreizte die Finger, während im Salon die beiden Feuer brannten und die Augen von den Wänden herabblickten. In den Spülräumen, wo sie nicht von einem Mann geliebt wurde wie Lily Geoghegan von John, steigerte sich die Musik zum Crescendo und wurde wieder ein Flüstern. Brigid nahm sie mit ins Schlafzimmer, das sie nach einiger Zeit mit Lily Geoghegan und Annie-Kate teilte. Sie nahm sie mit in den Garten, wo sie jeden Tag die Kräuter holen musste, die gerade benötigt wurden. Und wenn sie sonntagnachmittags zu Fuß über den einsamen Skenakilla Hill nach Glenmore ging, feierten die Sterne, die den Februarhimmel erhellt hatten, noch immer die Musik.

Als Brigid in ihrer Stellung vorankam, durfte sie das Haus und die Herrschaften kennen lernen, und wann immer sie in einem anderen Zimmer zu tun hatte und die Klänge des Klaviers hörte, blieb sie stehen. Sie hörte gern zu, aber nichts in der Musik berührte sie und blieb auch nur dunkel oder unbestimmt in ihr haften. Anfangs hoffte sie, das gleiche Klavier würde ihr eines Tages die Musik des Tanzlehrers zurückholen, doch am Ende war sie froh, dass die Musik von keinem anderen gespielt wurde.

Sie gehörte zu dem reisenden Tanzlehrer, und Brigid stellte sich große Häuser in England und Frankreich vor, sah sie deutlich vor sich wie die Bilder in einem Buch. Graue Elefanten gingen gemächlich durch die grelle Hitze Indiens, helle Paläste in Spanien hallten vom musikalischen Geschick des Tanzlehrers wider. Sie sah die Kirche in der Stadt des Tanzlehrers und Priester, die mit der Hostie warteten.

Es kam die Zeit, als Brigid keinen Grund mehr hatte, sonntagnachmittags nach Glenmore zu gehen, denn dort lebte niemand mehr, den sie besuchen konnte. Im selben Jahr gab Mr. Crome seine Stellung an einen neuen Mann ab; wenig später übernahm einer der Gartenjungen die Arbeit von Mr. Jerety. Die alte Mary war längst verstorben; eines Morgens wurde Mrs. O'Brien tot aufgefunden.

Später kam eine Zeit, in der das Vermögen der Familie schwand. Die Bäume wurden als Bauholz gefällt. Vom Dach gefallene Schieferplatten blieben liegen, wohin der Wind sie geweht hatte. In vergessenen Zimmern sammelten sich die Spinnweben, hinter geschlossenen Türen überließ man sie Schimmel und Moder. Der Speiseraum für die Bediensteten stand ungenutzt, weil es nicht mehr genug Personal gab, das sich um den Tisch setzen konnte.

Mit großem Bedauern sah Brigid den schleichenden Niedergang, das in seinem Kummer verstummte Haus, die ruinierte Familie. Doch die Musik des Tanzlehrers versiegte nicht, als wäre nichts geschehen, als wäre alles beim Alten. Die Musik war im Salon, wo die Vasen ohne Blumen standen, die Decke dunkel vom Ruß und die Sofabezüge von der Sonne verblichen. Von alldem unberührt erheiterte sie Spülräume, Küche und Hof. Sie tanzte über Staub und Zerfall im Flur und in den Durchgängen, auf Treppengeländern und Stufen. Sie war bei den Gerüchen des Kräutergartens, beim leichten Duft von Thymian und Estragon.

Brigid, die nicht mehr die Kraft für einen Spaziergang über Skenakilla Hill besaß, schaute aus den Fenstern des Hauses zu den Baumstümpfen, dem kümmerlichen Rest des Hügelwaldes. Inzwischen so alt wie seinerzeit die alte Mary, konnte sie Bach und Weg nur schwer erkennen, aber jedes Mal, wenn sie aus dem Fenster sah, gelang es ihr am Ende doch. Sie wusste mit sicherem Gespür, dass auch dort die Musik des Tanzlehrers war. Sie wusste, die Musik würde auch noch da sein, wenn sie selbst nicht mehr war; das Wunder in ihrem Leben – ein Geist in dem Haus.

Seitensprung

In dem japanischen Café half er ihr aus dem Mantel und brachte ihn zu den Wandhaken unter dem Schild, auf dem die Geschäftsleitung jegliche Haftung für die Garderobe ablehnte. Obwohl es noch früh war, zehn nach acht, waren sie nicht die Ersten im Café. Der Taxifahrer, der fast jeden Morgen kam, las die *Daily Mail* in seiner gewohnten Ecke. Auch zwei der Musikstudenten waren schon da.

Er hängte den leichten, schwarzen Mantel auf, an dem noch immer ein schwacher Duft haftete. Die wasserabweisende Schicht bot heute Schutz genug, denn der Wetterbericht, den sie beide gehört hatten – sie vor einer Stunde in ihrer Küche, er beim Rasieren in Dollis Hill –, sagte zuversichtlich voraus, das schöne Wetter werde noch ein paar Tage halten. Er hatte keinen Mantel mitgenommen, und im Sommer trug er keinen Hut.

Vom Tisch aus, an dem sie immer saßen – Seite an Seite, damit sie die Straße im Blick hatten, auf der zunehmend mehr Büroangestellte vorbeieilten –, beobachtete sie, wie er auf seine Jackentasche klopfte, um sicherzugehen, dass er Zigaretten und Feuerzeug bei sich hatte. Irgendetwas war heute Morgen anders: Auf dem Weg von der Chiltern Street hierher hatte sie ganz kurz gespürt, dass ihre Liebesaffäre nicht mehr so war wie gestern. Meistens begegneten sie sich in der Chiltern Street, denn dort trafen ihre Wege zusammen. Sie warteten nie aufeinander:

Wenn der eine oder andere später kam, trafen sie sich eben im Café.

»Alles in Ordnung?«, fragte sie. »Alles in Ordnung?« Sie versuchte die Sorge aus ihrem Tonfall herauszuhalten; dafür gab es keinen Grund, warum auch? Sie kannte die Verletzlichkeit in der Liebe – meistens war sie unangebracht.

»Aber natürlich«, sagte er, und dann kam der Kaffee, für ihn mit einem Croissant; die japanische Kellnerin lächelte. »Aber natürlich«, wiederholte er und brach sein Croissant in zwei Hälften.

Ein weiterer Musikstudent trat jetzt ein, der mit dem Klarinettenkoffer. Dann tauchte ein Paar aus dem Hotel in der George Street auf, Amerikaner, die sich unter das Bild von der Meereswelle setzten; an ihren Stimmen – sie bestellten Rührei mit Schinken – hörte man, woher sie kamen. Die regelmäßige Anwesenheit solcher Besucher aus Übersee ließ darauf schließen, dass das Frühstück im nahe gelegenen Hotel teurer war als hier.

Das Liebespaar, das sich in der Chiltern Street getroffen hatte, war trotz beider Bemühungen leicht gehemmt. Auf ihre Frage, ob alles in Ordnung sei, hatte sich in seiner Miene ein flüchtiges Unbehagen gespiegelt: Davon war, zumindest jetzt, nichts mehr zu sehen. Seine beruhigende Antwort hatte sie nicht überzeugt, und ihr eigener Versuch, sich zu beruhigen, kam ihr binnen weniger Minuten sinnlos vor: Das wiederum hielt sie vor ihm verborgen.

Sie streckte eine Hand aus und schnipste ihm einen Krümel Croissant vom Kinn. Es war so eine ihrer Gewohnheiten, er strich ihren Mantelkragen glatt, wenn er schief saß, sie rückte seine Krawatte zurecht. Kleine Gesten, mit denen sie zeigten, dass sie in den gemeinsam verbrachten Augenblicken einander gehörten, auch wenn sie es nie aussprachen.

»Ich dachte nur«, setzte sie an und sah, wie er den Kopf schüttelte.

»Du bist so schön!«, murmelte er leise. Mit den Fingerspitzen strich er über ihren Handrücken, das tat er oft, immer nur einmal die gleiche kurze Bewegung.

»Du fehlst mir die ganze Zeit«, sagte sie.

Sie war neununddreißig, er Mitte vierzig. Ihre Beziehung hatte als Büroaffäre begonnen, noch ehe Computer und Software ihr den Lebensunterhalt wegnahmen. Sie hatte sich gezwungenermaßen nach einer anderen Arbeit umgesehen, er war gezwungenermaßen geblieben: Er musste für seine Familie in Dollis Hill sorgen. Jetzt trafen sie sich so wie heute Morgen, dann zur Mittagspause in den Paddington Street Gardens oder in der Bildergalerie, wo sie bei Regen heimlich ihre Sandwiches aßen, später noch mal um zwanzig vor sechs im Running Footman.

Er war ein Mann, zu dem nachlässige Kleidung gepasst hätte. Seine lockeren, weit ausholenden Bewegungen, das kantige, oft sonnengebräunte Gesicht, die widerspenstigen hellen Haare, das Übergewicht, zu dem er langsam neigte – das alles deutete auf jemanden hin, der sich nichts von der Mode diktieren ließ. Dabei war er ziemlich elegant gekleidet: Heute Morgen trug er eine helle leichte Hose mit Jackett, ein blaues Eton-Hemd, dazu eine blau-rot gestreifte Krawatte. Diesen Gegensatz hatte sie immer attraktiv gefunden.

Sie dagegen war heute, abgesehen vom Schwarz ihres Regenmantels, ganz in Blau und Grün, die Farben fanden sich auch in ihrem dünnen Seidenschal wieder. Ihr schwarzes glattes Haar zeigte eine Spur von Grau, die sie nicht zu verheimlichen suchte, lieber machte sie das Beste aus dem, was ihr das nahende mittlere Alter ließ. Es wäre ihr ein Gräuel gewesen, wenn sie auch nur ein Gramm zugenommen hätte; sie achtete penibel darauf, dass es nicht so weit kam. Augen, Nase, Mund, Wangen und ein makelloser Hals: Keine Einzelheit dominierte ihr Gesicht, aber das Zusammenspiel aller Züge machte ihre klare, schlichte Schönheit aus. Die hübschen Ohrringe – kleine Tupfer, die nie fehlten – setzten einen Akzent, der das Gesamtbild abrundete.

»Rauch deine Zigarette«, sagte sie.

Er zog das Zellophan von einer Packung Marlboro. Sie unterhielten sich über den Tag und das, was vor ihnen lag. Sie war Sekretärin bei einem Geschäftsmann, der eine Importfirma für Modewaren leitete, er Steuerberater. Eine Lieferung italienischer Hosenanzüge war im Lager in Shoreditch nicht angekommen und hatte auch noch am Abend davor gefehlt. Das erzählte sie ihm, und er erwähnte einen Mann namens Bannister, einen Fliesenleger, der seine Gewinne nicht ordnungsgemäß gemeldet hatte, und das hieß, er musste als Klient abgewiesen werden. Gestern war es dem Mann schriftlich mitgeteilt worden, heute Morgen würde ein wütender Anruf die Antwort sein.

Der Taxifahrer verließ das Café, denn inzwischen war es fast halb neun, bald würden die ersten Verkehrspolizisten kommen. Von ihren Plätzen aus sahen sie, wie er sein Taxi aufschloss, das gegenüberstand. Sobald das orangefarbene Licht aufleuchtete, fuhr er davon.

»Du bist bedrückt«, sagte sie, ohne es sagen zu wollen und obwohl sie spürte, dass da etwas war, an das sie besser nicht rühren sollte.

Er schüttelte den Kopf. Bannister sei vor allem sein

Klient gewesen, sagte er; er hätte es wissen müssen. Aber das war nicht der Grund, sie spürte es. Wir lügen uns an, dachte sie plötzlich, Unwahrheit durch Verschweigen oder wie der Ausdruck hieß. Sie spürte die Lügen, obwohl sie kaum wusste, worin ihre eigene bestand, außer vielleicht, dass sie ihre Nervosität zu verbergen suchte.

»Stehen dir gut, die spanischen Schuhe«, sagte er.

Vor zwei Tagen hatten sie die Schuhe gemeinsam gekauft. Auf ihre Frage hin hatte das Mädchen gesagt, es seien spanische. Schon heute Morgen in der Chiltern Street war ihm aufgefallen, dass sie sie zum ersten Mal trug. Eigentlich hatte er ihr gleich sagen wollen, wie gut sie ihr standen, aber dann war die Obdachlose vorbeigeschlurft, die um diese Zeit immer durch die Chiltern Street zog, und er musste in seiner Tasche nach zwanzig Pence suchen.

»Sie sind bequem«, sagte sie. »Überraschenderweise.«

»Damit hast du nicht gerechnet.«

»Nein.«

An genau diesem Tisch hatte sie ihm von ihrer Scheidung berichtet, und zwar erst – ohne ihre Absicht vorher auch nur anzudeuten –, als die Auflösung ihrer Ehe feststand. Ihre geräuschlose Scheidung, hatte sie es genannt, und nichts vom Protest ihres Mannes erzählt, dem sie als einzigen Grund nannte, dass ihre Ehe am Ende sei. »Nein, es gibt keinen anderen«, war sie der Wahrheit ausgewichen, und auch das hatte sie ihrem Freund nicht erzählt. »Ich hätte mich sowieso scheiden lassen«, behauptete sie im Café, obwohl sie wusste, dass es nicht unbedingt stimmte. Jetzt sei sie glücklicher, behauptete sie ebenfalls. Sie fühle sich befreit, die Bürde von Pflicht und Unfreiheit sei von ihr genommen. So habe sie es gewollt.

»Wahrscheinlich durchs Fliegengitter«, sagte er, inzwischen war das Thema eine streunende Katze, die bei ihm zu Hause durchs Schlafzimmerfenster kam.

Obwohl sie manchmal solche häuslichen Einzelheiten streiften – sein Haus, den Garten, die Nachbarschaft in Dollis Hill –, blieb seine Familie ein Geheimnis und wurde nie näher beschrieben oder diskutiert. Seit der Scheidung war er ein paarmal in der Wohnung gewesen, aus der ihr Mann ausgezogen war, um kleine Arbeiten für sie zu erledigen; so war er auch in einen anderen Bereich ihres Lebens eingebunden. Aber sie waren so daran gewöhnt, ihre Liebesaffäre anderswo und auf andere Weise auszuleben, dass die Wohnung dafür nie der richtige Ort zu sein schien.

Er zahlte und ließ ein Trinkgeld liegen. Dann hob er seine alte, abgewetzte Aktentasche auf, die an einem Tischbein gelehnt hatte, und hielt ihr den Mantel auf. Draußen wurde die Sonne jetzt ein bisschen wärmer. Sie hakte sich bei ihm unter, als sie von der Marylebone High Street in die George Street einbogen. Mit diesen Straßen und ein paar anderen war ihre Liebesaffäre verknüpft und – etwas privater – mit Orten wie dem japanischen Café und den Paddington Street Gardens, der Bildergalerie, dem Running Footman. In diesem Teil von London fühlten sich beide zu Hause, obwohl ihre Wohnung um Meilen entfernt war und Dollis Hill noch weiter.

Sie gingen jetzt weiter, vorbei an dem grauen Kasten der katholischen Kirche, Manchester Square, Fitzhardinge Street, dann zu ihrer Haltestelle. Als der Bus kam, umarmten sie sich flüchtig. Dann stieg sie ein und winkte.

Langsam ging er den gleichen Weg zurück, den sie gekommen waren, in der rechten Hand seine abgewetzte Aktentasche, die nur sein Mittagssandwich enthielt. Er kam wieder an der Bildergalerie vorbei, deren Fassade ein hässliches Gerüst verdeckte. Ein Portier polierte das Messing der Hoteltüren, Leute strömten aus der Kirche.

Immer noch langsam ging er weiter zur Dorset Street, in der sein Büro war. Als sie auch noch dort gearbeitet hatte, hatten es alle Kollegen vermutet und irgendwann gewusst – aber nicht, dass sie manchmal am frühen Morgen, viel früher als jetzt, zusammen die enge Treppe hochgeschlichen waren, durch stickigen Mief, bis die Luft in dem durch die Trennwände geschaffenen Labyrinth endlich wieder zirkulierte. Meistens waren die Papierkörbe am Abend zuvor geleert und es war flüchtig staubgesaugt worden; eine Tragödie war es immer, wenn die Putzfrauen beschlossen hatten, lieber morgens zu kommen und noch da waren.

Das alles schien jetzt lange her und war doch noch lebhaft präsent: der beengte Platz auf dem Fußboden, das Sich-Beeilen, plötzliche Schritte auf der Treppe, wie er von ihren Kleidern den Staub abklopfte, bevor er sich den eigenen widmete. Auch als sie schon nicht mehr dort beschäftigt war, hatten sie das Büro noch ein paarmal frühmorgens benutzt, aber sie war immer dagegen gewesen, und jetzt machten sie es nicht mehr. Ihre Wohnung war zu weit weg, um sie in der Mittagspause aufzusuchen, und hatte deshalb nach der Scheidung in dieser Hinsicht nie eine Rolle gespielt. Hin und wieder, aber eher selten, konnte er es einrichten, eine Nacht dort zu verbringen, und dann erledigte er die Arbeiten, die sie für ihn aufgehoben hatte, bevor sie am nächsten Morgen wieder gemeinsam gingen.

Er sah sie vor sich, immer noch im Bus, ziemlich weit hinten, ihre schmale schwarze Handtasche auf dem Schoß, die spanischen Schuhe. Was hatte sie gemerkt? Warum hatte sie gefragt, ob alles in Ordnung sei, und das gleich zweimal? Ohne es zu wollen und entgegen seinem Bemühen hatte er ihr ein Gefühl vermittelt, das immer stärker an ihm nagte, eine Unruhe, die er nicht erklären wollte, weil er es nicht konnte und weil er sie nicht verstand. Als sie gesagt hatte, sie vermisse ihn die ganze Zeit, hätte er erwidern müssen, dass er sie genauso vermisse, weil es stimmte und schon immer so gewesen war.

Er hatte sich gerade in dem ihm zugeteilten, abgetrennten Bereich des Büros niedergelassen, die Fenster geöffnet und die Unterlagen, die sein Arbeitspensum für den Vormittag darstellten, in verschiedene Haufen geordnet, als das Telefon klingelte.

»He!«, polterte die Stimme des Fliesenlegers Bannister ungeniert los. »Was soll dieser Schwachsinn?«

»Am Dienstag hätten sie hier sein sollen«, sagte sie. »Dienstag letzter Woche. Den vierundzwanzigsten.«

Ein Schweigen trat ein, dann gedämpftes Getuschel, eine Hand wurde über den Hörer gelegt.

»Wir rufen Sie zurück«, versprach jemand, mit dem sie vorher nicht gesprochen hatte. »In fünf Minuten.«

Die Lieferung mit den Hosenanzügen sei in York gelandet, sagte wieder eine andere Stimme, als sie erneut telefonierte. Das stehe mit neunzigprozentiger Sicherheit fest. Die Salvadore-Kleider seien auf dem Weg nach York gewesen und die Hosenanzüge wohl versehentlich mitgeschickt worden.

Stunden später, als der Vormittag vorbei war, als weitere Telefonate geführt und Faxe verschickt und empfangen, als die verschollenen Hosenanzüge endgültig in York aufgespürt, dort in einen Lieferwagen verfrachtet und auf schnellstem Weg nach London befördert worden waren, wurde das Drama in den Paddington Street Gardens berichtet, ebenso wie der Zorn des Fliesenlegers Bannister, der mit einer Klage gedroht und verlangt hatte, dass die bereits in Rechnung gestellten und bezahlten Gebühren unter den gegebenen Umständen zurückerstattet werden sollten.

»Könnte er damit durchkommen?« Sie interessierte sich nicht nur aus Höflichkeit dafür und konnte sich den Ärger am Telefon gut vorstellen, die knappen Antworten darauf, denn Mitgefühl durfte natürlich nicht gezeigt werden.

Beim Zuhören öffnete sie den Plastikbehälter mit dem Salat, den sie unterwegs aus dem Prêt à Manger in der Orchard Street geholt hatte. Er hatte seine Sandwiches schon ausgepackt, sie verströmten einen schwachen Geruch nach Hefeaufstrich. Zwischen den Weißbrotscheiben lugten Salatblätter vor. Nicht besonders nahrhaft, hatte sie gedacht, als sie sein Mittagessen zum ersten Mal sah, aber nichts gesagt. Normalerweise gab es noch Ei oder Tomate dazu, eine kleine Verbesserung; die Sandwiches waren am Morgen in Dollis Hill für ihn gemacht worden.

Der kleine ruhige Park, in dem der Rasen nicht betreten werden durfte, war früher ein Friedhof gewesen, was diejenigen, die es wussten, ein wenig schaudern ließ. Für die, die es nicht wussten, hatte der Park mit seinen leuchtenden Rosen heute nichts Düsteres. Mädchen lagen in der Sonne und genossen die kurze Pause vom Büro, Männer schlenderten ohne ihre Jacketts langsam durch die Gegend. Ein Rasenmäher wurde von einem jungen Mann angeworfen, der seine Baseballmütze verkehrt herum trug. Jazzmusik drang aus einem Walkman und brach einen Moment lang die Parkregeln, wurde aber schnell wieder ausgeschaltet.

Sie wollte ihren Salat nicht essen. Am liebsten hätte sie den durchsichtigen Deckel wieder zugemacht, das ganze

Ding zu einem der schwarzen Mülleimer getragen und sich dann wieder zu ihm gesetzt und seine Hand gehalten, ohne ein Wort zu sagen. Sie wollte mit ihm dasitzen, und er sollte ihr erzählen, was ihn bedrückte, während die vielen anderen Büroangestellten verschwinden und der Park sich leeren würde, bis auf sie beide und die jungen Mütter mit ihren Kindern auf dem Spielplatz weiter hinten. Sie wollte sitzen bleiben, und keiner von ihnen sollte sich um den Nachmittag scheren, der ihnen nicht gehörte. Aber sie aß langsam weiter, genau wie er, die Tauben lauerten nur einen Meter entfernt.

Die Scheidung war der Grund, vermutete sie; letztlich konnte er doch nicht akzeptieren, was sie getan hatte. Sie konnte sich gut vorstellen, wie er nachts wach lag, immer häufiger in letzter Zeit, immer länger, und sich durch die Scheidung in die Enge getrieben fühlte. Wie er den Atem seiner Frau hörte, ihr Murmeln im Traum, und eine Hand fasste, die unwillkürlich ausgestreckt wurde. Wie er zusah, wenn die Dunkelheit dem Licht wich, erst nur in schmalen Streifen an den Rändern der Vorhänge, durch die hin und wieder streunende Katzen kamen. Wie er versuchte, an etwas anderes zu denken, eine andere Zeit seines Lebens in sein Bewusstsein zurückzuholen, die Kindheit, seinen ersten Tag im Büro und wie fremd er sich gefühlt hatte. Aber am Ende blieb immer das, was war.

»Es ist aus, oder?«, sagte sie.

Er zerknüllte die Folie, in die seine Sandwiches gewickelt waren, und warf sie in den nächsten Mülleimer. Fast nie traf er daneben. Auch jetzt nicht.

»Ich verschwende dein Leben«, sagte er.

Ihr nicht aufgegessener Salat stand auf dem Platz zwischen ihnen, wo auch seine Aktentasche lag. Als sie noch im selben Büro gearbeitet hatten, mussten sie mittags nicht heimlich unter den schläfrigen Wärtern in der Bildergalerie essen, wenn es regnete; ihnen blieb immer die Privatsphäre in seinem abgetrennten Bereich, ganz still war es dann im Gebäude, manchmal spielte leise ein Radio hinter einer geschlossenen Tür, gewöhnlich nicht einmal das. Aber das Picknick im Park war ihnen immer am liebsten gewesen.

»Ich will es doch so«, sagte sie.

»Du hast etwas Besseres verdient.«

»Ist es die Scheidung?« Und im gleichen knappen Ton fügte sie hinzu: »Aber die wollte ich doch auch, verstehst du? Um meinetwillen.«

Er schüttelte den Kopf. »Nein, das ist es nicht.«

»Die Hitze bleibt uns angeblich noch ein Weilchen«, sagte Nell, die Teefrau, und schenkte ihm Tee aus einer großen Metallkanne ein, mit Milch, zwei Zuckerwürfel lagen auf der Untertasse. Sie war klein und drahtig, stand kurz vor der Pensionierung: Wenn sie ging, würde sie durch einen Getränkeautomaten ersetzt werden.

»Danke, Nell«, sagte er.

An der Scheidung lag es nicht. Die Erschütterungen der Scheidung hatte er überstanden und – nach dem Schock, als er davon erfuhr, was sie so undramatisch abgewickelt hatte – ihre ruhige Entschlossenheit bewundert. Seine anfängliche Nervosität und Sorge, das Ganze könnte Folgen haben, die sie beide womöglich gefühlsmäßig überfordern würden, hatte er sie beiseite schieben lassen.

Während er seinen Tee mit Milch trank, spürte er plötzlich ein heftiges Begehren, scharf wie ein Splitter, ein Anschlag auf Herz und Sinne, und er wollte auf der Stelle zu ihr gehen: Er wollte die Treppe hinunterpoltern und in die frische Sommerluft stürmen, dann ein Taxi nehmen, was er sonst nie tat, in dem viel eleganteren Bürogebäude, in dem sie arbeitete, nach ihr fragen und, wenn sie aus dem Aufzug trat, ihr sagen, dass sie natürlich nicht ohneeinander leben könnten.

Er blätterte die Unterlagen durch, die er nachmittags bearbeiten wollte. *Ich nehme Ihre Anmerkungen bezüglich des Steuergesetzes von 1970 zur Kenntnis,* las er, *und weise darauf hin, dass die Steuerbehörde in der Regel nur dann die Bestimmungen unter Absatz 88 hinzuzieht, wenn eine beträchtliche Verzögerung vorliegt. Sollte die Verzögerung im vorliegenden Fall den 5. April überschreiten, treten diese Bestimmungen in Kraft. Um die dann fällige Steuerschuld aufzufangen, empfehle ich unter allen Umständen, eine vorläufige Schätzung zu erstellen.*

Er kritzelte seinen Einspruch hin und legte ihn auf den Stapel zum Tippen. Sie war die Stärkere von beiden, sie war stoisch, und dieses Stoische hatte er immer geliebt. Ohne ihre Affäre käme sie besser zurecht, auch wenn die Umstände nahe legten, dass es nicht so sein würde.

Er war noch nicht im Running Footman, als sie eintrat. Gewöhnlich saß er schon da, aber ganz gleich, was war, er würde noch kommen. Als er dann kam, kaufte er die Getränke, da er heute Abend an der Reihe war, und trug sie zu dem Platz, den sie ihm freigehalten hatte. Für sie einen halbtrockenen Sherry, er trank den Rotwein der Woche aus Polen. Im Hintergrund spielte Muzak, jazzig und sentimental.

»Tut mir Leid«, sagte er, ehe er irgendetwas anderes sagte.

»Ich bin glücklich, weißt du.« Eigentlich wollte sie mehr

sagen. Den ganzen Nachmittag über hatte sie sich ihre Sätze fix und fertig zurechtgelegt. Aber in seiner Nähe wurde ihr klar, dass sich alles erübrigte: Wenn jemand reden musste, dann er. Wieder beteuerte er ihr, sie habe etwas Besseres verdient, und wiederholte auch, dass er ihr Leben verschwende.

In den vierzig Minuten, die ihnen dann verblieben, sprachen sie über die Liebe: wie sie sie erlebt hatten, wie es immer noch war, von den Rücksichten und notwendigen Einschränkungen, auch von der Leidenschaft, dem Schmerz, wie absurd ihnen ihre Liebe oft vorgekommen war, wie sie ihre gemeinsame Zeit nie verschwendet hatten, weil sie nicht schweigend in einem dunklen Kino saßen oder die wenigen gemeinsamen Nächte in ihrer Wohnung verschliefen. Sie hatten ihre Zeit nicht mit Streitigkeiten und Diskussionen verschwendet, wie sie bei Liebenden üblich waren. Und sie verschwendeten sie auch jetzt nicht in ihrem Gespräch.

»Warum?«, murmelte sie, als ihre Gläser fast leer waren und es im Running Footman lauter wurde, weil viele Büroangestellte sich freuten, dass der Arbeitstag hinter ihnen lag. »Bitte.«

Er antwortete nicht, dann rang er sich mühsam die Worte ab: Es waren die Blicke der Leute. Das sei der Grund, sagte er. Wie die Obdachlose guckte, der er in der Chiltern Street immer ein Almosen gab, und der Taxifahrer im japanischen Café und die Kellnerin dort, die schläfrigen Wärter in der Bildergalerie und die Leute, die sie im Park angafften. Überall, auch hier, sahen die Leute nur eines: Sie ist für ihn nicht mehr als ein Seitensprung.

»Ich kann es nicht ertragen, dass sie das denken.«

»Was die Leute denken, spielt keine Rolle. Komm mit, wir gehen in die Wohnung.«

Er schüttelte den Kopf. Damit hatte sie gerechnet: Spontan war es nie möglich gewesen. Was er da sagte, war wirklich kein Argument; natürlich spielte es keine Rolle. Sie sagte es ihm noch einmal und spürte eine Welle der Erleichterung. Mehr als alles, mehr als je zuvor in der ganzen Zeit, seit sie zusammen waren, wollte sie bei ihm sein, wollte sehen, wie er seine Fahrkarte für die U-Bahn kaufte, wollte mit ihm am King and Queen, einem schmuddeligen Pub an der Ecke India Street, vorbeigehen, am Wettbüro, dem Waschsalon. Viermal war er bei ihr in der Wohnung gewesen: zweitägige Außentermine in Liverpool oder Norwich. Was er in Dollis Hill erzählte, hatte sie nie gefragt.

»Mich stört nicht im Geringsten, was die Leute denken«, sagte sie. »Wirklich nicht.« Sie lächelte, legte quer über den Tisch ihre Hand auf seinen Arm und drückte ihn mit den Fingern. »Bestimmt nicht.«

Er blickte zur Seite, und sie merkte, wie auch sie die hell erleuchteten Flaschen hinter der Theke anstarrte. »Mich aber, mein Gott«, flüsterte er. »Mich stört es gewaltig.«

»Außerdem ist es nicht wahr.«

»Du bedeutest mir alles. Du bedeutest mir alles auf der Welt.«

»Ruf sie an«, sagte sie, auch ihre Stimme leise, und die Erleichterung, die sie eben noch gespürt hatte, ließ schon wieder nach. »Es kann doch mal plötzlich was dazwischenkommen.« Er hatte immer den Vorschlag gemacht, sich in ihrer Wohnung zu treffen, und zwar schon Wochen vor der Nacht, die ihm vorschwebte. »Nein, nein«, sagte sie. »Nein, schon gut. Tut mir Leid.«

Sie wusste nicht und hatte nie gefragt, warum er an seiner Ehe festhielt. Wahrscheinlich, dachte sie, waren es die üblichen Gründe. Heute Abend würden sie nicht an dem schmuddeligen Pub vorbeigehen und im Spirituosenladen einen Wein holen. Sie würde ihn nicht als einen anderen in ihrer Wohnung erleben, wo er zu Hause war, und doch nicht ganz. Seltsam war es, dass wegen einer Banalität so vieles enden sollte. Sie fragte sich, wie ihr wohl zumute sein werde, wenn sie nachts aufwachte und nicht sofort wusste, welche Angst sie geweckt hatte, wenn sie ihr aufgeschrecktes Bewusstsein durchforstete und dann die leere Wahrheit und sinnlose Verzweiflung fand.

»Ist doch nur so dahingesagt«, sagte sie.

Er wusste, dass sie ihn trotz aller Einwände verstand, genau wie er sie verstanden hatte, als sie ihre Scheidung in die Wege leitete. Ihr war es lästig geworden, mit einem anderen verheiratet zu sein, aber ihn hatte es nie gestört. Eine kaputte Ehe und die Sorge, was andere Leute von dem Menschen dachten, den man liebte, hatten herzlich wenig mit Liebe an sich zu tun. Trotzdem hatte es ihnen zugesetzt. Sie würden gemeinsam alt werden, aber nie zusammen sein, ihr Gesicht wäre von Falten verwüstet, der Blick von quälender Erwartung getrübt. Bei ihren seltenen Treffen würden sie auf diese schöne Zeit in ihrem Leben zurückblicken und daraus Trost schöpfen. Sprach auch das aus dem Blick der Obdachlosen, ging auch das den halbinteressierten Fremden durch den Kopf?

»Ich kann es nicht gut erklären«, sagte er, worauf sie erwiderte, dann eben morgen. Er schüttelte den Kopf und sagte: Nein, auch nicht morgen.

Auf diesen Augenblick war sie nicht erst seit heute gefasst, denn natürlich musste man immer damit rechnen. Von Anfang an war sie darauf gefasst gewesen, und von Anfang an hatte sie sich vorgenommen, dass sie nicht versuchen würde, Bruchstücke aus den Trümmern zu retten. Er täuschte sich: Seine Erklärung war gut.

Sie hörte zu, als er ihr abermals beteuerte, wie sehr er sie liebe; sie sah ihn nach seiner Aktentasche greifen, die sie so oft ersetzen wollte und es doch nicht konnte. Dann lächelte sie leicht und stand auf, um zu gehen.

Draußen auf dem Gehsteig standen Leute mit Gläsern in der Hand und genossen die letzte Sonne. Die beiden zwängten sich zwischen ihnen hindurch, ihr Mantel über seinem Arm, er hatte ihn von der Stuhllehne genommen, über die sie ihn gehängt hatte. Er hielt ihn ihr auf und wartete, während sie ihn zuknöpfte und den Gürtel locker band.

Als sie sich umarmten, spiegelte sich ihr Bild im Schaufenster eines Kaufhauses wider. Sie sahen nicht die Eleganz, die dieses Bild vorübergehend einfing, und hätten nie behauptet oder geahnt, dass auch ihre Affäre diese Eleganz besessen hatte. Die unausgesprochenen, aber von beiden verstandenen Regeln ihrer Liebe waren nicht verletzt worden im schmerzhaften Beenden dessen, was nicht zu Ende war und nie zu Ende sein würde. Nichts von ihrer Liebe war heute ausgelöscht worden: Das nahmen sie mit, als sie sich trennten und auseinander gingen, nicht ahnend, dass die Zukunft weniger düster war, als sie augenblicklich schien, dass ihre zarte Behutsamkeit weiter Bestand haben und sie selbst immer so bleiben würden, wie die Liebe sie für eine Zeit gemacht hatte.